rowohlt

KONRAD KELLEN

MEIN BOSS, DER ZAUBERER

THOMAS MANNS SEKRETÄR ERZÄHLT

Herausgegeben von Manfred Flügge
und Christian Ter-Nedden

ROWOHLT

1. Auflage September 2011

Lektorat Sabine Buck und Uwe Naumann
Bildnachweise siehe Seite 248
Satz Minion PostScript, PageOne,
bei Dörlemann Satz, Lemförde
Druck und Bindung CPI – Clausen & Bosse, Leck
Printed in Germany
ISBN 978 3 498 03537 2

Für Patricia

INHALT

TEIL 1
KONRAD KELLEN. *Erinnerungen*

TEIL 2
ÜBER KONRAD KELLEN. *Erläuterungen*

MANFRED FLÜGGE
KONRAD KELLEN UND DIE FAMILIE MANN

CHRISTIAN TER-NEDDEN
SEKRETÄR DES SEKRETÄRS

TEIL 1

KONRAD KELLEN

Erinnerungen

ALS SICH DEUTSCHLAND VERÄNDERTE

Wann immer ich erzählt habe, dass ich im März 1933 aus Deutschland emigriert bin, wurde ich gefragt: «Warum denn schon so früh?» Ja, wie lange hätte ich denn warten sollen? Hatte ich nicht dieses eine Mal wenigstens recht gehabt? Andere aus meiner Familie haben zu lange gewartet, zu lange auf Deutschland vertraut. Mein Grund war einfach: Ich hielt es dort nicht mehr aus. Man musste kein Prophet oder ein besonders politischer Kopf sein, um das kommende Unheil zu ahnen.

Zwei Jahre irrte ich durch Europa. 1935 kam ich in New York an. Ein neues Leben sollte beginnen. Aber meinen Familiennamen «Katzenellenbogen» konnten sie in New York nicht aussprechen. Sich umzubenennen war in den USA durchaus üblich, oft auch ratsam. Ich verkürzte meinen Namen auf «Bogen». Das war auch nicht viel besser. Als ich 1943 in die amerikanische Armee aufgenommen wurde, veränderte ich meinen Namen in «Kellen», und dabei ist es geblieben. Das klingt auf Deutsch und auf Englisch gut, klar, einfach.

Gut, klar und einfach war bis dahin wenig in meinem Leben, zu Hause nicht, in Berlin nicht, in Deutschland nicht, in Paris nicht, in New York auch nicht. Ich hatte mit Börsenmaklern zu tun und lernte echte Gangster kennen. Beides war nicht meine Welt. Erst die Begegnung mit Thomas Mann hat mein Leben verändert, hat mich auf eine andere Ebene gebracht statt auf die schiefe Bahn. Zwei Jahre habe ich für ihn gearbeitet. Der Zauberer war mein Boss und auch mein Retter. Aber dann kamen die Armee, der Krieg, die Rückkehr nach Europa als amerikanischer Soldat. Und ich musste erneut Erfahrungen mit meinen einstigen Landsleuten machen. Versöhnt mit ihnen haben mich diese Erfahrungen nicht.

Ich bin kein gebildeter Mann. Zwar habe ich im Laufe meines langen und verworrenen Lebens viel gelesen, habe Französisch, Englisch und sogar Latein und Griechisch gelernt. Aber ich bin kein gebildeter Mann in dem Sinne, dass ich aus dem Stegreif die wesentlichen Ähnlichkeiten oder Unterschiede zwischen Hölderlin und Kleist, Heine und Eichendorff oder Schiller und Gott weiß wem aufzählen könnte. Ich bin der deutschen Sprache außerordentlich hold, nicht aber den Deutschen. Was sie mir und meiner Familie angetan haben, vielleicht auch der Krieg, in welchem ich schließlich unter höchster Gefahr gegen die Deutschen kämpfen musste, haben mich Deutschland für immer entfremdet. Die einzige Brücke zu einem «anderen» Deutschland war für mich Thomas Mann.

Thomas Mann war ein äußerst vielseitiger und deshalb irritierender Mensch. Auch wer ihn näher kannte, ihn mehr als einmal erlebt hatte, vermochte ihn kaum zu beschreiben. Und so wird sein wahres Wesen oft falsch verstanden – natürlich auch zuweilen von mir. Aber immerhin, der beinahe tägliche Umgang mit ihm als Sekretär in Los Angeles und spätere Zusammenkünfte in der Schweiz ließen mich ihn vielleicht nicht besser, aber eben anders verstehen als Menschen, die nur seine Bücher gelesen oder gesellschaftlich mit ihm verkehrt haben.

Drei seiner Eigenschaften will ich besonders hervorheben: erstens seinen tiefen, unveränderlichen Humanismus; dann seinen einzigartigen, eigentlich undeutschen und allumfassenden Sinn für Humor (den auch viele seiner Biographen nicht begriffen haben); und schließlich seine abgrundtiefe Verachtung für den Nazismus und dessen verschiedene Träger. Mann war der einzige ehemalige Deutsche, den ich persönlich kannte, der weder Jude noch Kommunist war und doch die Nazis und den Nazismus aus ganzem Herzen verachtet hat.

Er unterschied nicht zwischen «Deutschen» und «Nazis», zwischen gutem und bösem Deutschland, sondern bestand immer darauf, dass es nur ein Deutschland mit seinen verschiedenen Seiten gebe. Und so unterscheide auch ich nicht zwischen diesen und jenen Deutschen und würde sie am liebsten die «Deutschnazis» oder die «Nazideutschen» nennen. Das mag manche verletzen, aber ich habe in meiner Zeit meine besonderen Erfahrungen mit ihnen machen müssen.

Mir wird unwohl, wenn ich Bücher von Historikern über jene Zeit lese. Mir kommt es manchmal vor wie hölzernes Geplapper. Ich finde nicht das wieder, was ich erlebt habe. Man muss doch das Kind beim Namen nennen, und der Name war: Die Nazideutschen haben nach 1933 ihr wahres Wesen gezeigt – als ideologisch berauschte Quartalssäufer.

Meine Mutter besaß eine große Gemäldesammlung mit Bildern von Monet, Manet, Renoir, Cézanne und Liebermann. Mein Vater führte die Brauerei Schultheiß-Patzenhofer und einige andere Firmen. Durch die Weltwirtschaftskrise und einen Finanzskandal verloren meine bereits geschiedenen Eltern den Großteil ihres Vermögens. Was wir noch übrig hatten, erlaubte mir immerhin, ein Jurastudium zu beginnen. Damals waren die Lehren von Sigmund Freud dabei, Allgemeingut zu werden, und ich hatte den Plan, auf ihrer Basis als Strafverteidiger zu arbeiten.

Also schrieb ich mich im Frühjahr 1932 an der Universität in Heidelberg als Student der Rechte ein. Mein zweites Semester verbrachte ich in der herrlichen Stadt München, aber noch bevor es vorüber war, brach am 30. Januar 1933 unter dem Jubel der Männer und auch der Frauen Adolf Hitler über Deutschland herein. Sein Name ist mir so zuwider, dass ich ihn nur ungern ausspreche oder vollständig hinschreibe.

Obgleich ich noch jung und politisch unerfahren war, hatte ich das Ableben der von rechts wie links verachteten deutschen Demokratie durchaus erwartet. Andererseits war die totale «Machtergreifung» Hitlers doch ein unerwarteter Schock für mich. Viele «Nichtarier», zu denen auch ich zählte, blieben in Deutschland, weil sie glaubten, die Herrschaft des «Führers» sei nur ein kurzer Spuk. Die allermeisten von ihnen wurden im Laufe der Jahre von den Schergen Hitlers grausam vernichtet. Aber es lief mir kalt den Rücken herunter, als diese Kreatur ihre Antrittsrede in die Welt hinausspie. Schon seit zehn Jahren hatte er die deutschen Massen ermächtigt – ja angefeuert –, Erniedrigung, Mord und Folter jeder Art an Millionen von unschuldigen Menschen zu begehen – IM NAMEN DES DEUTSCHEN VOLKES!!! Und nochmals: IM NAMEN DES DEUTSCHEN VOLKES!!! Und zum dritten Mal: IM NAMEN DES DEUTSCHEN VOLKES!!! So tobte er mit teils brüllender, teils fistelnder Stimme in die Volksmassen hinein. Und ich hatte eine Eingebung. Ich verstand sofort, dass die Masse der Deutschen, ob Hinz oder Kunz, reich oder arm, gebildet oder nicht, diesem Un-Menschen auf Gedeih und Verderb treu bleiben und in seinem Namen einzeln und im Kollektiv Verbrechen begehen würde, wie die Welt sie noch nicht gesehen hatte. Von Beginn der deutschen Geistesseuche an hatte ich nämlich – ich gestehe es – eine Todesangst vor meinen deutschen Mitbürgern, die lauthals sangen: «Wenn's Judenblut vom Messer spritzt!»

Die Augen geöffnet hat mir eine Ehrenfeier in der Universität München zum Jahrestag der Schlacht bei Langemark. Bei jener Schlacht im Jahre 1914, zu Beginn des Ersten Weltkriegs, hatten deutsche Generäle, noch unter dem Kommando des Kaisers, Bataillone von Fünfzehn- bis Siebzehnjährigen in das feindliche Sperrfeuer getrieben, wo zig Tausende von alliierten Maschinengewehren niedergemäht wurden. Am Ende der Schlacht waren die deutschen Einheiten zurückgeworfen worden bis zum Ende der Gefechtslinie, von der sie gekommen waren. Nichts hatten sie mit ihrem jungen Blut erkauft. Auf der jährlichen patriotischen Feier zur Erinnerung an dieses sinnlose Gemetzel hielt der Rektor der Münchner Universität, an der ich Jura studierte, eine Rede. Er behauptete, diese jungen Männer seien nicht umsonst gefallen, sondern sie hätten dem Vaterland einen großen Dienst erwiesen. Daraufhin brach unter den Studenten und Professoren gewaltiger Applaus los. Es wurde «Sieg Heil!» gerufen, jenes abstoßende Wort, das mir noch jahrelang hässlich in den Ohren klang.

Bei einem Auftritt Hitlers auf dem Odeonsplatz in München kam mir in der brüllenden, drängelnden Menge zum ersten Mal der Gedanke, ich müsse dieser Meute und meinem Land entfliehen und mich retten – ein erschütternder, damals einfach verrückter Gedanke für einen harmlosen Jurastudenten von gerade 19 Jahren. Aufgrund meiner «Abstammung», um die ich mich nie gekümmert hatte, musste ich damit rechnen, eingesperrt und totgeschlagen zu werden wie ein räudiger Hund.

Aber wohin floh damals der Mensch, der von der kreischenden Masse gewaltsam «entdeutscht» und vogelfrei gemacht wurde? Jeder Einzelne von den Tausenden auf dem Odeonsplatz hasste mich, den angehenden Jurastudenten, mit wild loderndem, tödlichem Hass, als hätte ich – vor ihren Augen – Christus oder den «Führer» oder ihr Kind erdrosselt – ich, der schüchterne und einsame Student.

Hinzu kam natürlich, dass die Zeit damals eine ganz andere war. Heutzutage wandern die Leute aus oder ein, und es verwundert uns nicht. Aber damals! Vor der mörderischen Meute meiner Mitbürger fliehen und in die Fremde auswandern zu müssen, mir dort ein Leben zu schaffen, so schwierig dies auch sein würde! Das war ein erschreckender Gedanke. Ein Sprung ins Ungewisse.

Viel ist über die Verbrechen und die Grausamkeiten der Nazideutschen gesagt worden, aber wenig über ihren Wahnsinn. Natürlich waren sie grausam und mörderisch; das ist einfach gesagt und stimmt. Aber waren sie nicht auch, was ja etwas anderes ist, schlicht wahnsinnig, diese Fäuste schüttelnden Männer und teils kreischenden, teils selig hingerissenen Weiber, die dem «Führer» zujubelten, der in seinem Mercedes stehend an ihnen vorbeifuhr. Und all das gegen mich und «meinen Glauben», den ich nicht einmal hatte. Unweit von mir sah ich einen Mann reglos – nicht brüllend oder klatschend – in der Menge stehen, also vermutlich ein Jude. Ein Jude! Ein Juuude! Auf dem Odeonsplatz! Mitten in München! Eine Frau ging auf ihn zu und spuckte ihm ins Gesicht. Er wischte sich ab und ging still davon.

Vor diesem entfesselten Wahnsinn also floh ich sogleich und schlug mich recht und schlecht durch in verschiedener Herren Länder, bis ich endlich nach Amerika kam. Nicht bevor der «Führer» sich eine Kugel in den Schädel geschossen hatte, betrat ich wieder deutschen Boden – dieses Mal als amerikanischer Besatzungsoffizier mit der Aufgabe, bei der Bereinigung der verseuchten deutschen Presse mitzuwirken.

Ich hasse die Deutschen nicht, aber nach Hitler sind sie mir so fremd geworden wie unbekannte Stämme auf fernen Kontinenten. Ich wurde als junger Mann «entdeutscht» und muss im Rückblick sagen, dass mir die Deutschen einen Dienst erwiesen haben, als sie mich zwangen, Amerikaner zu werden.

HERKUNFT

Noch unter Kaiser Wilhelm II. wurde ich am 14. Dezember 1913 in Berlin geboren. Meine Eltern waren jüdischer Herkunft, aber zum Christentum übergetreten. Und so wurde ich in der protestantischen Kaiser-Wilhelm-Gedächtniskirche getauft und mit 14 Jahren eingesegnet. Ich lebte mit meinen Eltern teils in unserem prächtigen Haus in der Bendlerstraße Nummer 40 am Berliner Tiergarten, teils auf unserem Rittergut mit dem schönen Namen Freienhagen nördlich von Oranienburg, zu welchem ein Dorf gleichen Namens gehörte.

Das Rittergut Freienhagen lag etwa eine Autostunde von Berlin entfernt. Meine Eltern hatten es 1913 gekauft. Es kam mir riesengroß vor mit seinen Wäldern, Feldern, Wiesen, Treibhäusern, Stallungen und Taubenschlägen. (Aber als ich es nach 1990 ein einziges Mal wiedersah, kam es mir sehr geschrumpft vor. Oder war die Welt kleiner geworden?) Jedenfalls war es so groß, dass wir mehrere Bedienstete brauchten.

Herr Pelz war der Imker, doch er kümmerte sich auch um die Hühner. Herr Tuberke fütterte die Tauben. Auf den Wiesen standen unsere Kälber. Wir aßen unser eigenes Kalbfleisch, von dem Schlachter Stöpel besorgt, und es schmeckte köstlich. Des Abends half ich, unsere Kühe von der Weide in den Hof zu treiben. Zur Erntezeit kamen junge Mädchen und Männer aus dem fernen, geheimnisvollen Polen und arbeiteten für uns «im Akkord», wie es hieß. In Freienhagen besaßen wir auch riesige Tulpenfelder, von denen wir hin und wieder Blumen an Händler in Berlin verkauften.

Nach Ansicht meiner Mutter aß ich zu wenig und wurde von ihr wiederholt gerügt. Ich war ein großes und schmächtiges Kind, aber ich war nicht unsportlich. Ich konnte sogar reiten und besaß mein eigenes Pferd, einen Apfelschimmel namens Puppe. Im Winter kam das Pferd nach Berlin und wurde im Tattersall untergebracht, bei uns in der Bendlerstraße. Wir besaßen auch zwei Lipizzaner, die vormals zum kaiserlichen Marstall gehörten. Vor dem Pferdestall am Eingang des Gutes wachte ein riesiger Löwe aus Bronze, gegossen vom berühmten Bildhauer August Gaul. Ein Löwe von Gaul, direkt bei den Rössern … Nach dem Krieg war dieses bronzene Raubtier verschwunden. Der Künstler Gaul wurde übrigens vom Galeristen Paul Cassirer vertreten, für den mein Vater zum Schicksal wurde, weil er sich in dessen Frau Tilla Durieux verliebte.

Der Kutscher auf unserem Gut hieß Reinhold und lebte mit einer Frau Heim in «wilder Ehe». Er brachte mir das Reiten bei und sogar das Überspringen von Hindernissen. Gemeinsam streiften wir zu Pferd durch die umliegenden Wälder. Bald konnte ich eine vierspännige Kutsche lenken oder einen Pferdeschlitten. Reinhold vertrat in allen Lagen den Grundsatz: Niemals umkehren. Daran habe ich mich stets gehalten, insbesondere nach 1933.

Zudem war ich gut Freund mit unserem Hausmeister Oertel, der neben vielen anderen wichtigen Aufgaben auch die Aufsicht über unseren Weinkeller hatte. Mit unserem Förster ging ich zuweilen, wenn es meine gestrenge Mutter erlaubte, an lauen Abenden auf die Wildschweinjagd, was mir weniger gut bekam, denn es war kalt in der Morgenfrühe. Die aufsteigenden Nebel wirkten bedrückend auf meine schon damals melancholische Natur; zudem sah man nur selten ein Wildschwein und erledigte noch seltener eins.

Ich wurde kein passionierter Jäger, anders als die Söhne der meisten deutschen Gutsbesitzer. Das Töten von Tieren bereitete mir Unbehagen. Vom Direktor des Gymnasiums in Berlin, der ein Bekannter meines Vaters war und mir privat Latein-Nachhilfe gab, wurde ich gefragt, ob ich schon meinen ersten Rehbock geschossen hätte. Ich verneinte und fügte hinzu, dass ich wenig Lust hätte, einem unschuldigen Tier von weitem eins auf den schönen Pelz zu brennen, sie täten mir leid. Da sprang der kleine, rundliche Kerl aus seinem Sessel hoch, schlug entsetzt die fetten Hände zusammen und rief: «Was! Du! Ein deutscher Mann!» Ich war da übrigens gerade zehn.

Drei Chauffeure arbeiteten für meine Eltern; der ranghöchste von ihnen hieß Max Lehmann, mit dessen Sohn, ebenfalls Max geheißen – ein blonder, blauäugiger Junge – ich mich gut verstand. Er tat sich nicht dicke, sondern war freundschaftlich und gefällig zu mir, obwohl ich ihm körperlich unterlegen war. Viel später ging der starke, aber sanfte und gutwillige Maxe zu den Fliegern und ist im großen Hitlerkrieg gegen die Welt für immer und ewig im russischen Eis verschollen. Wie gern würde ich noch einmal mit Maxe durch unsere Wälder streifen, Pfifferlinge und Steinpilze sammeln und Erlebnisse austauschen …

Vater Lehmann ließ mich sogar auf Waldwegen unseren Mercedes fahren, da war ich 13, aber schon groß genug, um über das Lenkrad hinausschauen zu können. Dergleichen hätte meine Mutter nie gestattet. Ihre etwas herrische Attitüde, ihre Art, jeden zu gängeln und alles zu verbieten, mag sie von ihrer eigenen Mutter geerbt haben, Frau Geheimrat Elise Marcuse. Auch an sexuelle Aufklärung durch sie war nicht zu denken. Das übernahmen wohlwollende Hausangestellte, mehr durch Taten als durch Worte.

Mein Vater Ludwig Katzenellenbogen stammte aus Krotoschin, einer Stadt bei Posen. Er war kurzbeinig, wirkte etwas gedrungen, hatte aber ein großes, offenes Gesicht und eine breite Stirn. Sein eigener Vater besaß eine Schnapsfabrik. Ludwig wollte gerne Jura studieren, musste aber in die väterliche Firma eintreten. In dieser Branche war er sehr erfolgreich. Bald zog er nach Berlin, wo er seine Frau kennenlernte, die Arzttochter Estella Marcuse. Er wurde Generaldirektor verschiedener

Firmen, so auch der Brauerei Schultheiß-Patzenhofer. 1925 konnte ein Haus in der Bendlerstraße gekauft werden. In derselben Straße lag das Reichswehrministerium, an dem ich als Kind an der Hand meiner Gouvernante vorbeispazierte und die Ehrenwache bewunderte.

Unsere Villa war fürstlich eingerichtet, die Wände waren mit Seidenstoffen aus Frankreich in verschiedenen Farben verkleidet. Es hingen dort Gemälde von Monet, Manet, van Gogh, Cézanne und Menzel; es gab sogar eine Madonna von Rubens. Max Liebermann hat schöne Porträts von meinem Vater und von meiner Mutter gemalt. Antike Möbel oder neue Möbel aus feinen Hölzern zierten die Räume, dazu Porzellan aus China oder Meißen. Meine Mutter war eine große Sammlerin mit gutem Geschmack. Sie liebte ihre Kunstobjekte mehr als ihre Kinder, von denen ich das älteste war. Nach mir kamen zwei Schwestern, Leonie im Jahr 1918 und Estella im Jahr 1921. Dass sie einmal Galeristin in Los Angeles werden sollte, hat meine Mutter sicher nicht geahnt.

Zum Luxus des Hauses gehörten ein Wintergarten mit Marmor und seltenen Pflanzen, außerdem mehrere komfortable Badezimmer mit Handtuchwärmern. Die Küche lag unter dem Dach, damit die Gerüche oben blieben. Nur das Schwimmbad im Keller wurde nie zu Ende gebaut. Denn während das Familienpalais entstand, zerbrach die Familie.

Weshalb mir meine Mutter den Vornamen Konrad gab, der bis dahin in der Familie nicht üblich war, weiß ich nicht. In meiner Kinderzeit führte der Name zu Hänseleien, denn kaum jemand konnte widerstehen, die bekannten Verse aus dem «Struwwelpeter» zu zitieren: «Konrad, sprach die Frau Mama, ich geh aus und du bleibst da …» Es ist deshalb sogar zu Prügeleien gekommen.

Eingeschult wurde ich 1920 in der Privatschule von Fräulein Lenze. Sie befand sich in der Keithstraße, in einer Wohnung in der vierten Etage. Zur Schule begleitete mich jeden Morgen unsere Gouvernante Agnes Kühn, die mich auch abholte. Das war ein weiterer

Grund für die Mitschüler, mich zu hänseln. Später schickte man mich auf das Mommsengymnasium, an dem es mit unserem Turnlehrer Hartmann einen ausgemachten Frühnazi gab. Wurde ich bis dahin wegen meines Vornamens gehänselt, so nun wegen meines Nachnamens. Die Namen waren mein Stigma, was eine gewisse Vereinsamung bewirkte. Das änderte sich erst, als ich auf das Französische Gymnasium geschickt wurde.

In meiner Familie waren alle christlich getauft; eine Synagoge habe ich nie betreten. Außerdem haben wir jedes Jahr Weihnachten gefeiert. Aber das war den Nazis gleichgültig. Mir war schon als Knabe der Irrsinn des Nazismus von Anfang an klar, obgleich ich das noch nicht in Worte kleiden konnte. Da war zunächst einmal der Judenhass. Das war es aber keineswegs allein. Es gab einen wilden, leidenschaftlichen, frei schwebenden, frei schwelenden Hass in der deutschen Welt. Dieser Hass einte unter Hitler die verschiedensten Elemente des Volkes.

Der Hass war die nie versiegende Quelle der Begeisterung des deutschen intellektuellen Lumpenproletariats, dem auch die gesamte Oberschicht angehörte. Mit Politik hatte die Nazischande überhaupt nichts zu tun! Wer die Nazis nicht von Anfang an verabscheute, war ein Unmensch, und basta! Ein Nazi zu sein war kein Denkfehler, sondern ein Charakterdefekt. Andererseits vertrauten viele Gefährdete auf den deutschen Rechtsstaat, und nur wenige hielten die Deutschen für ein Volk, das zu allem fähig ist.

Sehr früh lernte ich sogenannte Prominente kennen: Albert Einstein, die junge Marlene Dietrich, Tilla Durieux und auch den Boxer Max Schmeling. 1938 sah ich in New York seinen Kampf gegen Joe Louis, der 90 Sekunden dauerte. Ich glaube nicht, dass Schmeling ein Nazi war, auch wenn er sich von ihnen benutzen ließ. Der Bildhauer Professor Friedrich kam oft zu Besuch, er wurde von meiner Mutter gefördert.

Zu den Freunden des Hauses gehörte der Rennfahrer Rudolf Caracciola. Er galt als rasanter Starter mit kühlen Nerven, Geduld und Mut, aber er war nicht tollkühn. So lehnte er es ab, einen wahnsinnigen Geschwindigkeitsrekord zu fahren. Dank seiner «Seehundsaugen» galt er als guter Fahrer im Regen. Caracciola leitete die Generalvertretung von Mercedes am Kurfürstendamm. Für wichtige Kunden, wie meinen Vater, testete er deren Autos bei Problemen höchstpersönlich auf der Avus. Mein Vater besaß einen knallroten Mercedes 24 / 100 / 140K mit schwarzem Dach. Caracciola kam mit seinem Rennwagen zu uns, denn damals war es noch erlaubt, diese auf den Straßen zu benutzen. Es war ein offener Wagen, der 28 / 120 / 200 SS.

Mein Vater und sein Chauffeur Lehmann fuhren zur Avus, Caracciola folgte ihnen im Rennwagen: mit mir als Beifahrer. Auf der Rennstrecke fuhr er dann mit meinem Vater und dem Chauffeur einige Runden, während ich allein auf den Rennwagen aufpassen sollte. Ich war 15, setzte mich hinter das Lenkrad aus poliertem Holz. Da der Zündschlüssel noch steckte, ließ ich den Motor an. Aber gerade in dem Moment kamen die anderen zurück. Statt mich zu beschimpfen, wie ich erwartete, fragte Caracciola: «Willst du ihn mal fahren?» Dann setzte er sich neben mich und sagte: «Also los!»

Der Wagen war schwer zu bedienen – eine harte Kupplung, eine Kugelschaltung –, aber alles klappte problemlos. «Er hat Talent», sagte Caracciola zu meinem Vater, «ich könnte ihn schulen.» Mein Vater konnte sich seinen Sohn nicht als Rennfahrer vorstellen. Chauffeur großer Autos zu sein war damals ein Traumberuf, doch für die Kinder reicher Leute kam das nicht in Frage.

Meine Mutter fuhr ein tiefblaues Mercedes Coupé. Das Auto war eine Maßanfertigung, wie auch alle unsere Hemden, Kleider und Schuhe sowie die speziellen dreiteiligen Schuhleisten. Wir waren Kunden bei Wilhelm Breitsprecher, einst Kaiserlicher Hofschuhmacher.

Als ich 12 war, kam einmal Marlene Dietrich zum Mittagessen ins

Haus, zusammen mit dem Regisseur Victor Barnowsky, bei dem sie debütierte, und mit ihrer Kollegin Sybille Fleming. Marlene hatte damals dunkles Haar, gab sich ausgesprochen munter. Später in Amerika sah ich sie noch zweimal wieder.

Mein Vater war Mitglied im «Land- und Golfclub Berlin-Wannsee»; eine Zeitlang war er dort sogar Vizepräsident. Über ihn habe ich auch zu diesem Sport gefunden, den ich später in Amerika weiter betrieb. Ich spielte gar nicht schlecht, durfte sogar zur Berliner Juniorenmeisterschaft antreten. Präsident des Golfclubs war Herbert M. Gutmann, Direktor der Dresdner Bank. Mein Vater hatte sich direkt am Berliner Club-Gelände einen Bungalow bauen lassen, um dort manchmal zu übernachten.

Mitglied im Club war auch der älteste Sohn des Kaisers, Prinz Wilhelm von Preußen. Der Prinz hatte ein Verhältnis mit der Frau des Bankiers Dr. Schwarz, einer Jüdin mit echt Berliner Schnauze, die ihn stets mit «Majestät» anredete. Wiederholt habe ich mit dem Prinzen Golf gespielt und jedes Mal gewonnen. Der liebste Mensch auf dem Golfplatz war mein Caddie, ein Mädchen namens Erna, mein erster Schwarm. Auf diesem Golfplatz geschah es auch, dass Herbert Gutmann Anfang 1931 meinem Vater zuflüsterte, dass die Darmstadter Bank Pleite gemacht habe. Das war der Anfang der großen Krise, die auch meinen Vater schwer treffen sollte.

Ich kannte das Reichsein, die Privilegien, aber auch die Nachteile meiner Familiensituation; doch dann lernte ich den plötzlichen Verlust von allem kennen. Ich selbst wurde später nie vermögend. Als ich mit 19 Jahren auswanderte, war ich vorbereitet auf ein abenteuerliches Leben unter wechselnden Umständen.

1931 wurde meinem Vater übel mitgespielt. Intrigen eines deutschvölkischen Bankiers kosteten ihn sämtliche Posten in Aufsichtsräten und schließlich sein Vermögen. Man machte ihm den Prozess wegen Konkursverschleppung und Ähnlichem. Das war ein Riesenskandal, der in der Presse ausgeschlachtet wurde, insbesondere in der Nazi-Presse. Er wurde verurteilt, auch wenn man ihm wenig nachweisen konnte, und saß drei Monate im Gefängnis. Als er wieder herauskam, war er ein gebrochener Mann.

Er hatte alle Villen verloren, das Rittergut Freienhagen, seine Autos und seinen guten Ruf. Er lebte nun mit der Schauspielerin Tilla Durieux zusammen, deretwegen er sich von meiner Mutter scheiden ließ. Die Schauspielerin, die ihn erst ein Jahr zuvor geheiratet hatte, musste sich nun um ihn kümmern.

Ich hatte 1932 das Abitur gemacht und im Sommersemester in Heidelberg mit dem Jurastudium begonnen. Dafür reichten die Ersparnisse meiner Mutter noch. Zum Wintersemester 1932/33 wechselte ich nach München. Dort erlebte ich den 30. Januar 1933.

Ich fuhr zu Skiferien nach Österreich, kam noch einmal in meine Bude in der Ohmstraße zurück. Nach einigen unliebsamen Begegnungen beschloss ich, mit dem Zug nach Paris zu fahren. Ich hatte eben erst meinen 20. Geburtstag erlebt (aber nicht gefeiert). Während an jenem ersten Tag meines Exils teils nüchterne, teils besoffene «Heil Hitler»-Rufe durch Münchens Straßen schallten, ging ich zu Fuß und mutterseelenallein zum Hauptbahnhof. Ich bestieg den nächsten Nachtzug nach Paris und nahm Platz auf einer Holzbank in der dritten Klasse. In Paris kannte ich keine Menschenseele. Ich hatte weder Geld noch einen Namen, noch irgendeinen Status vorzuweisen. Als Absolvent des Französischen Gymnasiums waren meine Sprachkenntnisse allerdings gut genug. Während ich die Nöte eines Emigranten kennenlernte, tobte in Deutschland der Veitstanz einer ganzen Nation.

ZWISCHENSTATIONEN

Ich verließ das rasend gewordene Deutschland am 12. März 1933. Einen guten Monat zuvor hatten die Deutschen die «Machtergreifung» der Massenmörder und -quäler als «Volkserhebung» und Neubeginn des Paradieses auf Erden gefeiert, unter ihrem «Führer» mit der feschen Haarlocke, der sich überschlagenden Stimme und den relativ kurzen Beinen, der vom bestechlichen Greis Hindenburg «böhmischer Gefreiter» genannt wurde, bevor er ihn zum Reichskanzler erhob.

Mit den erlaubten zweihundert Mark in der Tasche reiste ich nach Frankreich. Ich besaß kein Diplom, und meine zwei mageren Semester Studium der deutschen Jurisprudenz waren im Ausland keinen Pfifferling wert. Meine Eltern und meine wenigen deutschen Freunde hatten meine «wilde Abreise» nicht gebilligt und meinten: «Du bist verrückt! Der Hitler bleibt doch nicht am Ruder! Was kann der schon anders machen als die anderen? Die Deutschen lassen den doch nichts machen, was nicht legal ist! Und die Welt schon gar nicht! In spätestens drei Monaten ist der doch fertig! Du wirfst ja Dein Leben weg!»

So sprachen sie und viele andere in ihrem besorgten Unverstand und mussten, wie mein armer Vater, später auf schreckliche Weise für ihre Unkenntnis des deutschen Volkes büßen. Gerade mein Vater hatte sich immer als loyaler deutscher Bürger gesehen, zumal er getauft war.

Wie viele andere Emigranten lebte ich in Frankreich, weil ich nur da geduldet wurde, nicht weil ich es mir so ausgesucht hatte. Wir deutschen Flüchtlinge waren nicht willkommen, wurden als lästige Fremde angesehen und als «sales boches» beschimpft. (Die Haltung der Amerikaner uns gegenüber, die ich später erlebte, war ganz anders, Fremden gegenüber viel offener.) Zeitweise lebte ich auch in Amsterdam. Ich konnte mich mit kleinen Jobs und ein bisschen Geld von meiner Familie über Wasser halten.

In Paris arbeitete ich bei einer Vermögensberatung. Ein Kollege dort hieß Franz Pieck. Er hatte einen grausamen Mund, eine niedrige Stirn, eine scharf gebogene Adlernase. Sein starker Bartwuchs ließ ihn immer unrasiert aussehen, im Gesicht wirkte er dunkel. Pieck war Spezialist für Gold. Devisen, Häuser, Geldanlagen hielt er für faulen Zauber. Er glaubte nur an Gold. Für Ökonomen ist Gold eine irrationale Sache, und so glauben sie nicht daran. Es bringt keine Zinsen. Franz Pieck glaubte, dass man sich allein auf das Irrationale verlassen könne. Als er 1939 nach Amerika ging, nahm er sein ganzes Vermögen in Gold mit. Er starb als steinreicher Mann.

Ein anderer Kollege in Paris war Richard Lewinsohn, der bis 1933 Journalist bei der Berliner *Weltbühne* und bei der *Vossischen Zeitung* gewesen war. Von Beruf war er Arzt, er schrieb Gedichte, aber auch Studien zu ökonomischen Fragen sowie Porträts von Industriellen. Im Pariser Exil schrieb er unter dem Pseudonym Campanella in der Emigranten-Presse sowie in französischen Zeitungen.

Lewinsohn hatte einen dicken Bauch und trug ungebügelte Hosen. Er war ein sanfter Mann. Ich musste für ihn den Verlauf der Kurse für Gold, Silber und Kupfer aufzeichnen und in einer Kurve graphisch darstellen. Als ich die Firma 1935 verließ, um in die USA zu gehen, gab mir Lewinsohn die Hand und schaute mich lange und mitleidig an, als bezweifele er, dass ein so schmächtiger Jüngling im rauen Amerika seinen Weg machen würde.

1939 sperrten die Franzosen Lewinsohn ein, wie fast alle Emigranten, doch 1940 konnte er nach Brasilien fliehen. Dort wurde er Wirtschaftsberater der Regierung und Dozent für Ökonomie an der Universität von Rio. Nach 1952 lebte er in Paris, verfasste noch viele Veröffentlichungen. Er starb auf einer Reise in Madrid.

In Paris lernte ich im Februar 1934 Klaus Mann und dessen Pariser Freundeskreis kennen, darunter die Kinder von Thea Sternheim, Klaus und Dorothea, genannt Mopsa. Zuweilen besuchte ich Klaus Mann und seine Schwester Erika in Südfrankreich, wo man eine Menge deutscher Emigranten antreffen konnte.

Die Ausgewanderten glaubten mehrheitlich, Hitler würde sich nicht mehr lange halten können. Viele saßen in Cafés herum und warteten darauf, wie sich die Lage entwickelte. Ich erinnere mich an ein Zusammentreffen mit Klaus Mann und Jean Cocteau, der mit seinem Liebhaber gekommen war. Übrigens war Cocteau nur bedingt gegen die Nazideutschen, da er seine Drogen aus deutschen Quellen bezog und nicht von seinem Nachschub abgeschnitten werden wollte. Cocteau wirkte sehr klug und direkt. Er nahm an, dass ich eine Beziehung mit Klaus hätte, was nicht der Fall war. Obwohl wir in dieser Zeit eng miteinander befreundet waren, pflegte Klaus seine Freundschaften und sein Liebesleben diskret auseinanderzuhalten, so wie er auch seine Drogensucht zu einem hohen Grad vor anderen versteckt hielt.

Im Sommer 1934 verschlechterte sich meine Lage in Paris. An eine reguläre Arbeitserlaubnis war nicht zu denken, meine Finanzreserven schwanden. Ich hatte keine Aussicht auf eine Karriere oder einen festen Wohnsitz. Deshalb beschloss ich, nach Jugoslawien zu gehen, wohin mein Vater mit seiner zweiten Frau Tilla Durieux geflüchtet war. Sein Vermögen hatte er größtenteils verloren. Um Geld in neue Geschäfte investieren zu können, mussten Tilla und er Kunstwerke verkaufen, in der Schweiz oder in Paris, so etwa ein Porträt Tillas, das Renoir gemalt hatte. Heute befindet sich dieses Gemälde im New

Yorker MOMA. Andere Stücke aus der Sammlung meiner Eltern befinden sich immer noch in Jugoslawien.

Mein Vater hatte in Ljubljana eine Fabrik gegründet, in der Motoren von Lieferwagen von Benzin auf Holzverbrennung umgebaut wurden. Aber das erwies sich bald als Fehlinvestition. Mit einer Hotelgründung hatte mein Vater später etwas mehr Glück. Aber meine Zukunft lag nicht auf dem alten Kontinent.

Bevor ich mich zur Überfahrt nach Amerika entschloss, bin ich Anfang 1935 noch einmal nach Berlin zurückgekehrt. Mein deutscher Pass war noch gültig. Ich ging zuerst nach München, von wo mich der Kunsthändler Böhler, bei dem meine Eltern gute Kunden gewesen waren, im Auto nach Berlin mitnahm, wenn auch nur widerwillig. Unterwegs hatten wir eine Autopanne. Beim Reifenwechsel half uns ein Passant, der sich mit «Heil Hitler!» verabschiedete. Ich war verwirrt, wusste nicht, wie ich mich verhalten sollte, wollte weder auffallen noch den Gruß erwidern. Der Helfer ging wütend davon. Die Szene ist mir lange im Gedächtnis geblieben, wie ein böser Traum.

Ich blieb zwei Tage in Berlin. Meine Mutter und meine beiden Schwestern wohnten in einer bescheidenen Wohnung. Sie hatten nur wenig Geld, konnten mir aber etwas leihen, damit ich die Überfahrt bezahlen konnte. Auch sie dachten schon an Auswanderung.

Einmal rief ich bei der Familie eines Bekannten an, ein schwuler deutscher junger Mann namens Horst Prüfmann, der im Zuge des sogenannten Röhm-Putsches 1934 ermordet wurde. Seine Mutter meldete sich am Telefon, reagierte aber verlegen auf meinen Namen und wollte nichts weiter sagen.

Mit dem Zug fuhr ich in Richtung Holland. In Amsterdam wohnte ein Freund von mir in der Keizersgracht 9. Dort könnte ich unterkommen, dachte ich, und mich im Hafen um ein Schiffsbillett nach New York kümmern. An der Grenze aber ließen mich die holländischen Zöllner nicht einreisen, weil ich keine Einladung vorweisen konnte. Man schickte mich zurück, das hätte unangenehme Folgen haben können.

Dem deutschen Bahnhofsvorsteher gegenüber, der sich über meine schnelle Rückkehr wunderte, sagte ich: «Eine Schweinerei, sie haben mich nicht reingelassen! Das hätte bei uns in Deutschland nie passieren können!» Er gab mir lauthals recht und lud mich zu einem Schnaps ein. Mit dem nächsten Zug klappte dann aber die Einreise in das vorerst noch sichere Nachbarland.

Von Holland aus machte ich einen Abstecher nach Paris und Nizza, doch im Herbst 1935 gelang es mir, die Einwanderung in die Vereinigten Staaten von Amerika zu bewerkstelligen. Ich fuhr auf dem holländischen Dampfer *Statendam,* der später im Weltkrieg durch Torpedos versenkt wurde, über das große Meer in das mir völlig unbekannte New York. In der Mitte des Ozeans erfasste uns ein Sturm, der fast zwei Tage andauerte und unseren Riesendampfer auf hoher See umherschleuderte wie einen Spielball. Als der Sturm sich gelegt hatte und die See glatt wie ein Riesenspiegel dalag, erschienen die eleganten Herrschaften aus der ersten Klasse (zu denen auch ich gehörte) zu den Mahlzeiten im Speisesaal, wo von eiligen Kellnern riesige Portionen serviert wurden. Da ich nicht an der Seekrankheit gelitten hatte, sprach ich den einladenden holländischen Spezialitäten kräftig zu.

Auf dem Schiff machte ich bald die Bekanntschaft einer amerikanischen Familie. Der Vater – ein Mann mittleren Alters – lud mich zu einem Genever ein und stellte mich seiner Frau und seinen drei Töchtern vor. Alle schienen, wie auch er selbst, erstaunlich guter Laune zu sein. Den Grund für die gute Laune erfuhr ich erst später: der Vater, ein bedeutender Rechtsanwalt, hatte kurz zuvor einen Strafprozess verloren, der ihn trotzdem reich gemacht hatte. Er hatte den berüchtigten Gangster Al Capone verteidigt. Mit seiner Frau und seinen drei attraktiven Töchtern hatte er eine Reise nach Europa unternommen, wo sich die jungen Damen, besonders in Paris, königlich amüsiert hatten. Vielleicht hielt er es für ratsam, nach dem Prozess eine Weile anderswo unterzutauchen.

Während der restlichen Tage der Reise verbrachte ich viel Zeit mit dieser Familie, die sich über mich und mein recht schwaches und holpriges Englisch amüsierte. Außerdem war ich damals ein recht gutaussehender junger Mann, sodass die Eltern in mir wohl einen möglichen europäischen Schwiegersohn sahen. Es war damals nicht ungewöhnlich, dass reiche Amerikaner nach Europa fuhren, um dort Männer für ihre Töchter zu finden. Junge, gutaussehende Passagiere in der ersten Klasse auf den Überseeschiffen wurden von manchen Amerikanern als Mitglieder des europäischen Adels angesehen. Mit der jüngsten und schönsten der drei Anwaltstöchter kam es zu einem bescheidenen Flirt. Am Ende der Reise stand ich gut genug mit der Familie, um ihr einen Heiratsantrag zu machen – aber dieser Plan zerschlug sich, wie so viele in meinem wunderlichen Leben.

Als ich auf Ellis Island ankam, fragte mich der bärbeißige Grenzbeamte, ob ich Geld dabeihätte. Ich sagte wahrheitsgemäß: «300 Dollar.» Da brüllte der Beamte los: «Don't you lie to me!» Sie Lügner! Sie sind viel zu jung für so viel Geld! Und der ganze Saal bebte unter seinem Brüllen. Aber ich hatte die Wahrheit gesagt. Allerdings hatte ich keineswegs das Gefühl, vor allem in der ersten Zeit in New York, zu viel Geld zu haben.

In New York lernte ich dann eine Familie mit Namen Fronknecht kennen, die schon vor längerer Zeit aus Deutschland ausgewandert war und nun an der 5th Avenue lebte. Auf der Madison Avenue hatte ich einen ehemaligen Mitstudenten getroffen, der mich zum Sechstagerennen im Sportpalast mitnahm. Dort stellte er mich zwei jungen Damen vor, den Töchtern jener Familie Fronknecht. Eine von ihnen wollte mich unbedingt heiraten, und so kam ich in Kontakt mit der High Society, während ich andererseits von kärglichen Jobs leben musste. Auf diese Weise lernte ich Amerika von beiden Seiten kennen. Die Fronknechts verschafften mir das Affidavit, das nötig war, um ein «Visitor's permit» zu erhalten, als Voraussetzung für einen längeren Aufenthalt im Lande. In Paris wäre es leichter gewesen, eines zu erhalten.

Damit die unbefristete Aufenthaltsgenehmigung gültig wurde, musste ich das Land noch einmal verlassen. Ich reiste also über die kanadische Grenze, aber auch dieses Mal wurde ich wegen meiner Bargeldbestände befragt. Ich hätte hundert Dollar bei mir, sagte ich und musste sie vorzeigen. Doch besaß ich fast 200 Dollar, mehr, als ich selbst gedacht hatte. Für ein paar Tage blieb ich in Montreal, wo ich niemanden kannte, bis ich auf dem dortigen US-Konsulat meine offizielle Einwanderungserlaubnis erhielt. Mit meinen Englischkenntnissen war es noch nicht sehr weit her. Immerhin hatte ich inzwischen einen anerkannten Status.

BEGEGNUNGEN MIT THOMAS MANN IN NEW YORK

In New York schlug ich mich zuerst auf kleinen Pöstchen durch. So war ich Aktienhändler bei dem später sehr berühmten Wirtschaftswissenschaftler und Börsianer Benjamin Graham an der Wall Street. Wir hatten eine gute Beziehung zueinander und schätzten gegenseitige Offenheit, aber meine Bemühungen, mir an der Wall Street ein Riesenvermögen zu verdienen oder mir wenigstens ein erträgliches Leben zurechtzuschustern, waren nicht von Erfolg gekrönt.

Die wenigsten Leute konnten sich meinen Namen merken, aber wenn sie es schafften, riefen sie gerne: «Katzenellenbogen, how are you?» New York war ein schweres Pflaster – besonders zu jener Zeit, als die Große Depression zwar am Abklingen, aber noch keineswegs vorüber war.

Ein für mich damals unerwarteter Aspekt der Emigration war es, dass Leute aller Art durch die Flucht vor den Nazis durcheinandergeschüttelt wurden. In New York begegnete ich einem bekannten deutschen Kommunisten.

«Nanu», fragte ich einfältig, «wieso sind Sie denn hier in Amerika und nicht in Moskau?»

«Moskau?», antwortete er, «als Kommunist kann man doch in Moskau nicht leben!» Und so war er nach Amerika gegangen, wie so viele.

Ich traf in New York manche Bekannte wieder, wie den aus Wien stammenden Feuilletonisten Anton Kuh, den ich schon in Paris gesehen hatte, aber auch den Regisseur Eric Charell, der ein bekannter

Mann in Berlin gewesen war, wo er das *Weiße Rössl* inszeniert hatte. Es wurde einer der größten Theatererfolge der Weimarer Zeit. Nun versuchte er sich als Regisseur in New York und in Hollywood.

Im Jahre 1938 ging ich mit meinem Freund Jerry Speyer im Central Park spazieren. (Sechs Jahre später nahmen wir beide als amerikanische Soldaten an der Normandielandung teil.) Ich lernte ihn nicht in Deutschland, sondern erst in New York kennen und schätzen. Er hatte genau wie ich Deutschland Anfang 1933 verlassen. Jerry war der Neffe des damals sehr bekannten und ebenfalls 1933 emigrierten Autors Wilhelm Speyer [1887–1952], der den Roman *Der Kampf der Tertia* geschrieben hatte und mit den Manns gut bekannt war, sodass sie auch seinen Neffen willkommen hießen. Jerry sagte zu mir: «Ich gehe heute Nachmittag ins Hotel Bedford, um Erika Mann zu besuchen. Wollen Sie nicht mitkommen? Vielleicht ist der Vater ja auch da, dessen Bücher gefallen Ihnen doch so sehr!» (Damals siezten sich junge Leute noch.)

Thomas Manns Bücher und Novellen hatte ich in Deutschland als Gymnasiast mit großem Genuss gelesen, denn sie hatten mich stärker angesprochen, beeindruckt, belehrt und amüsiert als all die anderen Bücher, die ich, wie viele Jugendliche aus der deutschen Oberschicht, ebenfalls gelesen hatte. Thomas Manns Werke – besonders die Novelle *Tonio Kröger* und der Roman *Der Zauberberg* – hatten einen tiefen Eindruck auf mich gemacht, um so mehr, als meine Eltern zwar sehr «kultiviert», aber keine besonders eifrigen Leser gewesen waren, was die Lektüre für mich zu einer selbständigen Forschungsarbeit machte. Besonders gut hatte mir immer sein Humor gefallen. Eine der großartigsten Eigenschaften von Manns Erzählungen ist ja, dass sie so überaus amüsant sind.

Ich hatte Ehrfurcht vor ihm, sah in ihm aber eher einen erstaunlichen Menschen als ein zu vergötterndes Phänomen. Thomas Mann war zu dieser Zeit wieder auf einer Amerikareise und machte in New

York halt. 1938 übersiedelte er dann von seinem Schweizer Refugium Küsnacht am Zürichsee nach Princeton an der amerikanischen Ostküste, wo er eine Gastprofessur innehatte.

Das Bedford war und ist ein für amerikanische Verhältnisse kleines, aber vornehmes Hotel an der 40. Straße in Manhattan, nur sechs oder sieben Stockwerke hoch, unweit der berühmten 42nd Street in einer verhältnismäßig ruhigen Gegend gelegen. Die Manns hatten zwei Schlafzimmer und einen kleinen Salon im ersten Stock gemietet. Während des Tees in jenem Salon waren außer Erika und Klaus auch Thomas Mann und seine Frau Katia erschienen.

Im Gespräch mit Thomas Mann fiel mir vor allem auf, dass seine Ausdrucksweise weniger gewählt und viel humorvoller war als in seinen Büchern, aber so präzise, dass sie mich faszinierte. Er wirkte bescheiden, aber selbstsicher, und vor allen Dingen überaus förmlich. Zugleich war er ausgesprochen freundlich.

Bei unserem ersten Gespräch trug er einen grauen Anzug mit Weste und eine breit gebundene Krawatte. Beim Tee fragte er mich, wie und wann ich nach Amerika gekommen sei und wie ich mich hier eingelebt hätte. So lernte ich schon beim ersten Gespräch eine seiner Haupteigenschaften kennen: wenig selber zu sagen, aber viel zu fragen.

Viele Menschen, besonders Schriftsteller, geben ihrem narzisstischen Drang nach, ihre zumeist unaufmerksamen Mitmenschen beeindrucken zu wollen – sei es mit ihrem Wissen, ihrem Witz, ihrem Erfolg, ihrem vermeintlichen Genie. Viele Emigranten hatten ihren Status in der Heimat nicht wiedererlangt und spielten sich in den USA umso mehr auf.

Thomas Mann hingegen sprach nur sehr wenig, machte keine Bonmots, ließ seinen Witz nicht sprühen, überraschte seine Zuhörer nicht. Er war das Gegenteil eines Salonlöwen. Er wäre in gewisser Weise unscheinbar gewesen, wenn nicht sein enorm konzentriertes

Interesse am anderen – ob anwesend oder nicht – ihn von Leuten unterschieden hätte, die krampfhaft bemüht sind, Eindruck zu schinden. Er nahm den zu ihm Sprechenden wirklich wahr. Offensichtlich vernahm er nicht nur, was gesagt wurde, sondern musterte auch dessen Haltung, Gesichtsausdruck und Stimme, teils aus natürlichem Interesse, teils aber auch, weil er ein Sammler von Eindrücken war, die später einmal – oft an erstaunlichen Stellen – in seinen Büchern verwendbar sein könnten. Mann war, so schien es mir, ein passionierter Sammler alles Menschlichen, ein Sammler und Einordner von Gesichtsausdrücken, Reaktionen, Bewegungen und Stimmen. Er war «ganz Ohr», aber auch «ganz Auge»; es war eine Angewohnheit, eigentlich eine Gabe.

Auch als sich das Gespräch um Politik drehte und es zu heftigen Meinungsverschiedenheiten zwischen den Gästen und den Mann-Kindern kam, widersprach er niemandem. Selbstverständlich gab er auch niemandem recht. Wie ich später erfahren sollte, war er eben fast ganz Schreiber geblieben. Das Schreiben war seine Kunst und seine Leidenschaft – das liebevolle, oft andächtige Zurechtkneten der Gedanken und Gefühle Dritter in Worten.

Anfang 1940 übersiedelte ich nach Santa Monica, einem Vorort von Los Angeles, in der Hoffnung, dort Fuß zu fassen. In meinem Leben war dies die dritte «wilde Abreise» (siehe *Zauberberg*): Die erste hatte mich von Deutschland nach Paris und Jugoslawien geführt, die zweite von Europa nach New York und die dritte an die Westküste. In den sechs Jahren seit meiner Auswanderung aus Deutschland war es mir nicht gelungen, mich irgendwo dauerhaft niederzulassen und mir eine Existenz aufzubauen.

VOM FREUND DES HAUSES ZUM SEKRETÄR DES ZAUBERERS

In New York hatte ich eine attraktive blonde Amerikanerin namens Virginia Stuerken kennengelernt und mich unsterblich in sie verliebt. Sie lebte mit ihrem Mann in Detroit, in einer unglücklichen Ehe. Ich beschloss, sie zu entführen und zu heiraten. Erika Mann ermutigte und unterstützte mich bei meinem Vorhaben. Auf der Autoreise von New York nach Los Angeles im April 1940 machten Erika und ich in Detroit Station und nahmen Virginia einfach mit. Erika brachte es fertig, sie von unserem Plan zu überzeugen. In Reno, Nevada, dem Paradies für schnelle Scheidungen und Trauungen, wurde die Scheidung von ihrem Mann und die Heirat mit mir vollzogen. Ihr Mann war zwar geschockt, wurde von uns aber einfach beiseitegeschoben. Bis zu meiner Zeit in der Armee waren Virginia und ich sehr glücklich miteinander.

Kurz zuvor war meine Mutter Estella Katzenellenbogen mit meinen zwei Schwestern direkt von Europa nach Kalifornien emigriert, weil sie eine gute Freundin an der Westküste hatte und dort einige Emigranten von früher kannte. Über mich kam sie in Kontakt mit den Manns, die sie oft zum Mittagessen oder zum Tee einluden. Wenn die Manns auf Reisen waren, kümmerte sie sich um deren Garten. Auch in allen Fragen, welche Kunst und Gemälde betrafen, beriet sich Thomas Mann mit ihr. Thomas Mann nannte sie 1945 in einer für sie signierten Stockholmer Gesamtausgabe scherzhaft «Frau Katzi». Sie eröffnete im Jahr 1942 am Sunset Boulevard (8650, Sunset Plaza) die Galerie *International Art*, auf Paul Klee spezialisiert, die erste Galerie in Los Angeles überhaupt, die sie nach wenigen Jahren wieder aufgab, da die Kunden mehr an Einrichtungsgegenständen als an Kunst interessiert waren und sie selbst sich eher als Sammlerin denn als Kunsthändlerin empfand.

Kalifornien war damals natürlich «weit, weit weg» von Deutschland – erst sieben Tage mit einem schaukelnden Riesendampfer von Europa nach New York und dann eine schier endlose Eisenbahnfahrt von vier Tagen durch die verschiedenen Städte und Landschaften Amerikas. Durch die Wüste im Westen des Landes zu fahren war für einen Europäer ein erstaunliches Erlebnis: So riesig waren die Entfernungen, dass der Zug, wenn man aus dem Fenster sah, langsam wie eine Schnecke zu kriechen schien, obwohl er in Wirklichkeit im Hundertstundenkilometertempo durch die kahle Gegend eilte. Die Reise erforderte viel Geduld, selbst wenn man sich im gemeinsamen Schlafwagen zur Ruhe legte. Man wurde sich der Riesenentfernung von seinem ehemaligen Zuhause in Europa auch bewusst, weil man mit Freunden und Verwandten nicht sofort in Verbindung treten konnte.

Als ich im April 1938 meine erste Reise nach Kalifornien machte, war man zwar gerade dabei, eine Telefonverbindung mit Europa herzustellen, aber natürlich nicht für die breite Masse. (In den zwei Jahren, in denen ich Manns Sekretär war, haben meines Wissens weder er noch seine Freunde je mit Europa telefoniert und auch nur selten innerhalb der USA.) Natürlich konnte man nach Europa schreiben, aber ein Brief per Eisenbahn und Schiff von Kalifornien nach Deutschland oder umgekehrt war drei bis vier Wochen unterwegs.

Es war auch nicht einfach, sich mit den Einwohnern Kaliforniens über die Zustände in Europa zu verständigen. Sie konnten zunächst einfach nicht glauben, dass die Deutschen, also Leute, die ihr Bier und ihre Weißwurst ernst nahmen, sich in das Fegefeuer einer entmenschten Gewaltherrschaft oder gar eines modernen Krieges stürzen würden, und das unter der Fuchtel eines kreischenden und wild gestikulierenden Menschenfeindes.

Dazu ein kleines persönliches Erlebnis: Als ich 1938 zu Besuch in Kalifornien war und eine Bank betrat, wollte der Mann am Schalter wissen, was nun eigentlich in der Welt geschehe, besonders in Deutschland, über das er viel Gutes gehört hatte.

«Warum sind Sie denn hierhergekommen», fragte er mich, «so weit weg von Ihrem Land?»

«Weil man dort Menschen ins Gefängnis wirft, ermordet oder auch bei lebendigem Leib verbrennt.»

«Are you kidding me?», rief der junge Angestellte. «Sie machen wohl Scherze? Solche Witze hört man hier in Kalifornien nicht gerne.»

«Nein, nein», antwortete ich, «so ist das jetzt in Deutschland wirklich, und deshalb bin ich ja von dort geflohen.»

Der junge Mann sah mich befremdet und verlegen an. «Soso», sagte er und schlug eilig seine Geldkassette zu. «Na dann goodbye!», fügte er noch an.

Nicht nur hatte er mir kein Wort geglaubt, sondern er war empört darüber, dass ich ihm solche «Witze» erzählte. Und nun wollte er mit mir nichts weiter zu tun haben. Mein Gott, dachte ich, und so etwas nach fünf Jahren Nazitum! Ich ließ nicht locker und erzählte ihm, was die Deutschen Tag für Tag wirklich taten, während wir in Kalifornien in Sicherheit und Ignoranz den Sonnenschein genossen.

Plötzlich wurde der junge Mann tiefernst und sagte zu mir: «Also gut – ich glaube Ihnen! Man foltert und tötet jetzt Hunderttausende von unschuldigen Menschen in Deutschland – das sagen Sie! Gut! Dann erklären Sie mir bitte auch, warum man das in Deutschland tut!»

Ich war froh, ja erleichtert, dass er mir glaubte, und wollte ihm schon die elende Litanei vorbeten von der Inflation in Deutschland, der Hungersnot, vom verlorenen Krieg, vom Rassenwahn, als ich plötzlich innehielt. Wenn ich das dem jungen Mann als die Gründe für die Massenmorde nennen würde, musste er doch annehmen, ich sei ein Verrückter, ein Lügner oder beides. Denn das sind doch keine

Gründe für das, was die Deutschen taten, Tag für Tag, Jahr für Jahr! So blieb ich stumm und schlich mich davon. Bis heute habe ich auf die damalige Frage des jungen Kaliforniers keine Antwort. Warum haben die Deutschen das getan? Warum?

Uns Ausgewanderten war trotz der Entfernung Kaliforniens von Deutschland das, was unter der deutschen Verbrecherregierung geschah, ein Albdruck. Man wusste, auch wenn man es sich kaum vorstellen konnte, dass am anderen Ende der Welt täglich Tausende von Menschen von fleißigen Beamten des deutschen Staates gefangen, auf das entsetzlichste gefoltert und ermordet wurden, dass man die Deutschen vorerst aber nicht daran hindern konnte. Man wusste auch, dass man viele unschuldige Menschen würde opfern müssen, um dem Moloch Einhalt zu gebieten, denn Tag für Tag las man in den Zeitungen von den Menschenopfern, die er verschlungen hatte. Im Radio hörte man den vom deutschen Volke Vergötterten mit seiner gurgelnden Stimme und seiner furchtbaren Sprache ankündigen, was er und seine Millionen von entfesselten Männern und Weibern noch im Schilde führten.

Gleichzeitig aber war man guter Hoffnung, dass dieser Fluch, der über die Menschheit gekommen war, doch eines schönen Tages zerschlagen und zertreten würde. Diese Zeit, während deren ich Thomas Manns Sekretär war, empfand ich deswegen zugleich als eine Zeit des Schreckens wie auch der Hoffnung. Allerdings war ich selbst zu Beginn meiner Arbeit mit Thomas Mann achtundzwanzig Jahre alt, also nur auf Abruf bei ihm, denn ich war bereits durch meine Heirat amerikanischer Staatsbürger und musste jeden Tag mit der Einberufung in die Armee zum Militärdienst in Europa rechnen. Zunächst aber erlaubte mir das Schicksal eine Gnadenfrist von zwei Jahren in Manns Dienst, bevor auch ich am Krieg gegen mein früheres, mir aber nun so fremdes und verhasstes Vaterland von der Landung an der Normandieküste bis zur Einnahme von Berlin teilnahm.

1940 mietete ich in Santa Monica ein kleines möbliertes Haus, zweistöckig, mit schönem Garten und Blick auf den Pazifik. Der Makler dieses Hauses, der *real estate agent*, hatte 50 Dollar verlangt, und ich hatte gesagt, das sei mir zu viel. Da sagte er: «I toss you a coin.» (Ich werfe eine Münze.) «Wenn Sie gewinnen, zahlen Sie 45 Dollar, wenn Sie verlieren, zahlen Sie 55 Dollar.» Da hab ich okay gesagt, hab gewonnen und das Haus für 45 Dollar bekommen.

Dort lebte ich mit meiner Frau Virginia und machte mich auf die Suche nach einem Job, der uns beide ernähren könnte. Das war schwer, denn die zwei Semester Jura, mit denen ich als Student in Deutschland meine Zeit verschwendet hatte, waren keinen Dollar wert. Meine neun Jahre Latein und fünf Jahre Griechisch waren es auch nicht. Wie andere Auswanderer aus Deutschland sah ich mich nach Übersetzungsarbeiten um, da ich mir inzwischen mit Mühe die englische Sprache angeeignet hatte – eine Anstrengung, die einer, der das große Privileg hat, sein ganzes Leben in seiner eigenen Sprache leben (und lieben) zu können, nicht kennt. Aber Übersetzungsaufträge waren schwer zu finden, denn diejenigen, die sie hätten erteilen können, hatten den Einheimischen wenig zu sagen – und meist wenig Geld.

Im Juli 1940 traf ich bei einem Spaziergang auf der Promenade am Stillen Ozean in Santa Monica Erika Mann wieder. Ihre Eltern waren für eine Weile nach Los Angeles gekommen. Erika hatte sie begleitet und wohnte bei ihnen in dem Haus, das sie in Brentwood gemietet hatten, einem nordwestlichen Stadtteil von Los Angeles. Die Manns hatten einen großen Empfang in diesem Haus organisiert, zu dem sie mich einluden. Unter den Gästen waren der schon lange vor Hitler ausgewanderte Ernst Lubitsch, der Schauspieler Charles Boyer sowie Shirley Temple, damals ein etwa zwölfjähriges munteres Kind, ferner der Filmstar Conrad Veidt. Als Knabe in Berlin hatte ich ihn natürlich des Öfteren im Kino gesehen, wo er romantische oder auch ab und zu lustige Rollen spielte. Er hatte keinerlei Allüren, fragte dieses und jenes und erwartete offensichtlich nicht, angehimmelt, sondern als Person ernst genommen zu werden. Das war umso erstaunlicher, als er, für Hausmädchen wie für feine Damen der große Star, aufgrund persönlicher Schwierigkeiten mit Hollywoodgrößen enorme Probleme hatte, von denen er freimütig sprach. Thomas Mann redete ihm aufmunternd zu, worauf Veidt in schwermütiges Schweigen versank.

Im Verlauf des Sommers war ich des Öfteren bei den Manns zu Gast, wobei ich ihnen mit allen möglichen Dingen behilflich war. Manchmal kam meine Frau Virginia mit, die Thomas Mann «Golden Heart» nannte, weil er fand, sie hätte ein Herz aus Gold. In dieser Zeit überlegten sich die Manns, ob sie definitiv nach Kalifornien übersiedeln sollten. Wir sprachen mit ihnen über die Vor- und Nachteile eines Umzugs. Thomas Mann überreichte mir am Ende dieses Sommers seinen Sammelband *Die schönsten Erzählungen* mit der Widmung: «Mit Vergnügen sehe ich dieses Buch in den Händen Konrad Katzenellenbogens, des jungen Freundes vom Hause. Brentwood, den 31. August 1940.»

Im April 1941 zogen Thomas und Katia Mann endgültig nach Kalifornien. Nur wenige Tage nach ihrer Ankunft sah ich sie wieder. Erika Mann hatte mir erzählt, dass ihr Vater einen Sekretär für seine umfangreiche deutsche und englische Korrespondenz sowie zum Abtippen seiner Manuskripte suche, die er stets mit Tinte und Füllfederhalter schrieb. Vielleicht sei ich ja für diesen Posten geeignet. Berückt von der Aussicht, Sekretär des «Zauberers» (wenn auch kein Zauberlehrling) zu werden, begab ich mich in Begleitung meiner Frau am Karfreitag in das Haus, das er dieses Mal in Pacific Palisades, einem Vorort im äußersten Westen von Los Angeles, gemietet hatte.

Wenn Thomas Manns Verwandte und Freunde ihn den «Zauberer» nannten, so war das nicht als Anerkennung seiner meisterhaften, nicht selten waghalsigen Prosa gemeint, sondern ging darauf zurück, dass er in der Münchner Faschingssaison als Zauberer verkleidet am Maskentreiben teilgenommen hatte. Doch selbst während des Faschingsulks war Thomas Mann sich treu geblieben: ein wohlerzogener, distanziert-strenger Norddeutscher mit tadellosen Manieren, der den Masken, denen er begegnete, freundlich zu verstehen gab, dass der «Zauberer» nur eine nächtliche Phantasiegestalt sei, am nächsten Morgen verflogen. Wie Erika mir erzählte, hatte er nämlich betont, dass die informelle Anrede nur für den Abend zu benutzen sei und am nächsten Morgen wieder abgelegt werden müsse. Schließlich wollte sich der Dichter des *Felix Krull* nicht in Gefahr begeben, persönlich die schalkhaften Züge seines berühmten Helden anzunehmen.

Ich will hier einfügen, dass es ein seltsames Erlebnis ist, einen wirklich berühmten Mann (oder eine solche Frau) im kleinen Kreis kennenzulernen. In meinem langen Leben habe ich einige Personen kennengelernt, welche bekannt, aber nur wenige, die wirklich berühmt waren. Einer davon war Thomas Mann, andere waren John F. Kennedy und Albert Einstein. Es war für mich seltsam, mit einer Berühmtheit unter vier Augen zu sprechen, und auch später gewöhnte ich mich nur langsam daran, mit Thomas Mann allein zu sein – sei es bei der Arbeit oder beim Tee danach.

Thomas Mann war, wie stets, unauffällig elegant gekleidet. Diesmal trug er einen weißen Leinenanzug. Er und Katia begrüßten Virginia und mich freundlich und servierten uns Tee und Gebäck im schönen und hellen Wohnzimmer seiner Villa. Daraufhin erklärte er mir, dass er viele Briefe an Leute in aller Welt schreiben müsse und dass sein Sekretär diese auf der Maschine zu tippen hätte. «Leider» sei seine Korrespondenz in Amerika ständig im Anwachsen begriffen. Er fügte noch hinzu, dass er, wenn es sich um Briefe auf Englisch handelte, mir zumeist nur allgemein angeben würde, was zu schreiben sei, und ich den Brief ausformulieren solle (und so hielten wir es dann auch). Wie ich später erfuhr, lag ihm sehr viel daran, die geeignete

Person zu finden, die seinen Stil auch im Englischen richtig wiederzugeben vermochte.

Bevor wir Thomas Mann verließen, sagte ich ihm, dass ich zwar nicht gelernt hätte zu stenographieren, wohl aber ein System zum schnellen Mitschreiben entwickelt hätte, welches das Diktieren von Briefen erlaube. Er erwiderte nur, dass er fast ebenso langsam diktiere, wie er schreibe, sodass dies wohl kein Hindernis sein würde. Ich hatte meine eigene Schnellschrift erfunden, die Mann amüsierte und zufriedenstellte. In seinem letzten Brief an mich von 1954 nannte er sie meine «Kurzschrift persönlichen Systems». Eine kurze Probe zeigte, dass ich seinen Ansprüchen genügte. Jedenfalls wurden wir handelseinig. Am 17. April 1941 schrieb Thomas Mann in sein Tagebuch: «Zum Tee Conny K. Briefbesprechungen und Diktate mit ihm als möglichem Sekretär.» Und ein paar Tage später, am 24. April, notierte er: «Nach dem Tee Briefe – Diktate mit Conny.» Und so begann ich meine Arbeit mit und für Thomas Mann.

Zu meiner Arbeit gehörte das Abtippen seines jeweiligen Manuskripts auf meiner alten Schreibmaschine bei mir zu Hause in Santa Monica, eine Viertelstunde mit meinem nicht mehr ganz neuen Buick von seinem Haus entfernt. Ebenso waren Ansprachen, die er zu halten hatte, von seinen handgeschriebenen Manuskripten mit der Maschine abzuschreiben. Außerdem kümmerte ich mich um die Pflege des bescheidenen amerikanischen Autos der Manns und stand auch Katia Mann für Sekretariatsarbeiten und Botengänge zur Seite.

DIE ATMOSPHÄRE BEI DEN MANNS

Bei allem Ernst in der Arbeit und allem Engagement gegen den Nazismus hatte Thomas Mann einen eigenartigen und alles durchdringenden Sinn für Humor bewahrt, der bei feierlichen Gelegenheiten oder in großer Gesellschaft nur selten zum Vorschein kam.

Einmal erhielt er von der Witwe eines Eisenbahnkönigs einen auf Bütten gedruckten schmalen Gedichtband. Der millionenschwere Verstorbene war laut Angaben seiner Frau ein heimlicher Dichter und Verfasser von Aphorismen gewesen. Sie hatte den Pergamentband drucken lassen und wollte nun die Meinung von Thomas Mann («schonungslos, bitte!») erfahren. In ihrem Begleitbrief schrieb die Witwe über ihren Gatten, «he must be judged by his peers», er könne also nur von seinesgleichen beurteilt werden.

Zunächst antwortete Mann nicht. Er hatte sich geärgert, dass die Witwe einen frankierten Briefumschlag beigefügt und um Rücksendung des Bändchens ersucht hatte. Das fand er schäbig! Als ich ihn einige Wochen später an die Beantwortung der schicksalsschweren Frage erinnerte, sagte er: «Na ja, gelesen habe ich es nicht, nur mal so hineingeguckt.»

«Und wie fanden Sie es?», forschte ich.

«Ach, wissen Sie», erwiderte er trocken, «ich glaube, ich hätte das auch gekonnt.»

Dann lachte er und trug mir auf, eine Antwort zu entwerfen. «I have read the little volume with some interest and found it quite touching», stand im Brief. («Ich habe das Bändchen mit einigem Interesse gelesen und fand es durchaus berührend.»)

«Das wird wohl genügen», äußerte er dann streng.

Thomas Manns Verhältnis zur Umwelt wurde von einer Mischung aus kühler Sachlichkeit und Weltfremdheit bestimmt. Wie mein Verwandter Albert Einstein konnte Mann mit Geld überhaupt nicht umgehen. Alle Ausgaben wurden von Katia Mann getätigt. Als eines Tages ein Lieferant mit gereinigten Anzügen erschien und eine Rechnung präsentierte – außer Thomas Mann und mir war niemand im Hause, und ich hatte gerade kein Geld in der Tasche –, war Mann fassungslos. Bestürzt erklärte er mir, dass er niemals Geld bei sich habe und gar nicht wisse, was er mit dem Reinigungsmann anfangen solle. «Kann man ihn wohl auf morgen vertrösten?», fragte er.

Die Manns hatten keinen Chauffeur, und meist fuhr Katia, aber gelegentlich kümmerte auch ich mich um ihren Buick. Thomas Mann hatte nie Auto fahren gelernt, was in Südkalifornien ein enormes Handicap war und ist. Zuweilen machte er sich darüber lustig, dass in unserem motorisierten Zeitalter scheinbar nur er und Hitler keinen Führerschein besäßen.

Äußerlich ähnelte er einem gesetzten Bankdirektor: ein stets korrekter, sehr beherrschter Herr von Welt, der sich konservativ kleidete und großen Wert auf äußere Formen legte. Die im Umgang mit Freunden und Bekannten gewahrte Distanz, dieses bewusst gepflegte Erbe europäischer Bürgertradition, wirkte in der zwanglosen Atmosphäre Kaliforniens zuweilen eigentümlich. Doch die Achtung vor «Germany's grand old man», der für unzählige Amerikaner das Symbol des «anderen Deutschlands» war, ließ zudringliche Vertraulichkeit gar nicht erst aufkommen. Mann war mit Sicherheit für sie der wichtigste Vertreter der kalifornischen Emigranten.

Übrigens existiert kein Porträtfoto von Thomas Mann und mir gemeinsam. Dies habe ich immer damit begründet, dass er gar nicht auf die Idee gekommen wäre, sich mit seinem Sekretär fotografieren zu lassen – unsere Beziehung war viel zu förmlich dafür.

Auch Katia Mann hatte eine sehr reservierte Haltung. Ich verstand mich allerdings ausgezeichnet mit ihr. Ihre großbürgerliche Herkunft war ihr nicht anzumerken. Sie wirkte recht anspruchslos, auch wenn die Manns in ziemlichem Wohlstand lebten. Sie blieb oft im Hintergrund und sprach wenig. Natürlich litt sie sehr darunter, wie ihre jüdischen Eltern in Deutschland behandelt worden waren. Genau wie ich fand sie es schwer zu akzeptieren, dass uns in Amerika viele nicht glauben wollten, wozu die Nazis fähig waren. Sie spielte sich nie als Mrs. Mann auf, machte sich aber auch nicht klein. Gesellschaftliche Zusammenkünfte organisierte sie auf fast unsichtbare Weise. Dabei war sie außerordentlich genau in Bezug darauf, wer wann zu Besuch kommen sollte.

So musste sie ihre Schwägerin, Heinrich Manns Frau Nelly, natürlich in ihr Haus einladen, obwohl sie am liebsten nichts mit ihr zu tun gehabt hätte. Nelly hatte oft Schwierigkeiten mit der Polizei, die ihr des Öfteren einen Strafzettel wegen zu schnellen Fahrens verpasste. Für mich war Nelly eine tragische Figur, die aus dem intellektuellen Zirkel der Mann-Familie ausgeschlossen blieb.

Mrs. Mann war es wichtig, dass ihr Mann in Ruhe arbeiten konnte und sich nicht um nebensächliche Dinge kümmern musste. Neben den nie endenden Bedürfnissen ihrer sechs Kinder war ein großer und formeller Haushalt zu führen. Außerdem sorgte sie zum Beispiel dafür, dass das Auto für ihn bereitgestellt wurde und er es immer so bequem wie möglich hatte. Auf Reisen organisierte sie alle Details. Besonders außer Haus fand sie das richtige Maß an Kontakten zu Menschen, die sich auf ihn stürzten, um ihn zu kritisieren oder zu bewundern. Meines Wissens war sie auch nicht eifersüchtig auf Manns Verehrerin und Mäzenin Agnes Meyer. So half sie ihrem Mann, mit seinem Status als Berühmtheit umzugehen und mit den Anforderungen, die sich daraus ergaben, zurechtzukommen.

Besonders verblüfft war ich über das formelle Gebaren innerhalb der Familie Mann. Kurz nachdem ich meine Arbeit begonnen hatte, war ich Zeuge einer Unterhaltung zwischen den Brüdern Thomas und Heinrich. Bei einer Tasse Tee saßen beide auf einem großen Sofa und diskutierten verschiedene ästhetische und literarische Probleme. Ich betrachtete das Schauspiel fasziniert. Sind das wirklich Brüder, fragte ich mich. Handelt es sich nicht vielmehr um zwei Universitätsprofessoren, die einander gerade vorgestellt worden sind und nun einen höchst gelehrten und steifen Disput abhalten? Dabei war Heinrich einer der ganz wenigen Auserwählten, die Mann beim Vornamen riefen. Wenn ich es mir genau überlege, waren seine Frau Katia und Heinrich die Einzigen, die ihn «Tommy» nannten. In der Familie wurde er natürlich geduzt, aber selbst das klang eher seltsam und steif. Eines Tages hatte auch sein Freund Bruno Frank ihm das Du angeboten, und Mann hatte es ihm nicht abgeschlagen.

Bei den wenigen Gelegenheiten, an denen ich die beiden sehr zurückhaltenden Herren zusammen sah, bediente sich Thomas Mann dieser für ihn ungebräuchlichen Anrede nur selten und, wie es schien, auf etwas hölzerne Art. Frau Mann wurde von Besuchern «Mrs. Mann» genannt und von ihren Kindern meist «Mielein». Manchmal konnte Thomas Mann auch im Gespräch seltsam gedrechselte Ausdrücke benutzen. Einmal ging es darum, ob wir den Tee im Haus oder im Garten einnehmen wollten. Er wurde nach seiner Präferenz gefragt und antwortete: «Stelle anheim.»

Auch zu seinen Kindern hatte Mann eine sehr formelle Beziehung, er sprach oft sehr distanziert und dozierend mit ihnen. Einmal gestand mir Klaus, dass er sich nie unvorbereitet mit seinem Vater zum Mittagessen treffen würde. «Ich lege mir immer einen bestimmten Gesprächsstoff zurecht», sagte er, «im Zusammensein mit meinem Vater gerate ich sonst ins Stocken.» Und auch Golo sagte mir, dass er sich vor einer Mahlzeit Gedanken über mögliche Gesprächsinhalte machte. Die Themen dieser Familiengespräche bei Tisch waren politischer oder literarischer Natur. Wie Klaus und Erika, die ja absolut keine Pazifisten waren, befürwortete Thomas Mann den Krieg voll und ganz. Und sogar während der Siege der Deutschen und angesichts der vielen Toten in den ersten Kriegsjahren war Mann davon überzeugt, dass sie den Krieg verlieren würden.

Neben Klaus und Erika kannte ich natürlich auch die anderen Mann-Kinder, wenn auch nicht so gut. Viele familiäre Angelegenheiten und Streitereien wurden mir nicht offenbart, denn die Familie sprach darüber nicht vor Fremden. Bei Michael erinnere ich mich nur daran, dass es oft Zerwürfnisse mit seinem Vater gab. Monika und ich mochten uns recht gerne. Allerdings galt sie innerhalb der Familie als etwas flatterhaft und wurde nicht besonders ernst genommen. Zu Elisabeth hatte ich kein besonders enges Verhältnis, sie lebte mit ihrem Mann in einem anderen Landesteil.

Golo war ein Einzelgänger, der auch politisch seine eigene – sehr konservative – Linie verfolgte. In der Familie schien er keine besonders große Rolle zu spielen. Zu seinem Vater hatte er ein seltsames Verhältnis. Im Gegensatz zu Klaus, der seine Homosexualität zwar diskret, aber offen lebte, versteckte Golo die seinige so gut, dass ich damals nichts davon wusste. Bei einem Besuch in London erfuhr ich, dass sich die große englische Schauspielerin Beatrice Lilly unsterblich in ihn verliebt hatte, aber natürlich wurde nichts daraus.

Abgesehen vom Krieg sprachen Mann und seine Kinder über deren neueste Artikel und Romane. Auch hier war das Element der Distanz in erstaunlichem Maße enthalten. Der Vater verhielt sich besonders seinen Söhnen gegenüber so unpersönlich, dass er nicht selten über einen Artikel oder Roman seiner Sprösslinge in einem Ton dozierte, als habe er es mit der Leistung eines ihm wildfremden Schriftstellers zu tun. Er war der Ansicht, dass sich ein Buch (auch seine eigenen) nach der Publikation selbst den Weg bahnen müsse, und beurteilte Klaus' Werk streng. So erinnere ich mich zum Beispiel, wie er dessen *Kaspar-Hauser-Legende* (1925) als «zu sentimental» abtat.

DIE ARBEIT MIT THOMAS MANN IN PACIFIC PALISADES

Nachdem die Manns 1941 von Princeton aus endgültig nach Pacific Palisades (zunächst 740 Amalfi Drive) übergesiedelt waren, ließen sie sich dort von dem aus Deutschland stammenden Architekten Julius R. Davidson eine schöne, geräumige Villa bauen, die im Februar 1942 bezugsfertig war. Ich erinnere mich an ein seltsames Detail zu Davidson: Er wünschte, dass bei seiner Beerdigung «This is a wonderful evening» gespielt würde.

Die elegante, zweistöckige Villa (1550 San Remo Drive) mit Palmen und Zitronenbäumen im Garten erinnerte an die französische Riviera. Sie lag an einer besonders schönen Nebenstraße des Sunset Boulevard und unterschied sich von anderen Villen durch den kleinen Seitentrakt, der das private Refugium Thomas Manns bildete, mit eigenem Eingang und gesonderter Treppe vom Arbeits- zum Schlafzimmer im zweiten Stock. Dieser Hausteil bestand aus einem mittelgroßen quadratischen Arbeitszimmer mit Bibliothek zu ebener Erde und freiem Blick über Avocadohaine, vereinzelte Villen und ferne Abhänge, hinter denen sich der Stille Ozean auftat. In diesem Arbeitszimmer mit großen Fenstern, eingerichtet mit Möbeln aus Deutschland, die er in die Schweiz und dann in die USA gerettet hatte, saßen wir vier- bis fünfmal die Woche. Das Schlafzimmer lag unmittelbar über diesem Raum, sodass er von einem Zimmer zum anderen gehen konnte, ohne mit Besuchern des Hauses – oft Gäste seiner ältesten Kinder Klaus und Erika – zusammenzutreffen, wenn er dazu keine Lust hatte.

Das behaglich-elegant eingerichtete «Dichterverlies» war mit dem Hauptteil des Hauses durch einen schmalen Korridor verbunden, der unmittelbar in das große Wohnzimmer führte. Hier empfing Thomas Mann seine Gäste zum Tee oder Nachtmahl. Seine wichtigsten Stunden verbrachte er jedoch in dem Privatflügel. Nicht, dass Mann ungastlich oder ungesellig gewesen wäre, im Gegenteil, seine Tagebücher enthüllen sein unermüdliches gesellschaftliches Leben. Trotzdem verlief sein Tag auf geordnete Weise. Zu meiner Zeit empfing er Besuch nur, nachdem er sein Tagespensum beendet hatte, also zum Tee am Nachmittag. Er war daran gewöhnt, sich auf seine Arbeit erstaunlich scharf und lange zu konzentrieren. Dies stand in scheinbarem Gegensatz zu seiner Gewohnheit, langsam zu schreiben.

Seine Tageseinteilung befolgte er sehr streng. Schlag neun Uhr griff er nach seinem dünnen Füllfederhalter – niemals habe ich Thomas Mann hinter einer Schreibmaschine erblickt – und begann sein Manuskript genau an der Stelle fortzusetzen, an der er tags zuvor die Feder aus der Hand gelegt hatte. Derart schrieb er jeden Vormittag von neun bis zwölf Uhr. So groß war die mit äußerster Disziplin erreichte Gewöhnung, dass er selbst auf Reisen, in Hotels, Dampferkabinen und Pullmanwagen, seine literarische Pflichtzeit einhielt. Mann mochte Hotelzimmer übrigens nicht, auch nicht die luxuriösesten. Abgesehen vom Fehlen seiner Bibliothek und seines Schreibtischs erinnerten sie ihn an seinen Zustand als im Grunde heimatlosen Ahasver, und er verzieh es den Deutschen nicht, dass sie ihn zwangen, so oft in Hotels zu sein.

In Hinsicht auf seine Disziplin, ja sogar seinen Lebensstil, war er genauso großbürgerlich, wie es sein Vater und Großvater in Lübeck gewesen waren, aber natürlich gingen seine Interessen und sein Geist weit über sie hinaus. So war Mann sehr deutsch in vielerlei Hinsicht, aber dennoch «anders». In seinen Jünglingsjahren hatte er sich eine enorme Gleichmütigkeit antrainiert – eine Gleichmütigkeit, die auf ihre Art gespannte Aufmerksamkeit in Bezug auf alle und alles war.

Sie war das Gegenteil von Phlegma, denn wie Müßiggang war auch Phlegma überhaupt nicht seine Art.

Es war Manns Ansicht, wie er des Öfteren zu verstehen gab, dass Menschen vom Besten bis zum Schlimmsten durch die Gesamtheit ihrer Erlebnisse geformt werden und dass die ewige Nörgelei oder das «mit gutem Vorbild Vorangehen» entweder im All verpuffte oder gegenteilige Effekte hatte. Er hatte sich ja auch selber geformt: Sein schwacher Vater war früh verstorben, nach einem nicht sehr erfolgreichen Leben. Seine Mutter aus dem märchenhaft fernen Brasilien, die so schön Klavier spielte und nach dem Tod ihres Mannes von dem kalten und steifen norddeutschen Lübeck mit ihren Kindern in das gutmütige Bayern zog, hatte nichts von einer deutschen Mutter-Erzieherin.

Auch war da die vielleicht nicht allgemein bekannte Tatsache, dass er nicht das Abitur gemacht, sondern bereits in der Sekunda das Gymnasium verlassen hatte. Ein freier junger Mann sozusagen, mit dem sich so viele deutsche Gymnasiasten, die mit verschiedenen Graden des Widerwillens die Schulbank drückten, leichter identifizieren konnten als mit sogenannten erfolgreichen Männern. So viel zum äußerlichen Unterschied zwischen Mann und anderen Jugendlichen der Kaiserzeit.

Aber auch er hatte auf gut deutsche Art in der Jugend gelitten (später nannte er einen Aufsatzband *Leiden und Größe der Meister*). Deswegen legte er nie jungen deutschen Lesern nahe, sich «zusammenzureißen», wie es das verrückte deutsche Militär jener Zeit tat oder – wie die Bürger predigten – sich wenigstens «zusammenzunehmen».

Ich kann aus der Zeit, in der ich mit ihm Umgang pflegte, bezeugen: Er selbst war ein Virtuose im Sichzusammennehmen. So erfuhr ich erst viele Jahre nach seinem Tod, dass Mann während meiner Zeit mit ihm immer wieder unter grässlichen Zahnschmerzen und Entzündungen gelitten hatte und sich wiederholt Operationen unterziehen musste. Nicht nur erwähnte er dieses böse Leiden mit keinem Wort, sondern sagte nicht einmal «heute muss ich zum Zahnarzt gehen» oder «meine Zähne sind eine arge Plage» oder «heute muss ich unsere Arbeit wegen meiner Zähne früher abbrechen» – nicht ein Wort!

Aber er bestand auf dieser Selbstkontrolle nicht bei anderen, er forderte sie nicht, er tadelte das Gegenteil nicht. Er monierte bei seinen älteren Kindern, dass sie in mancher Weise recht ausschweifend lebten und deswegen zuweilen in Teufels Küche gerieten. Aber wer Manns Briefe an seine erwachsenen Kinder liest, wird nichts Überhebliches, Schulmeisterliches, Anklagendes oder Erzieherisches darin finden, nicht einmal einen Ratschlag. Stattdessen war er positiv, unterstützend, ermutigend und kritiklos. Junge Leser fühlten sich von Thomas Mann angesprochen, nicht ermahnt, und das öffnete ihre Köpfe für seine Erzählkunst.

Das Abschreiben seiner feingedrechselten Manuskripte auf meiner Schreibmaschine ging sehr langsam, aber es war um so genüsslicher, als ich der erste Leser des vierten und letzten Bandes der Josephslegende mit ihren etwa siebenhundert Seiten war. An *Joseph der Ernährer* schrieb Thomas Mann mehr als ein Jahr lang, und ich benötigte meinerseits fast ein Jahr, um das Manuskript abzutippen. Tagein, tagaus verfertigte er in seiner eigenartig eleganten, schwer lesbaren gotischen Schrift zwei bis drei Blätter (nie mehr als vier, nie weniger als zwei Bogen), die er mir dann zur Abschrift überließ. Noch heute scheint mir, dass auch für die Lektüre dieses Buches ein Jahr genau die richtige Zeitspanne und das richtige Lesetempo war, um Josephs Ungemach in der Löwengrube und seine spätere «Erhöhung» zum Diener Pharaos voll auszukosten und zu verstehen. Da es oft keineswegs feststand, welchen Ablauf gewisse Dinge in seinen Geschichten nehmen würden, konnte ich meine Neugier und Spannung manchmal kaum zügeln, bis Mann die Auflösung geschrieben hatte.

Das Buch, wie alle seine Romane, wuchs scheinbar ohne jeden erkennbaren Plan. Niemals verfasste Mann Resümees oder Entwürfe, sondern er hatte das ganze Buch im Kopf. Das Manuskript nahm einfach seinen Lauf. Gemächlich und ohne Hast floss es aus seiner Feder, fehlerlos, genau seiner Absicht entsprechend, druckreif fast jeder Satz – wie ein fertiges Industrieprodukt vom Fließband. Nur selten wechselte er ein Wort aus; die einmal eingeschlagene Richtung seiner Gedanken verließ er nie. Die wenigen Korrekturen, die er auf den getippten Seiten vornahm, waren interessant und gaben dem Buch den letzten Schliff. Er schrieb also mit großer Konzentration und Präzision und ohne «literarischen Abfall», seiner Begabung für ökonomische Haushaltung entsprechend. So erlebte ich mit wachsendem Staunen, wie er die oft unendlich langen, kunstvoll gedrechselten Sätze seiner Riesenromane auf die Blätter warf, von denen meines Wissens kein einziges während dieser Jahre in den Papierkorb wanderte. Sah man ihm bei der Arbeit zu, war man versucht, Lessings Wort «Genie ist Fleiß» in «Genie ist Selbstdisziplin» abzuändern.

Es versteht sich, dass ein Mensch, der zu solcher geistigen Konzentration fähig war, stimulierende Mittel verabscheute. Er war ein lebendiges Beispiel dafür, dass Nüchternheit sich sehr wohl mit schöpferischer Phantasie verbinden kann. Ihn befremdete jede Art des Rausches am eigenen Körper ebenso wie der Drogenkonsum (im weitesten Sinne) anderer Künstler. Ich erinnere mich daran, dass seine Kinder ihm einmal Benzedrin-Tabletten gaben, als diese damals in Amerika aufkamen. Sie wollten damit erproben, ob und wie sie seine Schriftstellerei beeinflussen würden. Amüsiert versuchte er die inspirierende Wunderdroge, stellte fest, dass sie ihn heiter stimmte, und nannte sie fortan «Heiterlein». Er ließ es aber bei dem einen Versuch bewenden. Auch Alkohol trank er nur wenig. Obwohl ihm sein Cinzano vor dem Abendessen sehr wichtig war, habe ich ihn nie betrunken oder auch nur angeheitert gesehen.

Nachdem er von neun bis zwölf Uhr morgens geschrieben hatte, rief er seinen Pudel Niko herbei und unternahm in alter Münchner «Herr und Hund»-Tradition seinen obligaten Spaziergang in den fast leeren Straßen der Nachbarschaft, eine silberne Hundepfeife in der Tasche. Nach dem Spaziergang nahm er sein Mittagessen ein, das immer kräftig und ausgiebig war. Oft war ich zum Mittagessen eingeladen, manchmal als einziger Gast, manchmal mit anderen Gästen wie Manns Schwiegersohn Giuseppe Antonio Borgese und seiner Frau, Manns Tochter Elisabeth. Borgese war ein italienischer Publizist und ein stets aufgeregter Herr, der bemüht war, seine ganze Geisteskraft im Kampf gegen Mussolini einzusetzen. Bei Tisch ging es meistens recht formell zu. Nach dem Essen folgte für Mann die «Zäsur des Tages» in seinem «Sanctum», sein geliebtes Schlummerstündchen, das für ihn eine Notwendigkeit darstellte.

Viermal die Woche (das Benzin war im Krieg rationiert) nahm ich dann ab drei Uhr am Nachmittag für ein bis zwei Stunden Diktate auf und brachte ihm am nächsten Tag die getippten Briefe zur Unterschrift mit. Neben dem Abtippen seiner Manuskripte umfasste meine Tätigkeit als Sekretär die offizielle Korrespondenz und englische Übersetzungen von Reden, Widmungen und politischen Traktaten. Für die Übertragung eines Vortrags mit dem englischen Titel *How to win the peace* wurde ich sogar einmal von Agnes Meyer gelobt.

Es dauerte eine Weile, bis ich mich an Manns Handschrift – elegant, spitz, sehr eigenartig – gewöhnt hatte. Seine Novellen und Romane schrieb er mit dem Füllfederhalter in Sütterlinschrift; Reden und Briefe verfasste er meist in lateinischer Schrift. Bevor er die englischen und von mir getippten Briefe unterschrieb, las er sie aufmerksam und entdeckte dabei die kleinsten Ungenauigkeiten. Thomas Mann war ein unermüdlicher Briefeschreiber, der alle Briefe, die er erhielt, beantwortete. Wichtige Briefe schrieb er stets mit der Hand und überarbeitete sie selber. Auch die kleinste Notiz auf Deutsch unterschrieb er nicht, wenn er sie nicht selbst diktiert hatte. (Erst ganz spät in seinem Leben hat er sich von Erika bei deutschen Texten helfen lassen.) Ab und zu schrieb er selbst etwas auf Englisch, das er mich dann zu verbessern bat. Sonstige englische Korrespondenz ließ er mich auf der Grundlage kurzer Angaben selber schreiben, wie er vor Beginn unserer Zusammenarbeit angekündigt hatte. Literarische Übersetzungen hingegen fielen nicht in mein Aufgabengebiet. Seit drei Jahrzehnten wurden sämtliche Übersetzungen ins Englische von der ihm treu ergebenen Mrs. Henry Lowe-Porter, die in Princeton wohnte, angefertigt.

1942 schenkte mir Mann eine Ausgabe seiner von mir übersetzten «Listen Germany»-Ansprachen zu Weihnachten. Die Widmung war in sonderbarem Englisch gehalten: «To Konni, who must have everything, especially this little book which owes to him his splendid English shape. Pacific Palisades, December 22, 1942.» (Für Konni, der alles besitzen soll, besonders dieses kleine Buch, das ihm seine vorzügliche englische Form schuldet.)

In den Nachmittagsstunden las Mann mitunter auch in einem neu erschienenen Buch oder ließ sich über ein politisches Thema aus, über das er ein Traktat zu verfassen beabsichtigte. Bei einer solchen Gelegenheit – ich glaube, wir sprachen über den kurz zuvor erfolgten Kriegseintritt Amerikas – antwortete ich, ohne viel zu überlegen, auf eine Frage: «So geht das nicht!» Thomas Mann amüsierte dieser Ausspruch, und fortan hieß es, wenn ihm ein Buch missfiel, ihn ein Politiker ärgerte oder ihm die allgemeine Entwicklung unheilvoll erschien: «So geht das nicht, Konni!» Jahre später schrieb er in Anspielung an diese Szene in ein Exemplar des *Felix Krull* die Widmung: «*So* geht das nicht!»

Etwa um fünf Uhr pflegte er Gäste im großen Wohnzimmer zum Tee zu empfangen, der von einem schwarzen Hausdiener serviert wurde. Thomas Mann gab sich gesellig, der eine oder andere Besucher erschien, es wurde geplaudert und allerhand aus der «großen

Welt» berichtet. Obschon die steife Förmlichkeit gewahrt blieb, schätzte Mann um diese Tageszeit zwanglose Gespräche über alltägliche Begebenheiten. Seine Gäste waren übrigens häufig nach einer solchen Audienz enttäuscht, denn sie hatten tiefe Gespräche mit ihm führen wollen. Mann hingegen interessierte sich eher für die Welt an sich und wollte dementsprechend etwas von ihr wissen. So war ihm beim Nachmittagstee die Schilderung einer Reifenpanne «mit allem Drum und Dran» oder eines missglückten Einkaufs willkommener als literarisches Geplänkel über den *Faust* oder das *Käthchen von Heilbronn*.

Leuten gegenüber, die sich in seiner Gegenwart verpflichtet fühlten, geschwollen daherzureden, gab er sich wortkarg. Er selbst pflegte nicht anzugeben, gaukelte aber auch nicht den «kleinen Mann» vor. So hörte er stets aufmerksam-wohlerzogen zu, was auch immer Besucher ihm aufdrängten, meist um sich wichtigzumachen. Und wenn ihn ein Thema nicht interessierte, so interessierte ihn doch der schwätzende Besucher als Figur und Beispiel des Homo keineswegs immer sapiens.

Dieser «Sog», den er auf Besucher ausübte und der ihnen den Mut gab, ihm ihre Geschichten zu erzählen, führte auch dazu, dass er, der ja die meiste Zeit isoliert in seiner Bibliothek verbrachte, oft erstaunlich gut darüber informiert war, was in der «wirklichen Welt» geschah. Im Gespräch mit ihm fragte man sich zuweilen: «Woher weiß er das eigentlich? Er verbringt doch seine Tage in seinem Schreibgemach!» Die Antwort darauf war, dass er eben immer zuhörte, wenn jemand sprach, was ja für jeden eine Riesenquelle von Wissen wäre. Er lernte viel aus seinen Gesprächen mit Besuchern oder seinen drei ältesten Kindern. Außerdem war er ein unermüdlicher Leser, nicht nur von modernen und alten Büchern, sondern auch von Zeitschriften und Magazinen. Aus seinen Tagebüchern geht ebenso hervor, dass er Wissen sammelte – er schrieb ja oft, was andere erzählt, nicht aber, was sie an Einsichten oder Gedanken mitgeteilt hatten.

Übrigens war Mann im Gegensatz zu so vielen Intellektuellen, denen «das Wort» alles bedeutet, kein Polemiker. In den Teegesprächen, an denen ich und zumeist ein oder zwei Gäste teilnahmen, hat Mann sich nie mit anderen gestritten. Nicht, dass er klein beigegeben oder seine eigene Meinung unter den Scheffel gestellt hätte. Als kühler, wohlerzogener, in vieler Weise aristokratischer Deutscher war es einfach nicht seine Art, anderen seine Meinung aufzuzwingen. Er war im wahrsten und besten Sinne des Wortes tolerant, also kein Argumentierer, Bekehrer, Rechthaber. Gerade deshalb war er mit vielen Antinazis und sogar mit seinen gern und viel polemisierenden Kindern Klaus und Erika oft nicht im Einklang. Letztere waren leidenschaftliche Politiker, und es war ihm recht, dass sie es waren und mit all ihrer Kraft und ihren Ansichten gegen Nazideutschland ankämpften. Er teilte ihren Eifer. Es war nur nicht seine Art, polemisch zu werden.

In Gesprächen und einigen seiner Essays und Reden drückte Thomas Mann Sympathien für die alten sozialdemokratischen Standpunkte der Vorkriegszeit aus. Die übermenschlichen und fast selbstmörderischen Anstrengungen der Sowjetunion, die Deutschen zu besiegen, fanden seine Bewunderung und Zustimmung. In Bezug auf den Kommunismus waren seine Ansichten neutral – er mochte ihn genauso wenig wie den Antikommunismus, der unter Hitler und dann unter McCarthy propagiert wurde. Hier wie an anderen Orten zeigte sich, dass Mann kein politischer Mensch im herkömmlichen Sinn war und sich keiner vorgefassten Meinung anschloss, keinem Lager zugehörig fühlte. Wenn möglich, hielt er mit seinem Weltbild hinter dem Berg. Er hatte eher Einsichten als Ansichten und war mit diesen auf seine ihm eigene Weise zum Teilnehmer an den großen politischen Wirren seiner Zeit geworden.

Thomas Mann war sehr häuslich. Nach der reichlichen Abendmahlzeit hörte er sich gerne Schallplatten an, las in einem Buch oder empfing Freunde, die in der Nähe wohnten. Bruno Frank, dem er sehr zugetan war und der den Zauberer seinerseits tief verehrte, war vielleicht sein liebster Gast. Zuweilen war auch ich an Abenden zugegen, etwa wenn Mann nach der Mahlzeit seinen Gästen aus einem noch unvollendeten Werk vorlas. Er tat dies gerne, mit ausdrucksvollen Gesten und abwechslungsreichem Mienenspiel. Besonderen Nachdruck gab er Stellen, die mit seinem eleganten, einzigartigen Humor gewürzt waren.

Das Lob seiner Zuhörer nahm er mit sanfter Skepsis auf. Da Mann oft abends oder schon nachmittags beim Tee aus seiner aktuellen Arbeit las, kam es vor, dass Gäste, die ihn nicht kannten, kritische Anmerkungen dazu machten. Auch Katia Mann machte ab und zu einen Änderungsvorschlag. Obwohl Thomas Mann ihr genau zuhörte und ihre Meinung sichtlich schätzte, kam es fast nie vor, dass er tatsächlich etwas änderte. Erika – sein Lieblingskind – war hingegen die einzige Person, deren Änderungsvorschläge er wirklich akzeptierte. Trotzdem hörte Mann allen Gästen höflich und voller Anerkennung zu. Nur bei diesen Lesungen schienen sich engere Beziehungen zwischen Mann und den anderen Emigranten aufzubauen, mit denen er sonst sehr distanziert verkehrte.

So selbstbewusst er über sein literarisches Werk urteilte, so sehr konnte er in alltäglichen Situationen oft von entwaffnender Naivität sein. Auf einer Party bei den Manns war auch der Schauspieler Charles Boyer zugegen, damals einer der größten europäischen Stars in Hollywood und ein Frauenschwarm. Nachdem die Gäste gegangen waren, beklagten sich die Mann-Kinder darüber, dass zwei anwesende Backfische (so nannte man sie damals) Boyer dauernd angehimmelt hätten. Ihre Klagen beruhten auf der Ansicht, dass andere Prominente sich in der Gegenwart des prominenten Vaters ungezwungen fühlen sollten. Thomas Mann hörte sich das an und bemerkte ein wenig kleinlaut: «Ach, dann habe ich wohl auch danebengegriffen. Ich habe zu Mister Boyer gesagt, dass es schon ein Erlebnis sei, einem so bekannten Filmstar persönlich zu begegnen.»

Thomas Mann erwähnt fast alle Besucher in seinen Tagebüchern, die ja sehr umfangreich sind und Tausende von Einträgen über Menschen, Ereignisse, Erlebnisse, gesellschaftliche Vergnügungen oder politische Befürchtungen enthalten. Die – oft nur kurzen – Begegnungen beschrieb er in nüchterner Weise. Nur manchmal erteilte er ein kurzes Lob, während er hie und da einen Gast unfreundlich abqualifizierte. Das soll keineswegs heißen, dass er nicht auch ihm seine volle Aufmerksamkeit geschenkt hätte, solange es eben ging, um ihn oder zumindest gewisse Eigenschaften von ihm später irgendwelchen Figuren in seinen künftigen Novellen oder Romanen einzuverleiben. Natürlich war er in seinen Tagebüchern offener und weniger höflich als in Gesprächen mit Menschen, die ihn langweilten. Für die Ereignisse des Tages (und damals des Krieges) hatte er stets auch ein paar knappe Worte, zum Beispiel wenn er sein Entsetzen über die Untaten der Deutschen ausdrückte.

Nachdem Mann den Josephsroman beendet hatte, geriet er in ein Stimmungstief. Der Gedanke, die Josephslegende in einem Roman zu gestalten, war ihm 30 Jahre zuvor gekommen, und er hatte drei Dezennien darüber nachgedacht. Immer hatte ihm als Höhepunkt des Werkes das Gespräch zwischen Joseph und dem Pharao vorgeschwebt. Und da der Josephsroman seine Gipfelleistung war, sah er in diesem Gespräch den Höhepunkt seines gesamten Lebenswerkes. Nun, da die Riesenarbeit beendet war, fand er das Gespräch «etwas enttäuschend».

Die große Anspannung, die über zehn Jahre (von 1933 bis 1943) angedauert hatte, wich plötzlich von ihm, das Werk war vollbracht, und es kostete ihn einige Anstrengung, die Moses-Novelle als eine Art Nachzügler zu dem Roman in Angriff zu nehmen. Er schien an einer Art nachgeburtlicher Depression zu leiden. «In all diesen trüben Jahren des Hitlerismus und der Emigration», sagte er später zu mir, «war das Buch mein Stab und meine Stütze. Die Arbeit daran fehlt mir nun.» Ich fragte ihn, wie ihm das Riesenwerk nach zehnjähriger, oft unterbrochener Mühe denn gefalle.

«Ach, wissen Sie», sagte Thomas Mann mit etwas finsterer Miene (seine Sätze im Gespräch mit mir begannen oft mit diesen Worten), «es ist ein Triumph der Beharrlichkeit.» Allerdings glaube er selbst, dass die große Unterredung zwischen dem Pharao und Joseph, über die er 30 Jahre lang nachgedacht hatte, nicht ganz so gelungen sei, wie er es gehofft habe. Doch dann hellten sich seine Züge auf, und er fügte hinzu: «Am besten gefällt mir das Kapitel über Thamar, die durch nichts davon abzubringen war, dem Stamme Israel Söhne zu gebären.»

Er war dann sehr erfreut, dass der Verleger eine elegante Sonderausgabe des Kapitels drucken ließ. Er schenkte mir ein Exemplar mit der seltsamen Widmung: «Für Konni, diese rührende Rarität». Nach der Publikation von *Joseph der Ernährer* bekam ich von ihm eine Erstausgabe des von mir so geflissentlich getippten Buches mit der Widmung: «Konni Kellen zur Erinnerung an alte Zeiten der Zusammenarbeit herzlich zugeeignet. Pac. Palisades, 20. März 1946, Thomas Mann».

Kurze Zeit nach dem Abschluss der Arbeit am letzten Band des Josephsromans wurde ich zur US-Armee einberufen. Am 16. Juli 1943 schrieb Mann in sein Tagebuch: «Nachmittags Konni zum – bis auf Weiteres – letzten Mal». So musste ich denn am 3. August nach zwei Jahren und vier Monaten meine Schreibmaschine gegen ein M-1-Gewehr tauschen.

Thomas Mann war ein sehr guter Arbeitgeber gewesen. Aber meine Arbeit mit ihm war eine Teilzeitstelle, die kaum genug zum Leben einbrachte und bei all ihren Vorzügen nicht besonders abwechslungsreich war. Wie viele andere Emigranten schien auch ich keine Möglichkeiten für eine zukünftige Karriere zu haben, was mich ab und zu traurig machte.

Mein «Boss» wusste allerdings, dass ich meinem Dasein als Krieger mit sehr gemischten Gefühlen entgegensah, und so schrieb er mir einen langen Trostbrief in mein Trainingscamp im glühend heißen Texas, aus dem ich einige Passagen zitiere: «Man hört, dass Sie nun am Ort Ihrer vorläufigen Bestimmung sind, sozusagen eine feste Adresse haben, so unnatürlich sie auch immer lauten möge, und so sollen Ihnen denn auch von mir einige mitfühlende Zeilen auf dem von Ihnen besorgten Briefpapier eingehändigt werden, damit Sie nicht denken: ‹Aus den Augen, aus dem Sinn› und ‹er braucht ja keinen Küchendienst zu machen, und was andere Leute müssen, kümmert ihn nicht.› Es kümmert mich aber doch, nur dass ich eben den Dingen dieser Welt ihren Lauf lassen muss und ihn gerade nur dadurch mildern kann, dass ich Ihnen ein wohl vertrautes Gekritzel zu lesen gebe, ohne dass Sie es abschreiben oder übersetzen müssen … […]

Es wird wohl bei Ihnen immer nur von der Gewöhnung die Rede sein können, dass Sie sich nicht gewöhnen können (Hans Castorp). Verzeihen Sie das Selbstcitat! Aber wer nimmt sich denn seinem Sekretär gegenüber so sehr zusammen! […]

Ich muss jetzt aufhören. Was denken Sie, ich habe noch anderes zu tun … […] Der Krieg geht ja beängstigend gut. Wir werden Sie und Golo, der nun auch eintritt, gegen Hitler gar nicht mehr brauchen, höchstens noch gegen Hirohito, den Viktor Emanuel der aufgehenden Sonne.

Das denkbar Beste wünschend

Ihr alter Boss
Thomas Mann
19. VIII. 43»

THOMAS MANNS VERHÄLTNIS ZU AMERIKA

Im Januar 1941 wurde Thomas Mann mit Katia und Erika von Präsident Roosevelt für ein Wochenende ins Weiße Haus eingeladen – sein zweiter Besuch bei ihm. Roosevelt fragte Mann, was er von der Forderung nach einer bedingungslosen Kapitulation Deutschlands halte. Manche Amerikaner glaubten, dies würde den Krieg nur verlängern. Mann hingegen war sich im Klaren darüber, dass der Pilz des Nazismus auch nach einem verlorenen Krieg sofort wieder wuchern würde und dass man den Nazideutschen keinerlei Rettungsringe hinwerfen dürfe.

Mann erzählte uns, er habe dem Präsidenten geantwortet, dass seiner Ansicht nach die Forderung nach bedingungsloser Kapitulation den Krieg abkürzen und politisch vereinfachen würde, weil Amerika Hitlers Anhängern damit zeigen würde, dass keinerlei Kompromisse mit ihnen zu machen seien. Und Roosevelt sei froh gewesen, dies von Mann zu hören, weil er sich gegen die zahlreichen Appeasement-Vertreter im eigenen Lande wehren musste. Außerdem glaubte er, wie auch sein Freund Winston Churchill, dass eine bedingungslose Niederlage am besten dazu geeignet sei, den Deutschen zu zeigen, dass nun aber wirklich Schluss mit dem Nazivergnügen war. Mann war im Übrigen der Meinung, dass diese Formel ohnehin notwendig sei, um dem erschreckend schwachen Widerstand Mut zu machen und Vertrauen einzuflößen.

Allerdings wurde bei Manns Besuch im Weißen Haus nicht nur über Deutschland und den Krieg gesprochen. Beim Dinner war

Mann sehr interessiert an den anderen Besuchern und amüsiert darüber, dass Roosevelt persönlich Cocktails für seine Gäste mixte. (Nach zwei von diesen Cocktails war die Stimmung recht freundlich geworden.) Als scharfer Beobachter nahm er auch wahr, wie Roosevelt, von Leuten bestürmt, denen er nur halb zuhörte, mit exquisitem Timing einzuwerfen pflegte: «Is that so? How interesting!», und ihnen damit enorm schmeichelte. Davon in kleinem Kreise berichtend, ahmte er den Präsidenten mit Vergnügen nach.

Ich hatte Thomas Mann vorgeschlagen, sich mit dem Vizepräsidenten Wallace zu treffen, um sich bei ihm für die Schaffung einer provisorischen Bleibe für von Hitler Verfolgte einzusetzen, deren Status dann nach dem Krieg geregelt werden könnte. Er schrieb ihm am 2. Oktober 1942 und bat um ein Treffen am 17. November, wenn er anlässlich einer Rede nach Washington käme.

Gemäß meinem Plan, den Thomas Mann übernommen hatte, sollten in Mexiko, Kanada oder unmittelbar an der Grenze Auffanglager für Flüchtlinge aus dem besetzten Europa geschaffen werden. In diesen sollten alle verfolgten oder gefährdeten Europäer auch ohne Pass, Affidavit oder sonstige Ausweise Zuflucht finden. Die Lager könnten von Quäkern mit Unterstützung der mexikanischen Regierung geführt werden und wären somit extraterritorial. Auch könnte eine gewisse Überwachung stattfinden, um das Einschleusen von Spionen zu verhindern. Von den Lagern aus könnte dann ein jeder seine Einwanderung in die USA vorbereiten. Ein amerikanischer Konsul wäre zu diesem Zweck im Lager präsent. Wer die Bedingungen erfüllte, könnte offiziell nach Amerika einwandern. Die anderen würden zwar in ihre Heimatländer zurückgeschickt, aber erst nach dem Krieg und der Vernichtung der deutschen Diktatur (welche man für selbstverständlich hielt). Auf diese Weise würde niemand mehr den Nazis zum Opfer fallen, nur weil sich die Schwierigkeiten einer Einreise nach Amerika als unüberwindlich erwiesen. Thomas Mann leuchtete dieser Plan sofort ein, und er diktierte mir einen langen Brief an Wallace, der Mann wohlgesinnt war. Wir hofften, dieser würde den Plan begrüßen und in die Tat umsetzen. Wallace beantwortete das Schreiben allerdings nie.

So taten Thomas Mann und seine Frau ihr Bestes, um zu helfen, konnten aber wenig ausrichten. Das State Department befolgte die inoffizielle Richtlinie, so wenig Flüchtlinge wie möglich ins Land zu lassen, ob sie nun von den Deutschen gefangen genommen, eingesperrt oder ermordet wurden. Während der Zeit meines Sekretärdienstes trafen bei ihm unzählige Hilferufe von Menschen in Europa ein, die ein sogenanntes affidavit of support zur Einreise nach Amerika und Geld für die Reise selbst benötigten. Das galt besonders für die Unglückseligen, die nach Frankreich ausgewandert waren und sich dort sicher gewähnt hatten, nun aber in Gefahr waren, von der mörderischen Naziwalze überrollt zu werden.

Katia Mann waltete im Hintergrund, indem sie manche Hilferufe weiterleitete. Thomas Manns Briefe zugunsten eines Visums für diesen oder jenen Flüchtling, die er mir diktierte, wurden aber zumeist entweder kühl abgelehnt oder nicht einmal beantwortet. Die meisten dieser Briefe gingen an den Außenminister in Washington. Zwar gab die amerikanische Regierung Mann einen wohlbezahlten Ehrenposten an der Library of Congress und feierte ihn überall und unentwegt, aber seine Hilferufe für die nächsten Opfer der deutschen Zerstörungswut wurden (wie übrigens auch ähnliche Interventionen von Albert Einstein) nur selten beachtet.

Zuweilen sprachen wir bei der Arbeit darüber. Er fragte: «Kann ich denn etwas tun, um die Grausamkeiten aufzuhalten? Ich kann an Roosevelt und an Sumner Welles schreiben [amerikanischer Unterstaatssekretär und ein Freund Manns, Anmerkung der Herausgeber]. Aber die wissen ja jetzt endlich, was in Deutschland geschieht. Und Amerika führt ja jetzt endlich Krieg! Wie kann ich Menschen retten, die in Buchenwald oder Auschwitz gefangen sind? Ich tue, was ich kann, und früher oder später mag es helfen, den Deutschen das Handwerk zu legen und Menschen zu retten. Aber jetzt?»

Die Amerikaner, denen damals noch alles Europäische fremd war – und besonders Nazideutschland –, waren großzügig nur auf ihre Weise: Einen berühmten Schriftsteller, der noch dazu ein ehrlicher und beredter Freund und Bewunderer Amerikas war, verehrten und verwöhnten sie, betrachteten ihn sogar als gefundenes Juwel. Fremdlinge aber, die nicht einmal eine Aufenthaltserlaubnis in irgendeinem Lande der Welt hatten und in ihrem eigenen nicht mehr leben konnten, liebte man nicht.

Mann (wie auch Einstein) konnte das den Amerikanern nur begrenzt übelnehmen, denn die Art Zuflucht, wie sie politisch gefährdete oder jüdische Emigranten suchten, hatte es in Amerika noch nie gegeben. Obwohl Amerika seit je ein Land der Immigranten war, gab es seit geraumer Zeit eine Einwanderungsquote pro Herkunftsland, die nicht überschritten werden durfte. Aber die Massen von Einwanderern, die im Laufe der Jahre ins Land gekommen waren, waren ja in der Regel keine Flüchtlinge vor politischem Terror, sondern «einfache Leute», die sich als Arbeitskräfte in Amerika ein neues Leben aufbauen wollten und konnten, wenn sie daheim von Armut und Aussichtslosigkeit geplagt waren. Was diese traditionellen Einwanderer aus Europa mitbrachten, waren ihre Muskeln und ihr Wunsch, so bald wie möglich «richtige Amerikaner» zu werden – und wenn nicht sie selbst, dann ihre Kinder.

Die Menschen aber, die nun als Flüchtlinge vor den Nazis einwandern wollten, waren anderer Art. Natürlich wollten sie der politischen Verfolgung in Europa entgehen, aber sie wollten außerdem von Amerika aus dem Nazigraus mit Wort und Schrift öffentlich entgegentreten. In diesem Zusammenhang machten sie sich auch dafür stark, dass Amerika in den Krieg gegen die Achsenmächte eintrat. Auswanderer wie ich hatten unsere neuen amerikanischen Landsleute vor einem deutschen Krieg gewarnt, als der Westen ihn noch leicht hätte vermeiden können. Aber vor Pearl Harbor waren die meisten Amerikaner gegen den Kriegseintritt. Schließlich hatten die Amerikaner unter großen Opfern am Ersten Weltkrieg teilgenommen, jenem Krieg, der ihnen als «Krieg zur Beendigung aller Kriege» von ihrem Präsidenten Wilson mundgerecht gemacht wurde. Nach den damaligen Erfahrungen hatten sie nicht die Absicht, den europäischen Hitlergegnern «die Kastanien aus dem Feuer zu holen». Trotzdem habe ich selbst es Amerika nie verzeihen können, dass es den Deutschen so viele Menschen als Freiwild gelassen hat. Auch mein Vater gehörte ja dazu, für den Thomas Mann im September 1941 versucht hatte, ein Visum zu beschaffen, damit er das besetzte Europa verlassen konnte. Nach dem Überfall auf Jugoslawien war er von den Nazis verhaftet und in ein Konzentrationslager verschleppt worden.

Thomas Mann selbst und seine Frau waren 1944 Amerikaner geworden, nachdem er 1937 vom Präsidenten Beneš die tschechoslowakische Staatsbürgerschaft erhalten hatte. Obwohl er sehr froh gewesen war, die amerikanische Staatsangehörigkeit zu bekommen, hatte ihn die Einbürgerungszeremonie verdrossen. Alles in allem hielt er es mit Goethe, der zwar nie in Amerika gewesen war, aber mit sicherem Instinkt geschrieben hatte: «Amerika, Du hast es besser.»

Thomas Mann bewunderte und liebte Amerika als «ein Land des guten Willens in einer Welt, wo es weniger und weniger davon gibt». Das unterschied ihn, wie so vieles, von anderen deutschen Emigranten, die zwar die USA als ein Refugium vor den Nazis schätzten, die hingegen meinten, die Amerikaner seien recht nett, aber eben kindlich-naiv.

Obgleich – oder vielleicht weil – Mann wesentlich klüger war als die meisten, war er viel weniger kritisch als jene, die sich nicht entblödeten, recht häufig mit Nostalgie zu sagen: «Bei uns ...», womit sie Deutschland meinten. Mann hat das nie gesagt, so wie er auch keine

Kritik an Amerika übte. Allerdings vergötterte er Amerika auch nicht, wie andere Einwanderer es taten.

Thomas Mann mochte es nicht, mit unentwegten und oft aufdringlichen Bitten um Statements, Vorworte, Teilnahme an Symposien und dergleichen geplagt zu werden. Er war, trotz intensiven Interesses am damaligen Weltgeschehen, kein Politiker, dessen Rolle in der Welt es gewesen wäre, ein lautstarker Gegner Hitlers und Verfechter Amerikas zu sein. Er war aber einverstanden damit, dass man ihn als Hitlers Widersacher ansah, denn er versprach sich davon eine gewisse Sammlung der Anti-Nazikräfte in Amerika.

Während des Krieges kamen unaufhörlich Bitten zur Unterzeichnung von Aufrufen ins Haus, den Krieg betreffend und den kommenden Sieg der Demokratie. Da gab es zum Teil recht seltsame Organisationen, die von Mann eine Beglaubigung haben wollten: Tierschutzvereine, Kegelklubs, Veteranen des Ersten Weltkriegs und dergleichen mehr. In Amerika gibt es ja unzählige Organisationen und Verbände, die alle von einer berühmten Person – oft ganz gleich, von welcher – ein Anerkennungsschreiben haben wollen. Dies drucken sie dann auf die erste Seite ihrer Bittschreiben um Geld oder Anerkennung. Eines Tages, als wieder einmal ein Stoß von solchen Bittschriften zu bearbeiten war, sagte Mann: «Alle Leute wollen Empfehlungsschreiben von mir, und lauter Zeitschriften wollen Artikel von mir haben, in denen ich sage, dass der Krieg bestimmt von Amerika gewonnen werden wird. Und niemand bietet mir ein Honorar an! Ja, glauben die Leute denn, dass ein Mann wie ich kein Geld braucht?»

Geld an sich interessierte Thomas Mann nur ab und zu, denn um die Finanzen kümmerte sich fast ausschließlich Katia. Er war im Gegensatz zu fast allen anderen deutschen Schriftstellern in Amerika finanziell wohl versorgt, denn sein Verleger Alfred Knopf hatte schon zu einer Zeit, als er den Amerikanern noch wenig bedeutete, einen

Narren an ihm gefressen und hatte ihm einen generösen Vorschuss zukommen lassen für Bücher, die er noch schreiben musste. So hatte Mann im Gegensatz zu anderen Emigranten keine Geldsorgen, wie etwa ein mit mir befreundeter Rechtsanwalt aus Deutschland, der sich in New York damit durchbringen musste, dass er zwölf Stunden am Tag von Haus zu Haus zog, um Krawatten für 50 Cent das Stück zu verkaufen, oder wie sein Bruder Heinrich, der wie andere Autoren auch ein Jahr lang von einem Filmstudio unterstützt wurde. Außerdem wurde Thomas Mann für seine Vorträge gut bezahlt.

Trotzdem führte eine in etwas forschem Stil gehaltene Bitte um höhere Tantiemen an Knopf nicht zum Ziel. Knopf schrieb postwendend zurück und erklärte dem etwas betroffenen Thomas Mann, dass er bereits ein glänzendes Arrangement erhalten habe und sich damit zufriedengeben solle. Mann zeigte mir den Brief von Knopf und meinte: «Ein Geschäftsmann bin ich wohl nicht.» Dann diktierte er einen versöhnlichen Entschuldigungsbrief an den Verleger.

Zwar besaß er eine große amerikanische Leserschaft, die ihn außerordentlich verehrte; er wurde mit Auszeichnungen in der neuen Wahlheimat überschüttet, und seine Bücher verkauften sich gut. Das war ein Trost. Aber im Gegensatz zu anderen Emigranten, die nicht selten von Heimweh geplagt waren, denen aber die Besonderheit der deutschen oder englischen Sprache weniger bedeutete, litt Mann weit mehr am Verlust der Sprache als am Verlust der Heimat oder daran, ein Deutscher ohne Deutschland zu sein. Sein Grimm gegen die Nazis wurde dadurch noch verstärkt. Dabei vergaß er nie, dass man seine Werke in der Schweiz weiterhin lesen konnte, und war der Schweiz auch aus diesem Grund gewogen.

Mit dem ihm eigenen unendlich differenzierten Sprachgefühl empfand Thomas Mann deutlich, dass sein Werk im eigentlichen Sinne unübersetzbar sei, dass die Nuancen, die sanft-heiteren Untertöne und Akzente, die Zwei- und Dreideutigkeiten, die ihm so viel

Spaß bereiteten, ausblieben, der Übersetzung zum Opfer fielen, dass die Kadenzen sich verschoben, der Rhythmus nicht mehr stimmte und seinen kunstvoll gedrechselten Sätzen der Lebensfaden abgeschnitten wurde. Thomas Mann spielte mit der deutschen Sprache wie ein Geigenvirtuose mit seinem Instrument, dem er außerordentliche Töne entlockt, die nicht übertragbar sind. So benutzte er die vielfachen Nuancen und Bedeutungen seiner Sprache oft, um auch in ernsten Passagen seine Heiterkeit sich widerspiegeln zu lassen.

In diesem Zusammenhang sprachen wir ab und zu über das, was er «Tonsetzung» nannte, weil ich seine Prosa gerade wegen ihrer Klangfarbe genoss und bewunderte. Das verzwickte Thema der Übersetzung deutscher Werke ins Englische, besonders der seinen, war für mich von großem Interesse, da ich zu meinem Broterwerb einiges übersetzt hatte – hauptsächlich vom Deutschen (aber auch vom Französischen) ins Englische. Und so waren mir all die Tücken und Fußangeln der Übersetzerei nicht nur vertraut, sondern auch eine Quelle großer Mühe. Gleichwohl sich viele technische Texte gut übertragen lassen, finde ich doch, dass literarische Texte genauso wenig richtig und vollends zu übersetzen sind, wie man aus einem Deutschen keinen Franzosen machen kann. Das Seltsame an der Unübersetzbarkeit vieler Ausdrücke und Wendungen ist doch, dass manche Leute den unüberbrückbaren Unterschied zwischen den Sprachen unter keinen Umständen gelten lassen wollen, sondern im Gespräch darauf beharren, dass man alles übersetzen kann, wenn man nur die richtigen Vokabeln kennt.

Dazu meinte Mann: «Ja, wissen Sie, die Sprachen sind eben verschieden, weil die Kulturen, Gefühle, Reaktionen anders sind. Die Völker sind eben doch verschieden.» Dass dem so war und ist, interessierte ihn, kümmerte ihn aber wenig. Bei seinen Werken hingegen – wie bei aller Sprachkunst – zeigte sich beispielhaft, wie groß die Unterschiede zwischen Original und Übersetzung in der Nuancierung zwangsläufig bleiben mussten. Er schenkte mir einmal einen

Band seiner Josephslegende mit etwa zwanzig handgeschriebenen Verbesserungen der Lowe'schen Übersetzung, aus denen ich ersehen konnte, dass gewisse, ihm liebe Redewendungen eben jeder Übersetzung trotzten. Ihn verdross besonders, dass die Sätze auf Englisch eine andere Kadenz hatten, weil die Verben nicht am Satzende standen.

Von Mrs. Lowe-Porter, seiner Übersetzerin für fünfundzwanzig Jahre, die er an sich ungemein schätzte, sagte Thomas Mann einmal seufzend: «Ja, die Lowe ist seit zwanzig Jahren eine so gute Freundin von mir! Sie hat ja alle meine Bücher ins Englische übersetzt.» Dann streckte Mann den Zeigefinger in die Luft, zog die Augenbrauen hoch und fuhr fort: «Deutsch kann sie zwar nicht, aber das kann schließlich nicht jeder.»

Ich war ein wenig betreten, denn ich wusste ja, dass «die Lowe» buchstäblich ihr Leben dem Übersetzen von Manns Büchern und Schriften gewidmet hatte. Sie hätte sich aber nicht weiter zu grämen brauchen, wenn sie dies gehört hätte. Es war nicht ganz ernst gemeint – Thomas Mann war ihr dankbar, dass sie sein Werk dem englischsprechenden Publikum zugänglich gemacht und mit großer Sorgfalt behandelt hatte. Die Tatsache, dass die englische Sprache für ihn nicht das geeignete Medium war, konnte aber auch sie nicht ändern. Deswegen stritt er sich auch nie mit ihr, sondern machte nur hie und da einen Verbesserungsvorschlag oder eine Korrektur.

Von manchen oberschlauen Lesern wurde Mann damit belästigt, dass er doch endlich Mrs. Lowe-Porter gegen einen besseren Übersetzer eintauschen sollte. Ihm wurde sogar vorgeschlagen, er möge zwei davon anstellen, einen mit Englisch und einen mit Deutsch als Muttersprache, so würde die Übersetzung haargenau dem Originaltext entsprechen. Mann hörte sich das alles höflich, aber etwas ungeduldig an. «Also», meinte er danach zu mir, «die Leute meinen es gut; sie verstehen nicht, dass andere Sprachen anders sind. Man kann deshalb vieles nicht wirklich übertragen. Was meine Bücher anbetrifft, so müssen sie warten, bis sie in Deutschland erscheinen. Wenigstens in der Schweiz gibt es sie ja auf Deutsch.»

Ein anderes Mal bemerkte er beim Tee zu mir: «Ich schreibe wirklich nur für die Nachwelt.» Das war ein bitteres Wort, kein eitles oder selbstgefälliges Urteil. Mann verband damit die Hoffnung, dass eine befreite «Nachwelt» ihn in seiner Sprache würde lesen können.

Die Einwanderungssucher und die bereits Eingewanderten in Kalifornien befürworteten Amerikas Teilnahme am Krieg, weil sie, mit Recht, der Überzeugung waren, dass ohne eine solche Teilnahme die Deutschen eine gute Chance hätten, den Krieg zu gewinnen und damit die ersten Schritte zur Eroberung und Verpestung der Welt zu machen. Dieser Gedanke war vielen Amerikanern bis zu Pearl Harbor fremd. Meine gleichaltrigen amerikanischen Freunde zum Beispiel waren alle strikte «Isolationists», die sich allerdings nach Pearl Harbor als Freiwillige zum Militär meldeten.

Da man nach Pearl Harbor im ganzen Lande mit heftigen Flüchen über die Japaner und Hitler und seine Deutschen herfiel, wissen viele nicht, wie populär Hitler und sein Gefolge in der westlichen Welt zwischen dessen «Machtergreifung» im Jahre 1933 und dem von ihm und seinen Deutschen entfesselten Krieg 1939 wirklich war. In Frankreich wurde er von vielen Leon Blum vorgezogen, während in den USA Mitglieder der reichen, christlichen Bourgeoisie Thomas Mann damit überrascht hatten, von Hitler mit Anerkennung zu sprechen, so unwahrscheinlich das vielen Lesern heute vielleicht klingen mag. Hitler hatte beträchtliche Sympathien bei den rechtsdenkenden Amerikanern, weil er die Arbeitslosigkeit in Deutschland beendet hatte, so wild auf die Kommunisten in Deutschland und in der ganzen Welt fluchte und sie allesamt auszurotten versprach.

Ich bin heute noch der Ansicht, dass die Deutschen zusammen mit den Japanern den Krieg gewonnen hätten, wenn Pearl Harbor und später das deutsche Debakel in Russland nicht gewesen wären –

ein Debakel, das nicht erfolgt wäre, hätte Deutschland nicht gleichzeitig gegen Amerika kämpfen müssen.

In diesem Kontext war Mann zum Weltbürger geworden, dem jedweder Patriotismus für ein bestimmtes Land ungewohnt und verdächtig war. Er hatte sich aber auch nicht, wie mancher Emigrant, zum «Edel-Amerikaner» gewandelt. Soweit es einem älteren Herrn möglich war, bemühte sich Thomas Mann in Kalifornien, weiterhin Englisch zu lernen, und benutzte es mit erstaunlicher Geschicklichkeit, obwohl er mit sehr geringen Englischkenntnissen in die USA gekommen war. Wenn ich ihm einen von ihm konzipierten und von mir ins Englische übersetzten Brief zur Unterschrift brachte, kommentierte er oft die Unterschiede und Nuancen zwischen der deutschen und der englischen Sprache und zeigte dabei erstaunliches Gefühl für subtile Unterschiede, die sich nicht genau übersetzen oder nur geschickt umschreiben ließen.

Mann blieb Amerika dankbar für die Aufnahme und die Ehre, die es ihm persönlich erwiesen hatte. Er schätzte die USA auch als Land und Gesellschaft wegen ihrer Tatkraft, Originalität, Offenheit und Menschenliebe. Doch hatte auch Mann später Schwierigkeiten mit den Auswirkungen der McCarthy-Ära. Wie die meisten Emigranten wurde er von J. Edgar Hoovers FBI beschattet. Für die lokalen Behörden war übrigens der typische Einwanderer im Raum Los Angeles ein Arbeiter aus dem Mittleren Westen der USA. Deutsche Intellektuelle als Emigranten waren eine ganz neue Erscheinung für sie, und die Angst vor den Kommunisten war überaus groß. In einem Film über deutsche Emigranten und deren FBI-Akten äußerte ich viele Jahre später folgende Meinung dazu: «Das Schnüffeln ist eine Leidenschaft, und wenn man es für sein Land tut, darf man sich sogar als Patriot fühlen.»

Thomas Mann und sogar Klaus und Erika hatten recht naiv geglaubt, dass nach dem Sieg über die Nazideutschen auch eine Änderung der ganzen westlichen Welt zum Besseren erfolgen würde. Thomas Mann hegte gleichzeitig die Hoffnung, wie er einmal beim Tee sagte, dass die westliche Welt aufhören würde, ihr gesamtes Sein in den endlosen Kampf gegen den längst überwundenen Kommunismus zu stecken. Wie so manche glaubte er, dass der Krieg einen Sieg der Demokratie und ein Abklingen des hysterischen Antikommunismus mit sich bringen würde.

Nach dem Krieg jedoch wurde Mann durch die beinahe faschistische Jagd auf die Kommunisten entmutigt. Viele Emigranten hatten große Angst vor McCarthy, den sie als einen neuen Hitler sahen, weil sie nicht verstanden, dass die USA eine ganz andere Größe hat als Deutschland. Mann schrieb im März 1954 sogar in sein Tagebuch: «Wenn nicht ein braver junger Mann McCarthy erschießt, steht es um Amerika schlimmer als um Deutschland.»

Thomas Mann verachtete McCarthy, weil er sich, wie Hitler, politischer Gebilde, Konzepte und Impulse nur bediente, um wirkliche Politik zu verhindern. Allerdings hat McCarthy im Vergleich zu Hitler am Ende nicht viel ausgerichtet, denn der damals fast zweihundert Jahre alte demokratische Sockel Amerikas war solider gewesen, als manche deutsche Emigranten angenommen hatten. Amerika erlangte nach heftigen Anfechtungen wieder sein demokratisches Gleichgewicht. Die deutschen Emigranten hätten weiter in Amerika leben können, und viele blieben ja auch. «Da habe ich die Reserven der amerikanischen Demokratie unterschätzt», sagte Mann darüber bei meinem letzten Besuch.

In meinen Augen war es McCarthys große Kunst, die Leute zu erschrecken, indem er sie als «illoyal und unamerikanisch» bezeichnete. Sympathie für die Russen wurde von ihm ja gleichgesetzt mit der Zusammenarbeit mit ihnen und dies wiederum mit Landesverrat. Das erboste sogar Thomas Mann. Einmal meinte er zu mir: «Manchmal sage ich erschreckend linkse Dinger.» Und in der Tat wollten viele Linke Mann für ihre eigenen Projekte und Ziele benutzen. Es war zum Teil Erikas und Klaus' Überreaktion auf McCarthy zuzuschreiben, dass Mann die USA verließ; allerdings hatte es auch den Angriff eines kalifornischen Kongressabgeordneten gegeben, der Mann kommunistischer Sympathien bezichtigte.

Ein anderer Grund war, dass er sich nach dem Krieg mehr und mehr von Europa und einem deutschsprachigen Land angezogen fühlte. Manche sagten damals, Mann sei antiamerikanisch geworden. Das ist reiner Unsinn. Vor McCarthy und nach dessen Fall hat er die USA bewundert und geliebt. Aber er wollte nicht ins «kleine» Deutschland zurück und kam auch nach dem Krieg nur für kurze Besuche wieder. So zog er 1952 in die brave und biedere Schweiz. Zuerst lebte er in Erlenbach, dann in Kilchberg, beides reiche Vororte von Zürich, an einander gegenüberliegenden Ufern des Sees.

GESPRÄCHE ÜBER DEUTSCHLAND

«Der geflickte Wundergreis» – so sprach er von sich nach seiner sehr heiklen Lungenoperation – «druckst und skribbelt wieder ganz fleißig an dem Faustus-Roman, der eine gar ‹unförmige Riesenschlange› wird. So nannte Brahms die Symphonien von Bruckner. Wir Genies verstehen alle gar nichts voneinander.»

Dies schrieb mir Thomas Mann im August 1946. Ich war damals als Angehöriger der amerikanischen Armee in Berlin stationiert, wo ich mich als Geburtshelfer bei der Neugründung der freien Presse betätigte. Naturgemäß interessierte es mich, wie man im Nachkriegsdeutschland Thomas Mann beurteilte. Im Sommer hatte ich ihm eine Nummer der Zeitschrift *Gegenwart* zugeschickt, die einen Aufsatz von Dolf Sternberger über ihn enthielt. In den kurzen Zeilen, mit denen er den Brief quittierte, klang die wehmütig-ironische Bitterkeit an, die für sein Verhältnis zu den Deutschen so charakteristisch war.

«Sternbergers Aufsatz habe ich gelesen. Er hat mich gefreut. So und noch feierlicher wird jetzt manchmal über mich geschrieben. Komisch, immer bekam man Kröten zu schlucken, und ganz unvermittelt ist man zu einer Art Merlin, altem Goethe und die Zeiten überschauenden Wundergreis geworden. Es kommt jetzt vieles aus Deutschland, aber meist sind es in Schmeicheleien gewickelte Bitten um Pakete. Damit ist man übrigens in Wien noch zudringlicher. Aber man kann doch nicht alle Leute versorgen, was denken Sie, es läuft zu sehr ins Geld. Ihre Schilderung der deutschen Zustände stimmt mit allem überein, was man von weitem sieht und hört. Trübe, trübe. Und dass auch das Bessere so trübe, so unhell und unbefriedigend wirkt, ist deprimierend. Gewiss trifft uns ein gut Teil der Schuld, wenn die Position der Wohlmeinenden so schwach ist. Aber sie ist schwach von Natur und wird es bleiben – ich mag nicht hinzufügen ‹wie überall›, denn die Deutschen berufen sich gar zu gern auf das allgemeine Weltübel.» (Brief von Thomas Mann an Konrad Kellen vom 27. August 1946)

Thomas Mann hatte unter den Deutschen gelitten, wurde von vielen in den Jahren nach 1933 verachtet, als undeutsch betrachtet, aber die deutsche Sprache war seine große Liebe geblieben, sein «Heiligtum» sozusagen. Auch mir lag die deutsche Sprache immer am Herzen, was dazu beigetragen hat, dass ich den Dienst bei Thomas Mann antreten wollte und konnte und mein häufiges Zusammensein mit ihm sowie eben damit auch die deutsche Sprache in ihren schönsten Formen genießen durfte. Mann hat ja wie kein anderer die deutsche Sprache gemeistert. Mit ihm Deutsch zu sprechen war mir stets ein Trost in meinem englischsprachigen Umfeld.

Wie gewaltig war der Unterschied zwischen Manns Prosa und dem «Deutsch» jener Zeit! 60 Millionen Menschen sagten sich zum Gruß nicht «Guten Tag», sondern blökten sich «Heil Hitler!» ins Gesicht – auf offener Straße! Und wenn sie es nicht schrien, riskierten sie, zu Brei geschlagen zu werden. Denn so wollte es der «Führer», und so machten es deshalb seine Untertanen. Die westliche Welt musste im Bund mit Russland den grausamsten Krieg der Weltgeschichte unter unsäglichen Opfern gegen Deutschland führen, um diese entmenschten Menschen zu zwingen, wieder «Guten Tag» oder «Grüß Gott» zu sagen. Und Millionen mussten verrecken, bis man in Deutschland wieder Thomas Mann lesen durfte, da das «Tausendjährige Reich» gottlob von kürzerer Dauer als geplant gewesen war.

Während des Krieges sprach Thomas Mann für das Wochenprogramm *Listen Germany* der BBC über die Nazis und die Naziwirtschaft. Manns Radioansprachen gehörten zu den wenigen, welche die Deutschen nicht einfach beschimpften oder ihre Niederlage voraussagten, zur Rebellion aufriefen oder Goebbels sachlich zu widerlegen versuchten. Vielmehr nahm Mann ehrlich teil an dem schrecklichen Schicksal, das die Deutschen letzten Endes auch über sich selbst gebracht hatten.

Am 29. April 1941 schrieb er in sein Tagebuch: «Zum Thee Conny K. Mit ihm ein Telegramm über Amerika im Weltbürgerkrieg aufgesetzt.» Er verstand den Krieg gegen Deutschland also von Anbeginn an als einen globalen Bürgerkrieg. Er war damals der Überzeugung, dass nach dem gewonnenen Krieg die Welt moralisch wie auch praktisch eine bessere werden müsse. Das war zu jener Zeit keineswegs die herrschende Meinung in Amerika, Frankreich oder England: Dort dachten die meisten, dass man einen territorialen Krieg führe wie in früheren Zeiten.

Manns Ansprachen waren deswegen voller Mitgefühl mit den Deutschen, die sich in den Nazismus «verrannt» hatten. Er wusste, dass sie den Krieg, den sie ja vom Zaun gebrochen hatten, nicht gewinnen würden. In den meisten seiner Radioansprachen an das deutsche Volk sprach er ihnen sein Beileid aus für das, was sie im Bombenhagel zu erleiden hatten und was ihnen noch bevorstand. In all seinen Ansprachen ist nicht eine Spur von Überheblichkeit oder Rachlust oder Triumph, sondern echtes Mitgefühl mit denjenigen, die ihn seines Vaterlandes und seiner geliebten deutschen Sprache beraubt und ihn gezwungen hatten, sich ihrer zu schämen und in der Fremde zu leben. Thomas Mann war ein Patriot, auch ein Patriot der deutschen Sprache.

Die deutschen Nazis hingegen entschuldigte Mann nie; er sprach von ihnen als den «Menschen mit verjauchten Gehirnen». Dies soll als Beispiel dafür dienen, dass Mann zwar offen über die Nazideutschen redete, die er wirklich hasste, aber dennoch ihnen gegenüber im Gegensatz zu anderen Emigranten nicht ins Schimpfen verfiel. Wenigstens während meiner Besuche bei ihm gab er sich nie Hassgefühlen hin, von kurzen Ausbrüchen abgesehen. Solche Gefühle von Hass, Wut und Verachtung hatten etwas Explosives an sich, sie waren sehr heftig, aber nur von kurzer Dauer.

So kann man eigentlich eher von Zorn und Wut reden als von Hass, was ja etwas fortgesetzt Schwelendes meint und deshalb nicht zu ihm passt. Er war kein Mann des Ressentiments. Schon seine außerordentliche Disziplin erlaubte es ihm nicht, sich Wut und Verachtung hinzugeben. Die Wegnahme seines Ehrendoktorats durch den Nazirektor der Bonner Universität zum Beispiel, die ihn sehr geärgert hatte, war von ihm längst ad acta gelegt worden.

In seinen Tagebüchern kann man verfolgen, wie er in der Lage ist, nach einem Zornesausbruch zu etwas anderem überzugehen. In seinem positiven und praktischen Sinn war er fast amerikanisch. Meistens hatte er gute Laune. Anfälle von Depression oder Melancholie, die er in seinen Tagebüchern vermerkte, dauerten oft nur einen Tag. Manchmal hatte das wohl mit selbstverursachten psychologischen «Stauungen» zu tun, die dann zuweilen durchbrachen. Das Wort «Stauung» benutze ich, weil Mann eine gewaltige Menge von erzählbarem Stoff in sich speicherte, bevor er diesen Stoff in drei bis vier Seiten Prosa pro Tag verwandelte. Es ist erstaunlich, wie er dem Drang, sogleich weiterzuschreiben, widerstehen konnte. Auf den Bogen, die er beschrieb, brachte er ja nur relativ wenig zu Papier. Deshalb muss der Druck der seit langem konzipierten, aber noch ungeschriebenen Texte, den er sich auferlegte, enorm gewesen sein. Nur äußerst selten machte er sich in Weinkrämpfen Luft. Im Gegensatz zu den meisten schöpferischen Menschen war er nicht nervös, sondern wirkte in der Regel ruhig. So unterschied er sich wesentlich von anderen Emigranten aus Deutschland, die fast jeden Tag auf Nachrichten von deutschen Gräueltaten mit großer Wut oder tiefster Depression reagierten.

Manns Einstellung zu seelischen Schwierigkeiten war, dass jeder sich selbst kurieren und verändern müsse, wie auch immer man es bewerkstelligen würde. Obwohl er der Psychoanalyse positiv gegenüberstand (er kannte und schätzte Freud), glaubte er auch, sie berge die Gefahr, den Menschen seines Kerns zu berauben und ihn von der Therapie abhängig zu machen.

So schrieb er mir am 6. Oktober 1954 aus Kilchberg: «Ich habe mich immens gefreut, zu hören, dass es Ihnen gutgeht, und besonders interessierte mich seinerzeit die Nachricht, dass eine psychoanalytische Behandlung eine außerordentlich beruhigende Wirkung auf Ihr Gemütsleben ausübt. Das hat nun freilich seine zwei Seiten, denn ich fürchte, Sie sagen gar nicht mehr ‹So geht es nicht!›, während doch die Welt mehr als je Anlass gibt, so zu sagen. Übrigens sagen Sie es ja doch in gewissem Hinblick auf die alte Heimat, über deren Entwicklung Sie nur zutreffende Worte finden.»

In Gesprächen über Deutschland fragte sich Mann oft, wie die Deutschen so dumm sein konnten, nicht zu begreifen, dass sie das bisschen scheinbare Prosperität und den kurzzeitigen Erfolg in der Welt mit ihrem Leben und bombardierten Städten würden bezahlen müssen. Es ist bei dieser Gelegenheit hinzuzufügen, dass Mann das nie abreißende amerikanische Gewitzel über Hitler, sein Geschrei und sein Schnurrbärtchen nicht ausstehen konnte. Zum Beispiel fand er den Chaplin-Film *The Great Dictator* schrecklich (ohne ihn gesehen zu haben), obgleich er sonst Chaplins Filme sehr schätzte. In Manns Augen nahmen die Amerikaner – und natürlich die Emigranten in Amerika – Hitler nicht ernst genug.

Bis die Nazis kamen, hatte Mann geglaubt, dass es nichts in der Welt gäbe, worüber man nicht scherzen könnte. «Die Deutschen», sagte er dazu einmal im Gespräch, «haben uns da eines Besseren belehrt. So lächerlich die Nazis in ihren braunen Uniformen und mit ihrem politischen Narrengeschrei auch sind – es ist unmöglich, über sie zu scherzen.» In Amerika lachten sich die Leute hingegen schief über den Missklang von Hitlers Stimme in den Wochenschauen.

Viele Emigranten redeten den Amerikanern ein, dass auch die Deutschen ihn heimlich als lächerlichen Popanz sähen und ihm deshalb nicht in den Krieg folgen würden. Thomas Mann aber fand, dass Verachtung, Feindschaft und Grauen besser am Platze waren. Aber er stritt sich deshalb nicht mit anderen und blieb gemäßigt in seinen öffentlichen Äußerungen, wie es eben seine Art war.

Im Gegensatz zu Manns unbedingter Ablehnung und Verachtung des Nazitums hatten viele seiner Leser zwar am Nazismus dieses oder jenes zu bemäkeln, fügten aber im selben Atemzug hinzu, man müsse doch zugeben, dass die deutsche Niederlage von 1918, der «Dolchstoß» in den Rücken, die Arbeitslosigkeit, die Inflation, das Rheinland, der Vertrag von Versailles und so viel anderes zu bedenken seien. Von diesen Beschönigungen ließ Mann nichts gelten. Das will nicht heißen, dass er jemandem, der seine Nazivergangenheit ehrlich bereute, nicht vergab. Zur Zeit meines Dienstes hatte er ein langes Gespräch mit dem Hitler abtrünnig gewordenen Hermann Rauschning, dem Senatspräsidenten von Danzig. Mann berichtete mir danach, er habe sich mit ihm gut verstanden.

Aber wegen seiner kompromisslosen Haltung gegen die Nazideutschen mochte man ihn in Deutschland nicht mehr, obgleich man sein Prestige als deutscher Nobelpreisträger für Literatur für sich in Anspruch nehmen wollte. In manchen Kreisen gehörte es zum guten Ton, wenigstens *Buddenbrooks* gelesen zu haben und dazu zu sagen: «Ja, also die Buddenbrooks (die Mann im Alter von 25 Jahren geschrieben hatte), da komme ich noch mit, aber danach – nein!»

Mann ärgerte sich auch sehr darüber, dass einige Deutsche ihn (aber auch die Emigranten in Kalifornien im Allgemeinen) beneideten, weil er «unter Palmen saß», während sie unter dem Bombenhagel litten. Zuerst taucht da die Frage auf, wie es denn zu diesem Bombenhagel gekommen war … Aber wichtiger war, dass fast alle deutschen Emigranten und Flüchtlinge in Amerika, wie auch ich, einen mühseligen Start hatten und vom geruhsamen Sitzen unter Palmen wenig mitbekamen.

Auch wenn Thomas Mann seinen Wohlstand genießen konnte: Seine Tochter Erika tat in London ihre publizistische Arbeit, Klaus war auf gefährlichem Posten als Soldat der U. S. Army, und auch Golo hatte sich zum Militär gemeldet und war angenommen worden. Kaum dass wir jüngeren Emigranten den Deutschen entronnen waren und die Mühsal der Einwanderung, der fremden Sprache, der ungewohnten Arbeit zu lösen begonnen hatten, wurden wir in die Armee eingezogen und mussten gegen die Deutschen kämpfen – unter erhöhter Gefahr, bei einer Gefangennahme nicht zu überleben.

Ganz abgesehen davon bangten wir Emigranten Tag und Nacht um unsere Familienangehörigen, welche in deutscher Hand waren und mit denen man keinen Kontakt aufnehmen konnte. Man konnte nicht telefonieren, Telegramme enthielten nur Stichworte und wurden vom deutschen Zensor kontrolliert. Ein Briefwechsel von Kalifornien nach Europa und zurück dauerte drei bis vier Wochen, soweit er überhaupt möglich war. Es konnte also sein, dass unsere Angehörigen, während wir bei Tee oder Kaffee im Garten saßen, geschlagen, erniedrigt, ermordet wurden.

Thomas Manns hervorstechendste Eigenschaft war, dass er trotz starker Not und Pein und trotz des Frusts, die ihm seine ehemaligen Mitbürger auferlegten, sein Leben liebte. Von der so oft beschworenen Ironie war keine Spur bei ihm, und alles Süffisante lag ihm fern. Im vierten Band seines späten Meisterwerks sagt Joseph zu seiner schönen ägyptischen Frau: «Mädchen, ich lebe gern.» Was für ein großartiger Satz! Was für ein Sieg! Und wie ich bezeugen kann, Thomas Mann lebte wirklich gern, solange es nicht in Deutschland sein musste.

Ein Unterschied etwa zu Schopenhauer war, dass Thomas Mann,

besonders in seinen späten Jahren, ein guter Mensch war. Im *Zauberberg* sagt Hans Castorp zu sich selbst, als er in Gefahr ist, in den Bergen zu erfrieren: «Ich will gut sein … Der Mensch soll um der Güte und Liebe willen dem Tod keine Herrschaft einräumen über seine Gedanken.» In der Maske seiner Figur tritt hier Thomas Mann selber auf. Denn dies war der Kern von Thomas Manns tiefster Einsicht: Klugheit, Bildung, Standhaftigkeit, Mut und alle anderen guten Eigenschaften sind im Vergleich mit Güte und Liebe wie die Spreu zum Hafer – sie haben nicht dieselbe Kraft. Und so hat Mann es selbst sein Leben lang gehalten – das ist das Geheimnis seines Genies.

Im Gegensatz zu dem wilden Mann Nietzsche und dem großen Skeptiker Schopenhauer flog Mann über beide hinaus, indem er Liebe und Güte als Leitsterne begriff. Mann / Castorp wollte, nach einem harten Kampf mit seinem jugendlichen Selbst, gut sein oder zumindest versuchen, es zu werden. Denn Güte ist mehr als eine Eigenschaft; sie bestimmt alles, was der Mensch sagt, tut und schreibt. Sie hilft auch, andere zu verstehen, denn sie macht selbstlos. Die Bösen verstehen nur andere Böse oder niemanden; die Guten verstehen sowohl die Guten als auch die Bösen. Manns Güte verlieh ihm die Fähigkeit, so tief in die Herzen anderer Menschen zu sehen, wie das eben geht. Sie klärt des Menschen Blick, während Bosheit, Niedertracht, Verzweiflung, aber auch Stolz ihn nur verdunkeln. Aus seinen Tagebüchern, die einzigartig sind in ihrer knappen, aber nicht schlichten, sondern aufrichtigen Präzision, geht hervor, dass er nur selten von Gefühlen der Entmutigung niedergedrückt wurde, eigentlich nur in den frühen Jahren seines Lebens und meistens nur vorübergehend.

Viele pochen stets darauf, Mann habe sich im Lauf der Jahre so sehr verändert: politisch vom Monarchisten zum Demokraten und Anhänger der Republik, als Staatsbürger vom Deutschen zum Amerikaner. «Ach, wissen Sie», pflegte er daraufhin zu sagen, «wenn die lieben Leute mich so einstufen wollen, soll es mir recht sein. Natürlich ist es verkehrt. Aber – na ja.»

Das Entscheidende war nämlich, dass er sich nie geändert hatte, was die wirklich großen, wichtigen und menschlichen Dinge in der Welt angeht. Es war eher so, dass sich die Welt zu seinen Lebzeiten radikal verändert hat, während er sich und seinem tiefen Humanismus stets treu blieb. Deswegen sagte er auch einmal in einem Gespräch, nachdem ihm wieder einmal seine patriotischen Äußerungen während des Ersten Weltkriegs vorgeworfen worden waren: «Ja, wir haben großes Glück gehabt, im vorigen Jahrhundert geboren zu sein. Wir sind in einer Zeit aufgewachsen, in der wir langsam reifen konnten. Das ist jetzt anders.»

Thomas Mann war kein eitler Intellektueller, der auf andere herabsah oder mit ihnen haderte, sondern ein Menschenfreund. Das war auch der Grund, warum er den Nazismus und dessen Unmenschlichkeit bis in sein innerstes Mark bekämpft hat: Die Kompromisse, die Techtelmechtel und das Füßeln von anderen «gebildeten» Deutschen und Bildungsbürgern mit dem Nazitum waren ihm ebenso verachtenswert wie das Nazitum selbst. Die Zuhälter des Nazismus, ob jung oder alt, reich oder arm, gewitzt oder einfältig, hatten alle etwas gemeinsam: Sie waren schlechte Menschen. Die wahre Essenz des Nazitums war das Fehlen menschlicher Güte.

Thomas Mann unterschied sich von gewöhnlichen Schriftstellern seiner Zeit, indem er jede seiner Figuren liebte und respektierte, selbst wenn er sie verletzte oder – besser gesagt – sie sich selbst verletzen oder sogar verderben ließ. Er erlaubt ihnen zu schalten und walten nach eigenem Gutdünken, selbst wenn sie, wie etwa Pharaos Mundschenk, Böses im Sinn hatten und er sie nicht ihrem Schicksal entrinnen ließ. Mann war ihnen allen zugetan, er schuf sie so, dass er ihnen zugetan sein konnte oder sogar musste, ebenso wie wir.

Die Nazideutschen hingegen waren die ersten Humanoiden in seinem Leben, die er nicht akzeptieren konnte oder wollte. Wie jeder halbwegs anständige Mensch konnte er an ihnen kein gutes Haar finden und empfand für sie – und das war für ihn ein neues und höchst unwillkommenes Gefühl – nur schneidende Verachtung und Abscheu, obgleich er in einigen seiner politischen Betrachtungen den Ursachen des Nazismus objektiv nachzuspüren versuchte. Das war auch der tiefste Grund, warum er trotz seiner Liebe zur deutschen Sprache nie eine Nazigestalt in seinen Werken geschaffen hat – Bösewichte ab und zu, aber nie einen Nazianhänger. Er hätte das nicht über seine Feder gebracht; sie waren ihm einfach zuwider.

Aus diesem Grund habe ich Schwierigkeiten damit, diese Haltung Manns als «politisch» zu bezeichnen. Für mich war der Nazismus immer das exakte Gegenteil von Politik. Die Nazideutschen benutzten zwar politische Strukturen für ihre Machtübernahme, aber verwandelten die Bevölkerung in eine wütende Horde von Antipolitikern. Wie soll man die Rassengesetze, die Konzentrationslager und alle Naziverbrechen, Auschwitz inbegriffen, als politische Akte verstehen können? Wenn also jemand wie Thomas Mann gegen die Urheber dieser Handlungen war, war er genauso außerhalb dessen, was ich als Politik bezeichne, wie die Nazideutschen. Außerdem waren so viele der deutschen Bildungsbürger stolz darauf gewesen, während der Weimarer Republik unpolitisch gewesen zu sein. Gerade diese wurden dann um so überzeugtere Anhänger der Nazis.

Schon im Jahre 1930 hatte Thomas Mann in seiner später berühmt gewordenen Rede *Appell an die Vernunft* im Berliner Beethovensaal eindringlich vor dem heraufziehenden Übel gewarnt. Er war dabei von der rasend-wütenden Menge der Zuhörer so heftig angegriffen worden, dass man ihn hatte bitten müssen, seine Rede zu kürzen und durch einen Hintereingang den Saal zu verlassen. Die Veranstalter machten sich Sorgen, dass die Menge gegen ihn tätlich werden könnte. Mann war mit seiner Rede aus der Rolle als neutraler und beobachtender Erzähler gefallen und hatte dafür büßen müssen. Dieses Erlebnis war Teil des Beginns von Manns Verachtung für das deutsche Nazitum. (Und ich hatte mich als ein eifriger Leser seiner Werke, besonders des *Tonio Kröger* und des *Zauberbergs*, in den Beethovensaal begeben, um ihm zuzuhören.)

Im Gegensatz zu mir selber und vielen Emigranten in Los Angeles, die am Tag des Sieges über Deutschland halb verrückt waren vor Freude, war Mann ernsthaft deprimiert, denn er sah voraus, was diese Niederlage für Deutschland bedeuten würde, und machte sich Sorgen um die Bevölkerung. Mit vielen Menschen in der ganzen Welt korrespondierte er darüber, wie etwa eine von der Naziherrschaft befreite Welt aussehen würde.

Wie andere Menschen auch (besonders Emigranten), die sich trotz all ihres Glaubens an die Menschheit so lange erhalten hatten, bis es nicht mehr ging, hatte Thomas Mann lange Zeit den Nazismus in seiner abgrundtiefen Abscheulichkeit nicht wirklich verstehen können. Heinrich, Erika und Klaus hatten ihn schon nach der Machtübernahme der Nazideutschen dazu angehalten, gegen den Nazismus seine Stimme zu erheben. Mann ging nur langsam, dann aber umso gründlicher an dieses Werk. Wie viele andere Emigranten hatte er geglaubt oder auch nur gehofft, dass der Widerstand gegen den Nazismus viel stärker sei, als es tatsächlich der Fall war. Anders gesagt: Mann hat eine geraume Zeit gebraucht, um zu sehen und zu verstehen, dass die Masse der Deutschen wirklich Nazis geworden waren, ob jung oder alt, reich oder arm, dumm oder klug. Noch während des Krieges verfasste er einen Aufruf an das deutsche Establishment, an die Dichter, Schriftsteller, Professoren, Musiker, Rechtsanwälte, Denker. Sie sollten sich vereinigen und dann dem Nazismus das Handwerk legen.

Doch es gab in jenen Jahren keinen Unterschied zwischen Nazismus und Deutschland, sosehr die Emigranten auch davon träumten. Die Führerbesessenheit der Deutschen, ihr Weltherrschaftsfimmel, ihr wütendes Gejammer nach «Lebensraum», ihre bis zum nationalen Wahnsinn gehende innere und äußere Isolierung von der Welt war auch für Thomas Mann ein großer und seltsamer Brocken. Allerdings hielt er den Nazismus nicht, wie andere, für eine Art «Rückfall ins Mittelalter» oder dergleichen. Im Gegenteil, er erschien ihm als der mögliche Anfang einer neuen und schrecklichen Zukunft, verkörpert gerade auch durch prominente Sympathisanten wie den Fliegerhelden Charles Lindbergh und dessen Frau Anne Morrow Lindbergh (welche darüber das Buch *The Wave of the Future* geschrieben hatte).

Außerdem waren es ja nicht nur Eroberungs- und Weltherrschaftsträume, welche die Deutschen ihrem Hitler auf Gedeih und Verderb folgen ließen. Es war ja auch die Angst, dass ein verlorener Krieg eine furchtbare Strafe, wenn nicht – wie Goebbels ausrief – die Ausrottung des deutschen Volkes mit sich bringen würde. Mit «Ausrottung» waren die Deutschen damals schnell bei der Hand, und so trotzten sie einer Niederlage nicht nur aus Eroberungswillen, sondern auch aus (wohlbegründeter!) Todesangst.

Thomas Mann und ich sprachen einmal über die Angst. Er meinte: «Die Gefühle malen uns die Welt. Am stärksten ist wohl Angst. Angst ist eine Qual, aber auch noch mehr als das.»

«Gibt es ein Mittel gegen die Angst?», fragte ich ihn.

«Ach ja», antwortete er, «es gibt verschiedene Mittel, vor allem wohl zwei. Das eine ist, sich in die Menge zu stürzen.» Dabei verzog er das Gesicht, allerdings kaum merklich. «Das andere ist die Religion, vor allem eben die katholische. Wer wirklich gläubig ist (er betonte das «wirklich»), fürchtet sich nicht. Das war – oder ist vielleicht gerade just – die eitle Hoffnung der Deutschen: sich nicht zu fürchten. Hitler hat ihnen ein riesiges Selbstbewusstsein gegeben, aber ihnen auch die größte Furcht eingejagt.»

«Wovor?», fragte ich ihn.

«Na, vor ihm, natürlich! Glauben Sie, es gibt einen Deutschen, der sich nicht vor Hitler fürchtet, ganz gleich, ob er ihn liebt oder nicht?»

Nach Kriegsende hingegen, als die Deutschen so laut ihre Entschuldigungen für das Unentschuldbare den Siegern vorjammerten, schauderte Mann vor seinen ehemaligen Landsleuten, und er mied das Nachnazideutschland zunächst. Der Groschen war endlich gefallen, selbst für einen von Herzen Urdeutschen wie Mann, als die Deutschen von ihrer Naziplage befreit worden waren, welche so viele als einen Zwang betrachtet hatten, der zu ihren Verbrechen geführt hatte.

Es war Mann damit klar, warum Adolf Hitler der bei weitem populärste, beliebteste und – auf deutsche Art – gleichzeitig gefürchtetste deutsche Herrscher aller Zeiten gewesen war, beliebter als Bismarck, der Kaiser oder der arme, öde Stresemann. Mann sagte mit Enttäuschung: «Nicht einmal vernichten konnten sie diesen Mann, so wie die Italiener ihren Mussolini wenigstens aufgehängt haben; dieser arme Hitler musste sich selbst umbringen! Ist das zu glauben! Na ja.»

Wir versuchten oft im Gespräch, uns das Verhalten der Deutschen im Allgemeinen zu erklären. Obgleich Mann nicht der Mensch war, der anderen gegenüber aus dem Schatz seiner weitreichenden Bildung zu zitierte, wies er zuweilen auf Goethes Wort im *Faust* hin: «Zwei Seelen wohnen, ach, in meiner Brust.» Und er pflegte hinzuzufügen: «So ist es eben.»

Eines Tages, beim Teegespräch nach getaner Arbeit an seiner umfangreichen Korrespondenz, bemerkte er dazu: «Vor allem beachten Sie das ‹ach›! Es war ein Geniestreich von Goethe, dieses ‹ach›, denn es zeigt ja die Widersprüchlichkeit von Faust. Er weiß ja, dass er zwei Seelen in seiner Brust hat, aber es quält ihn! Es verwirrt ihn! Er weiß nicht, was er damit anfangen soll! Wie deutsch!»

Nach dem Krieg sagte Thomas Mann einmal zu mir: «Die Deutschen sind wohl von anderen Völkern verschieden, sie neigen dazu, das Kind mit dem Bade auszuschütten. Sie haben mir einmal von dem deutschen Leutnant erzählt, der zu Anfang des Krieges gegen Frankreich 1914 gesagt hatte, was er sich am meisten wünsche, sei, ‹meinen Männern auf dem Wege nach Paris eins vorzusterben›.»

Ich antwortete, die Deutschen schienen mir in jeder Beziehung radikaler zu sein als andere Erdbewohner und dass das der Unterschied sei. «Sie sind sentimentaler und gleichzeitig brutaler als andere. Ein deutscher Dichter heult lauter als ein englischer, ein Deutscher ist mehr verbissen-idealistischer als andere. Sie kennen ja den Ausdruck; himmelhoch jauchzend ... und so weiter. Ein deutscher Spießer ist spießiger, ein deutscher Ingenieur gewissenhafter, und ein deutscher Unteroffizier schreit lauter und schlägt seine Hacken lauter zusammen. Den Deutschen fehlt die Bremse der Vernunft.»

«Die Deutschen», fuhr ich fort, «sind eben Extremisten. Sie empören sich mehr als andere und sind länger nachtragend. Jetzt versuchen sie sogar, demokratischer zu sein als solche, die seit Jahr und Tag demokratisch waren. Kann ein starker Wind sie wieder aus den Angeln heben? Man weiß es nicht. Sie glauben, konsequent zu sein, aber im Handumdrehen wird da ein Saulus zu einem Paulus und nach einem Krieg ein Paulus wieder zu einem Saulus. Der Übergang vom Herrenmenschen zum kleinen Mann und wieder zurück ist beklemmend – wird dem Aufseher in Auschwitz das Handwerk gelegt, so wird er von einem Tag auf den anderen wieder Straßenbahnschaffner oder Intellektueller, als wenn nichts gewesen wäre.»

Mann hatte geduldig meiner Rede zugehört, wie immer höflich und tolerant. Ich fragte ihn, was er von der Einstufung der Deutschen seitens der amerikanischen Besatzer in «Mitläufer», «Nazi-Aktivisten» usw. halte.

«Mitläufer ist recht gut», sagte Mann. «Der Herrenmensch als Mitläufer ... also nun passiv. Die Deutschen sind wohl ewig beides – ich weiß es nicht. Es ist lange her, seit ich ein Deutscher war.»

Dieser Satz vom Urheber der berühmten Parole: «Wo ich bin, da ist Deutschland»! (Dies hatte er zu Beginn seiner Emigration gesagt.)

Im kleinen Kreis fragten wir ihn 1941, ob er dieses oft zitierte Wort nicht widerrufen wolle. Nein, sagte er, dass wolle er nicht, obgleich es nicht mehr passe. Aber das Widerrufen sei nun einmal nicht seine Art, und großes Unheil werde es ja wohl nicht anrichten, wenn es unkorrigiert bliebe. Davon abgesehen habe er es damals auch genau so gemeint.

Mann war ja längst kein Deutscher mehr. Zum einen hatten deutsche Akademiker ihn ausgebürgert und ihm seinen Doktortitel aberkannt, was ihn tief verletzt hatte. Zum anderen hatten die Konzentrationslager und die Hilferufe der Gefährdeten längst dafür gesorgt. Dies zeigte sich zum Beispiel besonders deutlich anhand der Beisetzung des Dirigenten Wilhelm Furtwängler im Jahre 1954, der bei den Amerikanern großes Ansehen genoss. Die Besatzer hatten unter «Nazi» eher die SA-Straßenlümmel in ihrer braunen Uniform verstanden als die Oberschicht, die ja das Herz des Nazitums gewesen war. Für sie war Furtwängler ein Vertreter der großen, in Wirklichkeit an allem unschuldigen deutschen Kultur. Obwohl er im Entnazifizierungsprozess freigesprochen worden war, galt er als Sympathisant und «Edelnazi» (so nannte ihn Mann), denn ihm waren von Hitler der Titel «Staatsrat» und von Göring ein Orden verliehen worden.

Thomas Mann wurde zu Furtwänglers Beisetzung eingeladen mit dem Hintergedanken, als international respektierter Deutscher vor den Pressefotografen in seiner Eulogie dessen Nazisympathien zu verdecken und damit als Aushängeschild der deutschen Um- und Abkehr vom Nazitum zu dienen. Mann konnte es zunächst kaum glauben. «Wissen diese Leute wirklich nicht, was das bedeutet», fragte er seine Familie, «mich einzuladen, um Furtwängler zu ehren? Nur weil ich Musik liebe und dieser Mann Musik machte, soll ich ihm nachtrauern? Während nur ein paar hundert Meter von den musikalischen Festlichkeiten entfernt, die Schergen in den SS-Kellern der

Prinz-Albrecht-Straße ihre Opfer zu Tode folterten? In Hörweite dieses furchtbaren Menschen, dessen leider urdeutsche Mischung aus schönster Musik mit brutaler Verachtung für menschliches Leben ein und dasselbe waren?»

Auch der unter den Nazis beliebte Schriftsteller Walter von Molo hatte ihn 1945 in einem offenen und unverschämten Brief aufgefordert, nach Deutschland zurückzukommen, um Deutschlands Ruf in der Welt zu verbessern. Aber Mann war klar, dass er nicht mehr nach Deutschland gehörte. Nach seiner letzten Deutschlandreise erzählte er, er habe «die Luft dort nicht atmen und es im Zuge nach Zürich kaum erwarten können, die Schweizer Grenze zu passieren».

Er war erstaunt, dass die ehemaligen Hitlertreuen sich nun scheinheilig und schamlos anmaßten, von ihm zu verlangen, er solle von einem Tag auf den anderen Auschwitz und Deutschlands andere Vernichtungslager vergessen und den Deutschen, die sich nach dem Sieg der Alliierten als «Europäer» bezeichneten, als Aushängeschild dienen und ein Ehren- oder Regierungsamt annehmen.

Beim Schreiben eines Briefes bemerkte Mann übrigens einmal, die von den Nazideutschen mit brutaler Waffengewalt angestrebte und sogar kurzfristig erreichte Vereinigung Europas sei im Grunde gut, ja nötig, nur geschehe es eben «mit falschen, umgekehrten Vorzeichen».

In seinen Augen bemühten sich die gerade noch vor Nationalismus platzenden Deutschen darum, ihn in den Wiederaufbau Deutschlands und die Vereinigung Europas mit einzubauen, vielleicht sogar als deutschen Potentaten, so wie man den russischen Filmemacher Eisenstein für Israel vorgesehen hatte. Es gab nämlich Vorschläge, ihn, wie den in Harvard lehrenden ehemaligen Kanzler Brüning, zu einem deutschen Präsidenten zu machen. «Wissen denn diese Leute nicht, was sie getan haben», fragte er uns, «die Opfer in den Konzentrationslagern, die Millionen von mutwillig getöteten

Russen …» Mann hatte von den Deutschen eine vollständige, von Reue und Einsicht getriebene Änderung erhofft.

Abgesehen davon hatte er im Gegensatz zu fast allen deutschen Emigranten, egal, ob sie nun Schriftsteller, Politiker oder Akademiker waren, keine Nachkriegspläne für Deutschland und hielt wenig von dem, was in amerikanischen politischen Kreisen darüber gesprochen wurde. So war er viel zu selbstbewusst, um den deutschen Bittstellern auf den Leim zu gehen und ihnen zu sagen, was er wirklich von ihrem plötzlichen Internationalismus hielt. Deswegen lehnte er deren Angebote immer wieder höflich ab. Außerdem war politische Macht ihm fremd (außer eben die Macht des geschriebenen Wortes). Es war nie sein Bestreben, Macht zu erlangen und über andere auszuüben, um damit politische Ziele zu verfolgen – dies stand im Widerspruch zu seinem Humanismus. So leistete er zwar in Amerika oder Europa lebenden deutschen Politikern ab und zu ideellen Beistand, übernahm aber nie die Führung einer politischen Gruppe.

Auch mit der Regierung Adenauers wollte Thomas Mann nichts zu tun haben: «Gewiss, gewiss», sagte Mann einmal zu mir, «dieser Adenauer ist, was Shakespeare einen ‹ehrenwerten Mann› genannt hätte, aber ich brauche Ihnen wohl nicht zu sagen, dass er mein Fall nicht ist.»

Die konservative Einstellung Adenauers, auf den Punkt gebracht in seinem Ausspruch «Keine Experimente!», war eine Enttäuschung für Mann, welcher der Ansicht war, dass sich Deutschland nicht an der Vergangenheit orientieren sollte.

Kurz vor Adenauers Tod besuchte ich ihn, zusammen mit meinem Freund Golo Mann, in seiner Villa in Rhöndorf. Er war, wie es schien, mit sich und seinem Leben zufrieden. Das Gespräch sollte nur eine Stunde dauern, aber Golo und Adenauer verstanden sich so gut, dass wir die ganze Nacht dort blieben.

Man beachte das «ganz unvermittelt» in dem oben zitierten Brief Thomas Manns an mich. Es schockierte Mann, dass die Deutschen sich – ohne jegliche Reue – einfach so vom Nazismus und seinen Gräueltaten freisprachen. Oft begannen diese Apologien mit Worten wie «Sie dürfen doch nicht vergessen, dass ...» und endeten mit dem Vertrag von Versailles, der Dolchstoßlegende, der Inflation oder der Arbeitslosigkeit. (Ein anderes Beispiel dafür wären wohl Görings Reden aus der Haft als Kriegsverbrecher.) So wie sie ihm nicht vergeben konnten, dass er nie und nimmer eine Entschuldigung für ihr verrücktes und mörderisches Nazitum gelten ließ, konnte er einfach nicht akzeptieren, wie viel von der Nazijauche in den meisten deutschen Köpfen übrig geblieben war.

Er klagte nicht an. Das hatte er in seinen Ansprachen während des Krieges getan, aber nicht mehr nach dem Zusammenbruch des Nazigebäudes. So wie er ihnen, so waren die Deutschen und ihr Deutsch ihm fremd geworden, ebenso wie die endlosen und eher lahmen Festivitäten überall zu seinen Ehren. Er wusste nur zu gut: Man liebte ihn nicht, und seine große Beliebtheit in der nichtdeutschen Welt war den Deutschen ein Dorn im Auge.

Ich denke, dass sie nie den Schimmer einer Ahnung hatten, was sie ihm verdankten: Ohne Thomas Mann und seinen Ruf in der Welt als Exempel eines «guten Deutschen» wären sie von den Siegern ungleich härter behandelt worden. Die Amerikaner wollten nämlich einen Repräsentanten Deutschlands sehen, der nicht alles – Krieg und Millionenmord, politischen Wahnsinn und tiefste moralische Unwürdigkeit – auf eine Person, den Gefreiten Hitler, schob (so wie Bertolt Brecht es getan hatte, in dessen Augen die Führungsschicht und die kapitalistische Oberschicht Nazideutschlands das Volk verführt hatten). Sie suchten aber auch keinen, der wie manch andere Flüchtlinge die Ausrottung der Deutschen befürwortete. Ich meine damit die Leute außerhalb Deutschlands, die in der politischen Siedehitze der Auschwitz-Enthüllungen riefen, an den Deutschen sei eben Hopfen und Malz verloren. Man müsse sie eben ausrotten oder wenigstens den Morgenthauplan in Kraft setzen, der die Deindustrialisierung und Agrarisierung Deutschlands forderte.

Auch Thomas Manns Besuch in West- und Ostdeutschland 1949 war ein Fiasko. Ich war entsetzt, als ich von seinen Plänen hörte, nach Deutschland zu reisen. Wieder einmal waren die Deutschen besessene Feinde – dieses Mal der Ostdeutschen –, und sie versuchten sogar, ihn in diese Debatte mit einzubeziehen. Dazu kam ihre steife und unnatürliche Reaktion (besonders in Weimar), die gekünstelte Hochachtung der Deutschen für Manns Haltung in der Hitler-Zeit.

«In Deutschland», sagte er einmal, «bin ich ja nun eine Art von Sehenswürdigkeit. Die lieben Leute stellen mir dauernd Fragen, die ich nicht beantworten kann oder will.» Als nichtdeutschem Weltbürger passte ihm das enge Korsett Nachkriegsdeutschlands mit all seinen sich befehdenden Ex-Nazis nicht. Er flüchtete sich – man kann es fast so nennen – in die Schweiz. Denn so ungern Mann Amerika und sein schönes Haus in Pacific Palisades verlassen hatte, sosehr er auch auf seine Art an Amerika hing, kehrte er nach einigem Zögern gerne in die Schweiz zurück, welche ihm ja auch 1933 Zuflucht vor der gefährlichen und für ihn unerträglichen deutschen Abscheulichkeit geboten hatte.

In einem offenen Brief vom September 1945 mit dem Titel *Warum ich nicht nach Deutschland zurückgehe* beschreibt Mann seine Haltung mit diesen Worten: «Fern sei mir Selbstgerechtigkeit! Wir draußen hatten gut tugendhaft sein und Hitler die Meinung sagen. Ich hebe keinen Stein auf, gegen niemanden. Ich bin nur scheu und ‹fremdle›, wie man von kleinen Kindern sagt. Ja, Deutschland ist mir in all diesen Jahren doch recht fremd geworden. Es ist, das muss man mir zugestehen, ein beängstigendes Land. Ich bekenne, dass ich mich vor den deutschen Trümmern fürchte … den steinernen wie den menschlichen …»

Wie man hier sieht, war Thomas Mann Rachsucht fremd, und die Bestrafung der Deutschen war ihm weniger wichtig als das Mitleid mit den Unterlegenen, gepaart mit Befremden und Unverständnis. Mann glaubte auch nicht, dass die Deutschen plötzlich den Nazismus abwerfen und ein braves demokratisches Land werden würden. Vielmehr war er der Ansicht, dass sich die Nachkriegsdeutschen über lange Zeit hinweg selbst würden entnazifizieren und demokratisieren müssen. Sie sollten «ihren Weg selbst gehen» und könnten nicht zur Demokratie hin «umerzogen» werden.

Beim Tee sagte er zu uns: «Es ist doch ein Widerspruch in sich selbst, Leuten die Demokratie aufzwingen zu wollen, so gut man es auch meinen mag!» Gerade weil der Deutschen Drang zu Hitler so rasend gewesen war, wäre es, so fand er es zuweilen noch während des Krieges, nun an der Zeit, dass sie von sich aus zu einem vernünftigen politischen System fänden.

Natürlich war er unglücklich über den Effekt des Marshallplans und der amerikanischen Politik im Allgemeinen, die Nazigrößen aus Industrie, Wirtschaft, Kultur ungestraft wieder hochzupäppeln. In einer Unterhaltung zwischen Mann und Bertolt Brecht nach Kriegsende, bei der ich dabei war, kam es zu einem Zusammenprall der beiden über die Frage, was mit Deutschland nach dem Krieg passieren sollte. Thomas Mann, der überzeugte Humanist, war der Ansicht, man müsse wohl an die hunderttausend Deutsche durch Erschießen hinrichten. «Ich kann den Deutschen doch nicht vergeben», sagte er einmal zu mir, «was sie anderen zugefügt haben! Das steht mir doch nicht zu! Und anderen Emigranten auch nicht!» Es stieß ihn ab, dass so viele den Deutschen in überstürzter Eile und auch aus verdächtig opportunistischen Motiven mit lautem Getöse alles vergaben. Brecht (der Kommunist) war da ganz anderer Ansicht. «Die Menschen sind gut», sagte er, «alle Menschen sind gut, nur die Führer verführen sie.» Deshalb seien ein paar Naziführer hinzurichten, das deutsche Volk aber, das nur ein Opfer Hitlers sei, sei nicht zu bestrafen.

Mann schien Brechts Feindseligkeit übrigens nicht zu stören. Er hielt große Stücke auf die *Dreigroschenoper* und hatte ja ohnehin die seltene Gabe, jeden Menschen ernst zu nehmen und zu akzeptieren für das, was er war. Von Brecht sagte er: «Das Scheusal hat Talent.» Gleichzeitig schrieb er einen langen und ernsten Brief an ihn, als jener versuchte, ein «Komitee Freies Deutschland» zu gründen. Mann war dagegen, nicht so sehr, weil das Komitee kommunistisch sein sollte – das störte ihn weniger. Aber Mann glaubte und bestand stets darauf, dass sich die Deutschen nach ihrer Niederlage selbst in eine zivilisierte Gesellschaft umwandeln müssten, wie ich gerade ausgeführt habe – und das bedeutete für ihn: ohne russische Vorherrschaft.

Ich fragte Mann einmal, ob er meine, dass das radikale Verhalten der Deutschen – und ihre Ideale – nun doch für immer ausgetrieben seien. «Schon möglich», sagte er, «wir werden sehen … in hundert Jahren … Nachbarn können nicht verstehen, dass den Deutschen – wohl aufgrund ihrer andersartigen Geschichte – wirklich zwei Seelen in der Brust herumrumoren, aber es ist nun einmal so: Kaum scheint die eine Seele oben zu sein, da bricht die andere Seele durch.»

So läuft ein langer Weg von der Einladung zu Furtwänglers Beerdigung über viele andere Enttäuschungen hinweg zu einem Punkt, an dem Mann sich aller Sympathien für Deutschland von den Deutschen selbst beraubt sah.

«Gott sei Dank», sagte er dann im engeren Kreise, «ich muss in Deutschland weder leben noch sterben. Ich bin dafür der Schweiz sehr dankbar.»

Im Gegensatz zu Thomas Mann schleppte ich meinen eigenen Hass auf die Deutschnazis viele Jahre lang mit mir herum, bis er verrauchte. Hauptsächlich deshalb, weil die Millionen von deutschen Verbrechern und Quälern nun ja gottlob tot sind und sich nicht mehr mit ihren deutschen Kalbsbraten oder Kartoffelklößen den Bauch vollschlagen können. Meine halbe Familie, nicht nur mein Vater, wurde schließlich von ihnen ermordet.

Trotz kurzer Besuche im Nach-Hitler-Deutschland bin ich, wie Thomas Mann auch, nie wieder richtig nach Deutschland zurückgekehrt. Heute, da ich von ihm erzähle, bin ich neunzig Jahre alt, also zehn Jahre älter, als es ihm zu werden vergönnt war. Und wenn ich sage «vergönnt», so wähle ich den Ausdruck mit Bedacht. Denn Thomas Manns hervorstechendste Eigenschaft war, dass er sein Leben trotz allen Ungemachs, das er von seinen Mitbürgern im Lauf seines langen und abenteuerlichen Lebens einstecken musste, liebte. Genauer gesagt, erzog er sich mit unermüdlichem Fleiß dazu, das Leben gerne zu leben, so wie es eben war.

Selbst als «seine» Deutschen die fürchterlichsten Taten in der Geschichte der Menschheit verübten, gab er sich nie – wie so viele und besonders schöpferische Menschen in jener Zeit – völlig der Verzweiflung hin. Sein Leben war nicht leicht, aber er hat es genossen wie kein anderer, den ich kannte. Natürlich war er vorübergehend niedergeschlagen, was er selbst der deutschen Situation zuschrieb, die ihn sehr beschäftigte und quälte.

MEIN LETZTER BESUCH BEI THOMAS MANN IN DER SCHWEIZ

Die letzte Unterhaltung mit meinem «alten Boss», wie er sich selbst zuweilen nannte, hatte ich im Juni 1953 in Erlenbach, gut zwei Jahre vor seinem Tod. Nach meiner Rückkehr in die USA war ich verschiedentlich für die amerikanische Regierung in Deutschland gewesen und dabei auch mit Mann in der Schweiz zusammengetroffen. Diesmal war ich auf der Rückfahrt nach Amerika von einer Reise durch Europa und hatte über seine Frau Katia ein Zusammentreffen mit ihm vereinbart, da Mann nur ungern ans Telefon ging. Natürlich war es mir, und vermutlich auch ihm, klar, dass wir uns wohl nicht wiedersehen würden, denn er würde ja nicht noch einmal nach Amerika kommen, und ich hatte keine Pläne, wieder in die Schweiz zu reisen. Aber darüber fiel kein Wort.

Gleichwohl hing über dem Gespräch, das länger als eine Stunde dauerte, die unausgesprochene Annahme, dass es unser letztes sein würde. Das will aber keineswegs heißen, dass es etwas Feierliches oder, wie es bei «letzten Gesprächen» der Fall sein kann, etwas Künstliches an sich hatte. Wir unterhielten uns eben wie zwei Freunde verschiedenen Alters, die sich zwar seit Jahren kennen, in den letzten Jahren aber nur wenig voneinander gesehen hatten und weiterhin sehen würden.

Wie damals in Kalifornien gab es Tee und leichtes Gebäck, gebracht von Katia, die sich bald entschuldigte, da sie nach Zürich zum Einkaufen fahren wollte. Das Dienstmädchen hatte Ausgang, und so saßen wir allein und ungestört in Manns geräumigem Arbeitszimmer. Er war in den letzten Jahren sichtlich gealtert und dünner, als ich ihn in Erinnerung hatte. Obwohl er müder und zerbrechlicher wirkte, war er wie immer an allem interessiert, guter Laune und ganz bei der Sache. Geblieben war ihm sein plötzliches, kurzes, aber eben erstaunlich lebendiges Aufblitzen der Augen, das ein Mittelding war zwischen plötzlich aufflackernder Zuneigung und einem Mitverstehen der Dinge, die jemand gesagt hatte und die ihn überrascht und amüsiert hatten. Er schien in solchen Augenblicken genau zu vernehmen, was ein anderer wirklich meinte, besonders wenn der andere versuchte, den Wust seiner Gedanken verständlich zu machen. Diese Eigentümlichkeit war so geblieben, wie ich sie von meiner Arbeit mit ihm in Amerika kannte.

Über Russland und den Kommunismus sagte er, seine Ansichten seien vielleicht «eher langweilig», da er das System weder hochschätze noch verdamme. Solange es den Russen an so vielem fehle – nicht nur an Gütern, sondern auch an der zur Demokratie notwendigen Tradition und Haltung. Er sei ja, wie ich wisse, weder hitzig in seinem Verdammen noch in seinem Gutheißen, mit Ausnahme eben des Nazismus, den er rückhaltlos ablehne. Dieser sei ja auch kein politisches System, sondern – er sagte das auf Englisch – «collective criminal insanity», eine kollektive verbrecherische Geisteskrankheit.

Ich fragte ihn, ob er nach der Niederlage des Faschismus immer noch glaube, dass dieser in der Zukunft wiederkehren könne. «Ja», antwortete er, «die Gefahr besteht schon. Die Frage ist, ob man sie rechtzeitig abwehrt.»

Aus früheren Briefen und Gesprächen war mir klar, dass die Nachkriegsentwicklung in Deutschland für Mann in vieler Hinsicht eine Enttäuschung war. «Ja», sagte er, «ich habe mir das von den Nazis befreite Deutschland anders vorgestellt.» Er meinte, dass sich die meisten Deutschen wohl nach Hitlers Tod nicht sonderlich befreit fühlten, weil eben die meisten, aus ganz unterschiedlichen Gründen, recht gerne mitgemacht hätten. «Leider, leider», fügte er hinzu.

Ich erzählte, dass ich vor einigen Jahren mit einem deutschen Besucher Amerikas zusammengetroffen war, einem Admiral, mit dem ich mich über die Zukunft unterhalten hatte. Er war der Meinung, dass Amerika, Frankreich oder England in zwanzig Jahren politisch und ökonomisch wohl ungefähr so dastehen würden wie am Tage unseres Gesprächs.

«Und Deutschland?», fragte ich. «Wie und was wird Deutschland sein in zwanzig Jahren?»

«Das weiß kein Mensch», sagte der deutsche Gast und schlug die Hände über dem Kopf zusammen. «Das kann Ihnen niemand sagen!» Und ebendarin liegt vielleicht der Unterschied.

«Ja», antwortete Mann gegen Ende unserer langen Unterhaltung, «die Esel lechzen nach Wahrheiten, die ihnen schmeicheln. Und gleichzeitig stürmen sie plötzlich auf die Welt los. Aber», fügte er hinzu, «auch das trifft den Nagel nicht recht auf den Kopf. Denn die Deutschen sind ja keine wirklichen Esel – Esel sind zwar auch stur wie sie, aber nicht so veränderlich. Der Deutsche ist eben sui generis ein Wechselbalg in seiner Veränderlichkeit, die so weit geht, dass er sich im ehemaligen Gewande nicht einmal wiedererkennt. Zeigen Sie doch einmal einem Deutschen und einem Franzosen Fotos aus dem Kriege und beobachten Sie den Unterschied in der Reaktion.»

Er glaube nicht, dass der Nazismus ausgemerzt werden könne, solange man ihn weiterhin als etwas Fremdes, Undeutsches betrachte (wie viele Deutsche es taten, aus fadenscheinigen Gründen wie aus tatsächlichem Unverständnis). Vielmehr sei der Nazismus genauso deutsch und genauso tief verwurzelt wie Goethe und Schiller, Wagner und die brüllenden Unteroffiziere.

Wir kamen kurz auf die Atombombe zu sprechen. Ich meinte, dass ich mir weder vorstellen könne, dass man sie benutzen würde, noch dass man sie nicht benutzen würde. Mann sagte, von Voraussagen halte er wenig. Ganz allgemein pflichte er mir bei, aber es hinge von zu vielen Dingen ab, die wir nicht absehen könnten.

Zum Schluss kamen wir auf seinen ältesten Sohn Klaus zu sprechen, der 1949 in Südfrankreich Selbstmord beging. Ich hatte nach meiner Einberufung in die Armee nur noch wenig Kontakt zu ihm. Es war Thomas Mann vorgeworfen worden, dass er eine Vortragsreise in Schweden zwar verkürzt, aber nicht einfach abgebrochen habe. Diesen Vorwurf erwähnte ich nicht, aber ich fragte ihn nach seinen Gefühlen.

«Sie kannten Klaus ja gut», sagte er, «Sie waren mit ihm befreundet. Aber ich will Sie nichts fragen. Ich meinerseits bin immer ein strenger Gegner des Selbstmords gewesen. Klaus hatte es schwer in dieser Welt. Sie ja auch! Es war vielleicht sein Fatum. Er konnte sich der Nachkriegswelt nicht anpassen, aber er wollte es auch nicht.»

Wir sprachen dann von Erika, einer guten Freundin von mir. Wenn ich gute Freundin sage, kann ich nur von meiner Freundschaft zu ihr sprechen, nicht von ihrer zu mir. Diese hatte nämlich einen heftigen Stoß erlitten, als ich nach meiner Rückkehr in die USA einen Posten bei *Radio Free Europe* angenommen hatte, für sie ein rotes Tuch. Sie insistierte, der Sender sei eine faschistische Organisation, besessen antirussisch und ein Schädling der politischen Welt. Im Gegensatz zu den Ansichten ihres Vaters waren die ihren stets radikal, und sie sagte, sie sei enttäuscht, dass ich dort arbeite. Wie Katia Mann mir viel später schrieb, hat Erika mir auf dem Totenbett vergeben und Katia gebeten, mir dies mitzuteilen.

Thomas Mann und ich sprachen dann noch ein wenig über seine Gesundheit und seine Arbeit, danach brach ich auf. Er führte mich durch den Garten zur Straße, und ich bedankte mich dafür, dass ich mich so ungestört mit ihm unterhalten durfte.

Als ich ihn verließ, meinte Mann: «Ja, es sieht trübe aus.»

War das in Erwartung des baldigen Todes gesprochen? Trauer

über sein Vaterland? Bezog es sich auf die nahe oder die fernere Zukunft? Am wahrscheinlichsten ist, dass es eine der Wolken an seinem Himmel war, die ihn – wie seine Tagebücher zeigen – von Zeit zu Zeit anfochten. Aus solchen Anfechtungen kehrte er aber stets schnell und auf unsentimentale Weise mit seinem hellen Verstand zur jeweiligen Tagesordnung zurück. Eine schwarze Prophezeiung für die Zukunft war der Ausspruch sicher nicht, denn Mann gab sich nie prophetisch.

Seinen letzten Brief schickte er mir am 6. Oktober 1954 aus Kilchberg. Darin bedauerte er, dass er mir noch kein Exemplar des soeben erschienenen *Felix Krull* («ein Fragment immer noch, aber ein zu einem Roman ausgewachsenes») habe zukommen lassen, «aber ich bin ohne Exemplare». Die ersten 20 000 seien bereits vergriffen und es entstehe eine ärgerliche Lieferpause. «Sobald das Buch wieder greifbar ist, bekommen Sie es mit einer schönen Widmung zum Gedenken an unsere Zusammenarbeit. Ich kann meinen alten Sekretarius mit der Kurzschrift persönlichen Systems nicht zu kurz kommen lassen.» Er fügte einen Gruß von «Mrs. Mann» hinzu. «Ich diktiere ihr diese Zeilen in ihrer Eigenschaft als kurzschriftgewandte Uralt-Sekretärin. Ihr alter Thomas Mann.»

Nach dem Tod von Thomas Mann wurde mein Kontakt mit der Familie sporadischer. Ein geplanter Besuch bei Katia in der Schweiz kam 1971 nicht zustande. Ich gratulierte ihr aber zu ihrem 90. Geburtstag und erhielt folgende Antwort:

«Kilchberg, 1. September 1973

Lieber Konni,

es war ja nett, dass Sie meines Neunzigsten (ach Du lieber Gott!) gedacht haben. Solche Geburtstage sorgen doch immerhin dafür, dass der Faden nicht ganz abreißt. Etwas reichlich hat dieses Jubiläum allerdings dafür gesorgt, und ich bin schier niedergedrückt von der lastenden Dankesschuld.

So recht wohl scheinen Sie sich im Lande der unbegrenzten Möglichkeiten auch nicht zu fühlen. Was mich betrifft, so komme ich mit den Jahren immer mehr zu der Einsicht, dass der Mensch eine Fehlkonstruktion war. Wie sieht es denn aus in unserer Menschenwelt?!

Persönlich habe ich ja kaum Grund, mich zu beklagen. In Anbetracht der Höchstjahre geht es mir ganz leidlich, und unser Kilchberger Refugium, meistens in Golos Gesellschaft, und mit einer Hausangestellten, die schon 11 Jahre bei uns ist (heutzutage schier ein Wunder!), einem hübschen Garten mit Swimmingpool, muss ich mich schier glücklich preisen, obgleich ich es Gerhart Hauptmann durchaus nachfühlen kann, der in seinen späten Lebensjahren immer sagte: Lieber heute als morgen. Gewiss doch.

Heute denn also grüße ich Sie sehr herzlich und bleibe, mit allen guten Wünschen

Ihre Katia Mann.»

THOMAS MANN ALS SCHRIFTSTELLER

Thomas Manns Prosa war eine erstaunliche Mischung aus Naturalismus und Impressionismus. Der Traum aller Schriftsteller, seine Figuren so lebensnah wie möglich zu gestalten, gelang ihm in seiner Zeit wie wohl keinem anderen. Mann malte seine Figuren in sanften Farben (aber ohne ihnen zu schmeicheln), was sie natürlich und leicht verständlich macht. Sie sind «wie du und ich». Aber gerade das ist seine Meisterschaft, ähnlich der eines großen Malers wie Rembrandt oder Van Dyck: je mehr sie «einfach so sind» wie die Menschen, desto größer die dafür erforderliche Kunst. Thomas Mann war also ein Erzähler, «ein raunender Beschwörer des Imperfekts», wie er einmal skurrilerweise sagte. Ein Erzähler will dem Leser etwas mitteilen, sei es erlebt oder ersonnen. In der Art und Weise, wie er schrieb, will ich ihn auch als Realisten bezeichnen, im Gegensatz zu einem Optimisten oder Pessimisten.

In Gesprächen über seine Werke, die ich mit Mann des Öfteren beim Nachmittagstee führte, kam ich manchmal auf den Hochstapler Felix Krull zurück. Mann sprach über seinen Krull auf diese seltsam objektive, unpersönliche Art, als sei diese Geschichte nicht aus seiner Feder. Ich war immer der Ansicht, dass Krull nicht nur alle Eigenschaften besaß, die Thomas Mann hatte, sondern auch solche, die er sich erträumte, und andere, die er wohl fürchtete. Mann selbst fand ein großes Vergnügen daran, sich an den Krull zu erinnern, den er viele Jahre zuvor geschrieben hatte und auf den er besonders stolz sei, wie er mir sagte. Schon allein der «Hochstapler» im Titel des Werkes erregte sein besonderes Gefallen, eben weil er im Grunde auch den Schriftsteller immer als eine Art von unseriösem Mitmenschen sah, der den Leuten mit seinem «Gefasel» Zeit, Geld und Emotionen abluchst. Auch belustigte ihn die Anziehung, die Krull auf die unterschiedlichsten Menschen ausübt, während er selbst ein teilnehmender Beobachter bleibt. Krulls Auftreten ist bescheiden, er hofiert und lässt sich verwöhnen, ohne dass seine selbsterkorene strenge Disziplin je sein Betragen beherrscht hätte. Ich meinte einmal zu Mann, dass es mir scheine, dass, wer den *Krull* nicht gelesen hätte, seine Kunst nicht voll verstehen, wer aber den *Krull* mit Aufmerksamkeit gelesen habe, Manns andere Bücher leichter begreifen könne. «Na ja», sagte er, wie es seine Art war, «ich glaube, da haben Sie recht.»

In meinen Augen war Thomas Mann als Erzähler das Gegenteil eines Kritikers. Der Kritiker will sich über den Künstler, den er beschreibt, erheben, sei der Künstler ein Bildhauer, Maler, Komponist oder Erzähler, um ihm von seiner höheren Warte aus ein paar anerkennende und ein paar kritische Brocken zuzuwerfen wie einem Schoßhündchen oder einem Ertrinkenden – je nachdem. Mancher Künstler macht sich ja auch zum Kritiker seiner Kollegen. Eines ist allen Kritikern gemein: Sie denken und tun so, als seien sie über die von ihnen beschriebenen Werke und Schöpfer erhaben. Sie blicken auf diese herab, selbst wenn sie ihrem – man kann sagen – «Opfer» wohlgesinnt erscheinen. Kafka hat gesagt: «Der Mensch hat eine Stirn und eine Hand, um sich damit an dieselbe zu schlagen.» Er tut es jedoch nicht, sondern versucht unermüdlich, seine Schuld anderen in die Schuhe zu schieben.

In diesem Sinne war Thomas Mann alles andere als ein Kritiker. Hie und da drückte er seine Liebe oder Bewunderung für die Kreationen anderer aus. Obgleich er sich nie besonders für Malerei interessierte, genoss er Musik und alles Musikalische. Er hat mir einmal erklärt, dass er Wagners Opern, die ja Musik mit Drama verbänden, für die größte Kunstform überhaupt halte.

So erinnere ich mich an ein Mittagessen zu dritt mit einem hageren und reichen Männlein aus Kanada. Jener fragte Mann, wie es nur möglich sei, dass ihm und Hitler (ihm und Hitler!) eine so große Zuneigung zu Wagner gemeinsam sei. Auch ich war sehr gespannt, was Mann darauf wohl antworten würde. Er sagte, dass es das internationale Element bei Wagner sei, was ihn so anziehe, während umgekehrt Hitler vom Deutschnationalen begeistert sei. Da ich kein Verehrer von Wagner bin – seine Opern sind mir fremd –, habe ich diese Erklärung der unterschiedlichen, aber gleichermaßen positiven Reaktionen nie ganz verstanden. Das Männlein verstand sie wohl auch nicht.

Der Gast benutzte während unseres Mittagessens das Sprichwort «A shroud has no pockets». (Ein Leichenhemd hat keine Taschen, d. h., man kann nichts über den Tod hinaus mitnehmen.) Mann gefiel diese Wendung, und bei unserer Arbeit wiederholte er sie mir gegenüber des Öfteren.

Seinen Kollegen Hermann Hesse, dessen Werk er sehr schätzte, schlug Thomas Mann für den Nobelpreis vor. Kritik als solche aber, das Einordnen, Zerpflücken und seichte Lobpreisen der Werke anderer, war ihm fremd, selbst wenn er über Goethe oder Schopenhauer oder Schiller sprach und schrieb. Das will natürlich nicht heißen, dass er sich aus echter oder falscher Bescheidenheit anderen Künstlern unterordnete, im Gegenteil. Er maß sich nie an ihnen und beurteilte niemandes Werke mit denselben Maßstäben wie seine eigenen. Wenn jemand ihn mit Goethe verglich und zu dem Schluss kam, er sei ebenso groß oder weniger bedeutend als jener, amüsierte ihn das.

Er sagte einmal zu mir: «Die Leute vergessen, dass man Stabhochspringer einordnen kann, da man die Höhe ihrer Sprünge vergleichen kann. Zwar schielen viele Schriftsteller auf die Werke und auch die Lorbeeren der Konkurrenz. Aber daraus wird keiner klug.» In diesem Sinne stand Thomas Mann neben oder hinter anderen Schriftstellern, weil er wusste, dass Kritik Gefahr läuft, den Gegenstand auf eine tiefere Ebene herunterzuziehen. «Wir Genies verstehen alle gar nichts voneinander», hatte er im oben zitierten Brief vom 27. August 1946 an mich geschrieben.

Natürlich schätzte er Anerkennung; auf seinen Nobelpreis für Literatur von 1929 war Thomas Mann zu Recht stolz. Viele hatten ihm vorgeworfen, dass er sich nach jedem seiner Vorträge am tosenden Applaus seiner Hörer erbaut hatte und dass er scheinbar enttäuscht war, wenn er nach deren Abschluss nicht wenigstens drei- oder viermal auf die Bühne zurückgerufen wurde.

«Ja, was denken die Leute denn», sagte er einmal nach einem Vortrag zu mir, «darf ich mich nicht über Applaus freuen? Für mich, wie wohl für die meisten Leute, ist eine öffentliche Rede zu halten doch immer ein Wagnis, besonders zu Kriegszeiten, wenn Leute mit ihrem Urteil schnell bei der Hand sind. Ich bin doch kein Übermensch, dem man im Stillen huldigt! Und außerdem – wenn die Leute mir, einem Deutschen, während des Krieges gegen Deutschland zujubeln, wenn ich einen politischen Vortrag halte oder aus einem Roman vorlese, so ist das doch auch als Position gegen den Nazismus wichtig?»

Dann fügte er hinzu: «Ich bin ja kein Politiker, sondern eben ein Schriftsteller und – wenn Sie wollen – ein Humanist. Ich mache ja keinen Hehl daraus, dass ich ein Deutscher bin, und ich freue mich, wenn man meine Rede schätzt. Was will man denn von mir? Dass ich stumme Huldigung vorziehe?»

Gleichzeitig aber nahm er jeden Applaus mit einer gewissen Skepsis entgegen, denn er war der Ansicht, dass die Amerikaner, die ihn nur aus der Übersetzung kannten, seinen Stil und die ihm eigene Sprache ja nicht verstehen und schätzen könnten. Trotzdem sprach er sehr gern in der Öffentlichkeit, besonders wenn seine Vortragstouren großes Aufsehen erregten. Allerdings ließ er auch einmal verlauten, dass seine ehemaligen deutschen Mitbürger seinen alles übertünchenden Witz ebenfalls nicht verstünden.

Im Zusammenhang damit fällt mir ein Gespräch mit Mann über

die Definition von Ironie ein. Viele Kritiker beschreiben ja Thomas Manns Schriften als «ironisch» und lehren uns, die Ironie sei Thomas Manns Art gewesen, die Dinge – das Leben selbst – darzustellen. Da ich immer anderer, in der Tat entgegengesetzter Ansicht war, habe ich mich des Öfteren mit ihm darüber unterhalten.

Ironie, so schien es mir, sei ein Sehen der Dinge und Menschen von oben herab, eine eingebildete Art, seine Mitmenschen und ihr oft kurioses, oft abstoßendes, oft rührendes Treiben zu beschreiben. Ich sagte also zu ihm, dass diese höhnische Ironie das Extrem der schriftstellerischen Eitelkeit sei und dass ich bei ihm diese Art der Süffisanz nie verspürt hätte.

«Ach wissen Sie», erwiderte er mit leicht gerunzelter Stirn, wie so oft, wenn er etwas beschrieb, das ihm nicht so recht passte, «da haben Sie schon recht. Aber ohne mein Zutun hat sich die Beschreibung meines Stils als ‹ironisch› eingenistet. Und wie Sie wissen, verteidige ich mich nicht gegen falsche oder schiefe Interpretationen – wo käme ich da hin? Nein, ich glaube, ironisch bin ich nicht, eher neutral. Ja, eben neutral, wie ein Erzähler zu sein hat. Der Ironiker stellt sich über seine Figuren; ich aber stelle mich hinter oder neben sie und beschreibe sie aus der Nähe oder der Ferne. Aber was die Leute über meine Beschreibungen und meinen Stil meinen, muss mir recht sein.»

War sein Streben nach allgemeiner Anerkennung Eitelkeit? War er ein eitler Mann? Wer ihn persönlich kannte und mit ihm Umgang pflegte, kann das so beantworten: Zur wirklichen Eitelkeit gehört unter anderem ein guter Schuss Menschenverachtung. Thomas Mann hingegen war als Zuhörer so sehr am Gegenüber interessiert, dass ihn dieses normalerweise weit mehr bewegte als alle Komplimente.

Thomas Manns Ironie bestand also nicht aus Hohn oder Herablassung gegenüber anderen. «Ironisch», sagte er bei einem anderen Gespräch über dasselbe Thema, «obwohl viel weniger menschenunfreundlich als sarkastisch, ist trotzdem nicht freundlich, und ich bin doch den meisten meiner Charaktere wohlgesinnt!»

ERINNERUNGEN AN ALBERT EINSTEIN

Albert Einstein war ein Vetter meiner Mutter. Bekanntlich hatte er in zweiter Ehe seine Cousine Elsa geheiratet, und diese wiederum war auch eine Cousine meiner Mutter. Schon in Berlin hatte er uns immer wieder besucht. Natürlich blieb es nicht aus, dass er mir von meiner Mutter als Vorbild präsentiert wurde. Schon als Kind verlangte sie von mir, ich sollte klüger, aber auch bescheidener werden als Einstein.

Jeder Gesprächspartner wurde von ihm völlig ernst genommen. So führte er einmal ein längeres Gespräch mit mir, als ich zehn Jahre alt war. Es ging um die Frage, ob sich die Erde um sich selbst drehe oder nicht. Ich wollte dies nicht glauben, schließlich merke man nichts von einer Bewegung der Erde. Einstein antwortete, dass astronomische Beobachtungen ergeben hätten, dass sich entweder das ganze Universum samt allen Sternenbildern um eine feststehende Erde drehe, und zwar auf eine höchst komplizierte und ziemlich unwahrscheinliche Weise, oder aber dass sich alles in bestimmten Bahnen drehe, auch die Erde. Um die ständige Veränderung am Himmel zu erklären, sei die zweite Annahme die wahrscheinlichere. Als ich darauf sagte, dass es vielleicht ja eine dritte Erklärung dafür gäbe, antwortete Einstein: «Allerdings. Aber hast du sie gefunden? Wenn ja, lass es mich wissen!»

Ich war zwölf Jahre alt, als ich ihn bei einem anderen Besuch darum bat, mir bei meinen Mathematikaufgaben zu helfen. Er verwies mich freundlichst an seinen Assistenten. Für die deutsche Schule hatte er sehr wenig Respekt. Mir blieb vor allem in Erinnerung, wie er mich als Gymnasiasten fragte: «Wie lange musst du denn noch in diese Zwangsanstalt gehen?» Auch von Universitätsprofessoren hielt er sehr wenig, besonders von amerikanischen.

Die Leute wollten sich mit ihm über die ganz großen Themen unterhalten, aber das mochte er gar nicht. Ihn interessierte nur «das Läben». Er wollte Anekdoten hören, wirkliche Erlebnisse. Da er sehr isoliert lebte, saugte er begierig auf, was andere aus ihrem Alltag an ihn herantrugen. Oft konnten sich die anderen nachher nicht an das erinnern, was Einstein gesagt hatte. Er hatte gar nichts gesagt, er hatte nur interessiert zugehört.

1930 begleitete er meine Mutter auf eine Reise in die USA. In Kalifornien waren sie an einem Tag mit Charlie Chaplin zum Mittagessen verabredet, den Einstein recht gut kannte. Meine Mutter bekam allerdings die Nachricht, dass eine meiner Schwestern zu Hause in Berlin an Blinddarmentzündung erkrankt war. Weil dies damals eine sehr gefährliche Sache sein konnte, reiste sie sofort nach Europa zurück. Allerdings ging dem deutschen Dampfer mitten auf dem Ozean die Kohle aus, was noch nie passiert war. So saß sie für einige Zeit fest. Meine Schwester wurde wieder gesund, aber meine Mutter war sehr enttäuscht, dass sie dieses Mittagessen mit Chaplin verpasst hatte.

Einsteins Angewohnheiten lieferten Stoff für Anekdoten. So erzählte mir meine Mutter von einem Gespräch mit ihm und seiner Frau Elsa, das ich hier zusammenfassen möchte. Eines Tages wurde er zu einem Treffen nach London gerufen. Elsa hasste Schiffsreisen. Eine mit ihm befreundete Dame schlug ihm vor, ihn nach London zu begleiten und während der Reise auf ihn aufzupassen.

Meine Mutter fragte ihn, als er wieder zurückgekommen war, wie denn die Reise gewesen wäre. «Großartig», antwortete Einstein, «die Dame war sehr nett zu mir, hat sich rührend um mich gekümmert und ist am Abend zu mir gekommen. Sie war so freundlich, dass wir danach meine Kabine geteilt und die Nacht zusammen verbracht haben.» Natürlich reagierte Elsa empört, worauf Einstein verwundert meinte: «Ihr Weibsvolk! Was ist denn schon dabei?»

Einstein war mein erster Kontakt, als ich in den USA ankam. Er war ein eingefleischter Antinazi und teilte Thomas Manns Ansichten über den Faschismus. Allerdings äußerte er sich kaum in der Öffentlichkeit darüber, so wie es Mann in seinen Reden und Briefen tat. (Ich spreche hier nicht von den Briefen Einsteins an Roosevelt oder seinen Bemühungen, Menschen vor der Verfolgung durch die Nazideutschen zu retten.) Dies erklärt sich wohl aus einem grundsätzlichen Unterschied zwischen den beiden: Mann sah nach unten, auf die Menschen, und Einstein nach oben. Das Geschwätz einer Putzfrau interessierte Mann mehr als die ganze Milchstraße, während Einstein hauptsächlich ins stumme Weltall blickte.

Als ich Einstein nach meiner Einwanderung in die USA besuchte, schrieb er mir einen Referenzbrief, in dem er mich als «ehrenwerten jungen Mann» bezeichnete. Ich hatte ihn nicht um seine Hilfe gebeten, und abgesehen von diesem Brief half er mir auch nicht weiter. Vier- oder fünfmal besuchte ich ihn in Princeton. Unsere Gespräche dort drehten sich meistens um Politik. Einstein hielt nichts von der Art und Weise, wie viele Menschen die Deutschen in Nazis und Nicht-Nazis einteilten. Neben den überzeugten Nazis gab es für ihn vor allem Mitläufer unter den Deutschen, die ja irgendwie leben mussten.

In meiner Zeit als Broker an der Wall Street (für 18 Dollar die Woche, was damals ein Spitzenlohn war) kam es zu einer Diskussion mit Einstein, dessen Relativitätstheorie ich bezweifelte, woraufhin mein berühmter Verwandter sagte: «Wenn du eine bessere Theorie findest, schreib sie mir!»

In Princeton waren Einstein und Thomas Mann Nachbarn gewesen, und schon 1935 hatten sie gleichzeitig die Ehrendoktorwürde der Universität Harvard erhalten. Im selben Jahr hatten sie sich gemeinsam für die Verleihung des Friedensnobelpreises an Carl von Ossietzky eingesetzt, der in einem deutschen Konzentrationslager inhaftiert war.

Im Alltag war Einstein allerdings sonderbar. So trug er nur selten Socken. Er hatte auch nie Geld bei sich und lehnte es ab, einen Hut aufzusetzen. Er vermied es, ans Telefon zu gehen, und er hielt den Reißverschluss für eine der genialsten Erfindungen der Menschheit. Zum Friseur ging er äußerst ungern und vermied es tunlichst. Wenn ein Haarschnitt nötig wurde, nahm ihn seine Frau vor. Er legte es aber nicht darauf an, exzentrisch zu wirken, er tat einfach, was ihm gefiel.

Er übereilte nie seine Arbeiten und mochte es nicht, gedrängt zu werden. Einmal erreichte ihn ein Anruf aus Indien, zu einer Zeit, als Telefonate von Kontinent zu Kontinent noch etwas sehr Seltenes waren. Ein indischer Wissenschaftler rief an und wollte Einstein von einer atemberaubenden Entdeckung berichten. Einstein sagte seiner Sekretärin, sie möge den ungeduldigen Mann bitten, seine Entdeckung aufzuschreiben. «Wenn er wirklich etwas Bahnbrechendes entdeckt hat», sagte er, «kann das sicher auch noch ein bis zwei Wochen warten.»

Er hatte auch ganz feste Zu- und Abneigungen und sehr bestimmte Ansichten zu bestimmten Personen oder Gruppen. Politikern und Professoren stand er meist unwillig gegenüber. Besonders verächtlich fand er öffentliche Meinungsumfragen, sah aber ein, dass sie zur modernen Demokratie gehörten.

Amerikanische Institutionen respektierte er überwiegend. Politische Freiheit, demokratische Gleichheit und die soziale Mobilität im Lande gefielen ihm. Aber er war kein großer Bewunderer des amerikanischen Universitätssystems, in dem nach seiner Ansicht die Studenten wie Kinder überwacht würden. Er bevorzugte das europäische System, das den Studenten die Wahl ließ, zu arbeiten oder herumzutrödeln. «Natürlich werden die meisten ihre Zeit vergeuden», sagte er, «aber die, die es nicht tun, erhalten eine bessere Erziehung als die Studenten in den Vereinigten Staaten.»

Seine amerikanische Staatsbürgerschaft nahm er hingegen sehr ernst. Als seine Frau ihm einmal bei einer Präsidentschaftswahl riet, er möge wegen einer Erkältung zu Hause bleiben, wurde er ernstlich böse. Er bestand darauf, dass es seine Pflicht sei, wählen zu gehen.

Einstein ging nie davon aus, dass sein Ruhm und sein Erfolg ihm besondere Vorrechte verschafften. In Princeton lebte und arbeitete er in einem schlichten Haus. Als einzigen Luxus erlaubte er sich Ausflüge mit seinem schmalen Segelboot. Als er schon 71 war, kenterte er und musste aus dem Wasser gezogen werden, was seine Begeisterung für das Segeln aber nicht schmälern konnte. Es fiel ihm schwer, die Dienste von Köchen, Schneidern oder Handwerkern in Anspruch zu nehmen, denn er empfand das Ausnutzen der Arbeit anderer Menschen als Parasitentum.

Er war an allen Themen interessiert und gewährte jedem Besucher seine ungeteilte Aufmerksamkeit. Aber manchmal konnte er in einem Gespräch, ja sogar mitten in einem Satz aufstehen und kategorisch sagen: «Ich muss jetzt arbeiten.» Dann zog er sich ohne weitere Zeremonie in sein Arbeitszimmer zurück und überließ die weitere Unterhaltung der Gäste seiner Frau und seiner Sekretärin. In solchem Verhalten lag nichts Verächtliches, sein Gehirn hatte einfach wieder zu arbeiten begonnen, als hätte er von irgendwoher einen Befehl empfangen. Als meine Frau und ich einmal bei ihm zum Abendessen eingeladen waren, fragte sie ihn etwas über ein optisches Phänomen. Er beantwortete ihre Frage zwar, dann fiel ihm aber etwas ein, und er verschwand in sein Arbeitszimmer, ohne wieder herauszukommen. Obwohl dies mitten während des Abendessens geschah, war für ihn unser Besuch damit beendet.

Nicht nur in seinem Denken, sondern auch in seinem Sprachgebrauch war er besonders behutsam. Einem Freund, der ihm einen Artikel über eine politische Frage schickte, schrieb er: «Das kommt der Wahrheit näher als alles, was ich bisher zu dem Thema gelesen habe.» Der Wahrheit näherkommen, diese Formulierung entsprach seinem Denken mehr als die Behauptung: Das stimmt.

Als ich dann nach dem Krieg bei RAND, einem Think Tank in

Santa Monica, angefangen und etwas über die Lage in Österreich und der ČSSR geschrieben hatte, bekam ich einen für mich sehr schmeichelhaften Brief von ihm, in dem er meinte: «Das ist das Beste, was ich je zu dem Thema gelesen habe!» Auch hier war die Zustimmung in vorsichtige Worte gefasst.

Dennoch war er zuweilen mit einfachen und schlagenden Urteilen schnell bei der Hand. So zeigte er einmal auf ein Zeitungsfoto des amerikanischen Außenministers Dean Acheson und rief: «Sehen Sie sich einmal diesen Schwindler an!»

Dem Leben gegenüber war er positiv eingestellt, wenn auch sein Optimismus von ganz anderer Art war als bei den meisten Leuten. So sagte er einem Besucher, dass er eine Kettenreaktion, welche die gesamte Atmosphäre verseuchen würde, für eine realistische Möglichkeit halte. Darauf sagte der Besucher betrübt: «Aber das wäre das Ende von allem.» Da lachte Einstein und antwortete: «Mein lieber Freund, Sie vergessen die Fische im Ozean! Sie würden an Land kommen, und in wenigen Millionen Jahren wäre alles wie zuvor.»

Gegen Ende seines Lebens war ihm von den Ärzten das Rauchen verboten worden. Er ging zu Fuß zur Arbeit und wurde dabei beobachtet, wie er sich auf dem Heimweg immer wieder zu Boden bückte. Dies schien nur auf den ersten Blick rätselhaft – die Erklärung dafür war, dass er sich Zigarettenstummel vom Boden aufsammelte, die er dann heimlich rauchte.

Als er eines Nachmittags ins Krankenhaus gebracht wurde, hatte er das Bewusstsein verloren, doch in der Nacht wachte er wieder auf. Er redete sehr lange in seiner Muttersprache, jedoch war niemand da, der Deutsch verstanden hätte. Ärzte und Krankenschwestern vermerkten nur, dass er redete, und so weiß niemand, wie Einsteins letzte Worte lauteten. Er starb am 18. April 1955, wenige Monate vor Thomas Mann.

ALS AMERIKANISCHER SOLDAT IN EUROPA

Meine Arbeit als Sekretär von Thomas Mann endete nach zwei Jahren mit meiner Einberufung zur amerikanischen Armee. Ich will nicht verheimlichen, dass ich nur ungern meine zivile Situation gegen die Uniform vertauschte. Es war mir klar, dass ich nichts zu lachen haben würde, falls ich in deutsche Gefangenschaft geriete. Tatsächlich entrann ich diesem furchtbaren Schicksal zweimal nur knapp, beide Male kurz nach dem D-Day, der Landung in der Normandie am 6. Juni 1944.

Zwar hatte Thomas Mann versucht, mir eine Stelle in der *Library of Congress* in Washington zu verschaffen, wo ich nützlicher wäre als im Felde. Doch es gab keinen anderen Weg.

Thomas Mann schrieb im oben zitierten Brief an mich nach Texas: «Ich muss der Welt ihren Lauf lassen», was seine Ohnmachtsgefühle in meiner und anderer Leute Angelegenheiten zum Ausdruck brachte. Sein Antrag wurde vom Direktor der Bibliothek, Archibald MacLeish, abgelehnt. Ich wurde «eingezogen», ein unangenehmes Wort, das den unnatürlichen Vorgang, freie Menschen im Nu zu Kanonenfutter und Tötungsmaschinen zu machen, bestens beschreibt. So zog man mich ein wie einen Fisch an der Angel und schickte mich zunächst in eine Baracke in einem Trainingscamp in Texas. Eigentlich sollte ich zum Scharfschützen im Krieg gegen Japan ausgebildet werden, aber später besannen sich die Alliierten eines Besseren und schickten mich, mit Gewehr und Bajonett, nach Europa.

Man beraubte mich meines guten Anzuges und steckte mich in eine nicht einmal übel passende Uniform. So wurde ich im Handumdrehen zum Soldaten gemacht. Unsere Baracke war bereits mit gleich gekleideten Männern gefüllt. Manche davon schienen für das Soldatenleben und den Krieg wie geschaffen. Zu meiner Überraschung waren die meisten vergnügt, ja sogar ausgelassen. Sie dachten wohl nicht an die Möglichkeit eines jähen Todes. Einige spielten Karten, und einer blies ein Liedchen auf seiner Mundharmonika. Die Stimmung in der Baracke war fidel, und so sah ich zum ersten Mal, dass Soldaten selbst im Felde erstaunlich lustig sein konnten. Oder taten sie nur so? Ich glaube eher, sie waren stolz darauf, in einer Uniform zu stecken und ein richtiges Gewehr zu tragen – mit der Pflicht, dasselbe zu ölen und sauber zu halten und dann dem Feind eins auf den Pelz zu brennen. Mich verdross, dass manche dieser jungen Männer, kaum dass sie ein Gewehr in der Hand hatten, zum Spaß damit auf andere zielten, in der zweifelhaften Annahme, es sei nicht geladen. Schon da war ich anders: Auf unseren großen Ländereien, wo ich aufgewachsen war, hatte ich gelernt, mit Waffen respektvoll umzugehen und nie zum Spaß auf andere zu zielen.

Im texanischen Camp war die Atmosphäre rau, es war unbeschreiblich heiß. Ich erinnere mich an die Begegnung mit zwei Leutnants, vor denen ich mich als einfacher Soldat damals ziemlich fürchtete. Tatsächlich waren die beiden außerordentlich nett zu mir und luden mich in ihr Hotelzimmer ein, um sich gemeinsam zu betrinken. Ich nahm die Einladung an, in der heimlichen Hoffnung, durch gute Beziehungen zu diesen Offizieren nicht an die Front geschickt zu werden. Stattdessen bekam ich einen wertvollen Ratschlag mit auf den Weg.

«Ich kann Ihnen einen guten Tipp geben. Den werden Sie brauchen, wenn Sie in der Schlacht sind.»

«Was denn?»

«Immer wenn ich einen Deutschen vor mir hatte, rammte ich ihm mein Bajonett in den Bauch, nicht in seine Brust, denn dort würde es zwischen den Rippen stecken bleiben.»

Tatsächlich verstand ich mich später in Luxemburg mit einigen der deutschen Kriegsgefangenen ganz gut. Wir versuchten ja alle, am Leben zu bleiben. Und in Paris meinte ein Betrunkener, dass wir uns ja sehr ähnlich seien, weil wir beide Pessimisten wären. Aber ich greife vor.

An einem sehr kalten und unfreundlichen Morgen im Herbst 1943 war unser Regiment um halb fünf in der Früh in einem U. S.-Army-Lager irgendwo an der Ostküste angetreten, um nach Europa verschifft zu werden. Wir sollten also gegen die Deutschen kämpfen, die zu diesem Zeitpunkt noch weit davon entfernt waren, besiegt zu sein. Tatsächlich war es nicht sicher, dass sie überhaupt geschlagen werden würden. Dementsprechend fragten wir uns alle, ob wir als Sieger zurückkommen würden oder als … ja, als was?

Trotz der frühen Morgenstunde wurde gesungen: «Rosalie my darling, Rosalie my darling …»

Am meisten beeindruckte uns zunächst die riesige *Queen Mary*, die wir besteigen sollten. Wir waren mitten in der Nacht vom penetranten Gedröhn der Sirenen und dem Befehl zum Ausrücken aus dem Schlaf gerissen worden. Darauf marschierten wir für die letzten Anweisungen in einen großen und dunklen Saal. Die meisten von uns bemerkten die bittere Kälte nicht, die in den riesigen provisorischen Baracken herrschte. Wir trugen Kampfanzüge und waren schwer beladen: In unseren Rucksäcken schleppten wir alle unsere Besitztümer und unsere Waffe mit, entweder ein M-1-Gewehr oder eine Pistole. Einer nach dem anderen bestieg das Schiff. Ich habe deutlich im Gedächtnis, wie bewegungslos die *Queen Mary* war. Im Hafen bewegen sich solche Giganten nicht wie kleine Boote mit den Gezeiten, sondern sie liegen im Wasser wie riesige Felsen.

Die Landung in der Normandie absolvierte ich als Mitglied einer

Dreiergruppe. Ich erinnere mich vor allem an die stürmische See vor Omaha Beach, die das Umsteigen von den Kriegsschiffen auf die Landungsboote sehr schwierig machte. Durch den Seegang bewegten sich die Boote in entgegengesetztem Rhythmus – immer wenn ich umsteigen wollte, war das Landungsboot schon wieder viel tiefer unten! Jeder von uns brauchte dementsprechend Hilfe beim Umsteigen und musste sich entschließen, entweder dann in das Boot zu springen, wenn es ganz nahe oder wenn es weit weg war. Natürlich waren beide Entschlüsse sehr gefährlich, und es konnte einen ganzen Tag lang dauern, bis man den richtigen Moment erwischt hatte.

Am dritten Tag nach dem 6. Juni gelangte ich unter Gewehrfeuer an Land, suchte Deckung in den Büschen und arbeitete darauf hin, in das von den deutschfreundlichen Besitzern verlassene Schloss von Colombières zu kommen, das als Stützpunkt vorgesehen war. Bis zur Unterkunft im Schloss biwakierten wir auf offenem Feld, immer zu zweit in einem kleinen Zelt. Es war eine stürmische Nacht und sehr ungemütlich.

Plötzlich meinte ich zu meinen Kameraden: «Mir gefällt's hier nicht. Ich glaube, ich gehe nach Hause!» Natürlich war diese Vorstellung absurd, und alle lachten. Aber im Grunde gaben sie mir recht.

Viele meiner Kameraden waren Intellektuelle, einige davon geflohene deutsche Juden. In meiner Gruppe war ein kleiner, rundlicher Deutsch-Amerikaner namens Bloch, der sehr ordnungsliebend war. Auf unserem Weg stießen wir auf zwei Soldaten, die von ihren erschossenen Kameraden erzählten. Bloch antwortete darauf: «Yeah, but where do you get your laundry washed around here?» («Ja, aber wo kann man hier seine Wäsche waschen lassen?») Dieses Erlebnis zeigte außer der Ordnungsliebe meines Kameraden Bloch vor allem die schreckliche Absurdität dieser ersten Tage in der Normandie.

Die Landung erschien mir hektisch und unorganisiert. Jeder musste für sich selber sorgen und sofort handeln können, weil die Lage meistens völlig unklar war. Außerdem wussten wir nicht, wie die Landung ausgehen würde, und hielten es für möglich, dass uns die Deutschen ins Meer zurücktreiben würden.

Nachts war es stockfinster in der ländlichen Normandie, und wir mussten uns beim Wachposten mit Passwort ausweisen. Nun gab es aber ein Problem: Das Passwort hätte dem Feind bereits bekannt sein können, und ich hatte einen deutschen Akzent, den man bemerken könnte, wenn ich das Passwort benutzte. Deswegen traute ich mich nicht, es laut zu sagen, sondern benutzte eine List.

«Who goes there?»

«I don't know, I lost my fucking way!»

«Oh come here now, we'll talk.»

[«Wer geht da?»

«Keine Ahnung, ich habe mich verlaufen, verdammt noch mal!»

«Na dann komm her, lass es uns besprechen.»]

Meine Aufgabe als Soldat war es, verschiedene Berichte zu sammeln und zusammenzufassen, also eine Art interne Kriegsberichterstattung oder Logbuch zu führen. Einmal war ein Soldat gerade dabei, mir Bericht zu erstatten, als ihm eine Handgranate aus der Hand rutschte und zwischen uns fiel. Zum Glück explodierte sie nicht, sondern ließ sich mit großer Vorsicht wegräumen.

Etwa zwei Wochen nach der Landung machte ich wieder einmal einen Botengang zum Geschwader nebenan. Bloch stand neben mir und meinte, zuversichtlich auf einen glücklichen Tag gegen die Deutschen: «Heute kriegense Schmackes!» Statt feindlicher Truppen, so stellte sich heraus, hatten wir aber unsere eigenen beschossen. Bloch reagierte darauf nur mit: «Krieg is' Krieg – kann man nichts machen.»

Vor dem Schloss lag ein See, dessen eine Seite sicherer vor den Deutschen war als die andere, aber wir wussten nicht, welche. Bloch machte einen Erkundungsgang und stieß auf deutsche Truppen, die inzwischen nachgerückt waren und in den Hecken saßen. Zum Glück kam er davon und meinte als ewiger Realist lakonisch: «I gambled and I lost.» [«Ich habe gespielt und verloren.»]

Bloch sprach oft von seiner jüdischen Braut, die in Brüssel auf ihn warte. Er wisse, dass sie noch am Leben sei. Tatsächlich reiste er nach dem Krieg, bepackt mit Vorräten für sie, nach Brüssel und fand sie dort vor. Sie hatte sich vier Jahre lang versteckt gehalten und so den Holocaust überlebt.

Während Thomas Mann seine ausgezeichneten Radioansprachen an die Deutschen richtete, arbeitete ich in einer kleinen Gruppe für psychologische Kriegsführung und befasste mich mit Flugblättern und Radioansprachen. Meine Antinazipropaganda, die ich schon zu Beginn der Arbeit bei Mann zu schreiben begonnen hatte, diente dazu, den Deutschen das Leben schwerzumachen. Damals fühlte ich vor allem Genugtuung darüber, den Sieg erkämpft zu haben.

Ich bin stolz darauf, noch vor de Gaulle und als einer der ersten Soldaten in das befreite Paris gelangt zu sein. Wir sollten dort zwar nicht hingehen, aber taten es natürlich dennoch. Ein Zuhälter mit ein paar seiner Prostituierten empfing uns mit den Worten: «I can tell, you're like me, you're not a happy man.» [«Du bist auch nicht glücklich, genau wie ich.»]

Seine Mädchen flüchteten zu uns, weil sie große Angst vor den schwarzen GIs hatten, über die man ihnen wohl Schauermärchen erzählt hatte. Der Schwarzmarkt in Paris bot gutes Essen und andere Vergnügungen, und ich erinnere mich auch noch deutlich daran, dass es auf den großen Boulevards praktisch keine Autos gab. In dieser Zeit wurde ich zum Sergeant befördert.

Mein Vorgesetzter in der Abteilung für Psychologische Kriegführung war der Schriftsteller Leutnant Hans Habe [1911–1977], ein österreichisch-ungarischer Jude, der 1940 in die USA emigriert war und eine Karriere in der Armee gemacht hatte. Habe war sehr oberflächlich, aber pflichtbewusst. Als sich die Soldaten kurz nach dem Einmarsch in Paris auf die Frauen stürzten, meinte Habe zu uns:

«Ich werde da nicht mitmachen, sondern die ganze Nacht Flugblätter schreiben.» Unter meinen Kameraden in der Abteilung waren der Schriftsteller und spätere Bundestagsabgeordnete Stefan Heym [1913 – 2001] und der spätere Publizist und Vorstandsvorsitzende der Axel-Springer-Stiftung Ernst Cramer [1913 – 2010].

Nach der deutschen Kapitulation empfand ich weder einen großen Triumph, noch sann ich auf Rache. Vielmehr fühlte ich mich unendlich erleichtert, dass ich heil davongekommen war. Obgleich ich während der schlimmsten Zeit, etwa als Paris im Juni 1940 von den Deutschen besetzt wurde, manchmal kaum auf einen baldigen Sieg der Großen Sache zu hoffen wagte, fiel mir ein Stein vom Herzen, als es endlich so weit war. Wenn Rache an Deutschland mein fernster Gedanke war, so war Vergebung es auch. Aber nun konnte ich endlich jeden Morgen die Zeitung aufschlagen, ohne gleich auf der ersten Seite von deutschen Fürchterlichkeiten lesen zu müssen. Das war ein Sieg! Das war ein Genuss! Das war eine Erlösung!

EINDRÜCKE EINES BESATZUNGSOFFIZIERS

Im Sommer 1945, frisch zum Leutnant 2. Grades befördert, wurde ich als Besatzungsoffizier in Bad Nauheim bei Frankfurt stationiert. Zuerst half ich bei der sogenannten Re-Education mit. In Berlin, Frankfurt und anderen Städten verteilte ich deutsches Lesematerial und hatte persönlichen Kontakt mit den Antifaschisten, die nach dem Krieg unsere Partner waren.

Im Winter 1945/46 wurde ich nach Berlin versetzt. Die Hauptstadt war so vollkommen zerstört, wie man es sich gar nicht vorstellen kann. In Briefen an meine Mutter schrieb ich damals, Berlin sei ein unlösbares Problem, man könne die Stadt weder neu aufbauen noch vollständig abreißen. Worte konnten es nicht beschreiben, und selbst die Bilder von damals geben nur einen schwachen Eindruck wieder.

Zunächst arbeitete ich in der Information Control Division, die mit dem Wiederaufbau des deutschen Zeitungswesens befasst war. Wir suchten für die neuen deutschen Zeitungen die wenigen anständigen Journalisten, die in der riesigen Nazikloake übrig geblieben waren. Diese waren nicht so einfach zu finden, wie die Besatzungsbehörden angenommen hatten, als sie anordneten, dass «keine Nazis» am neuen Zeitungswesen mitwirken durften. Den neuen Mitarbeitern brachten wir bei, wie man eine moderne Zeitung macht, nämlich nach amerikanischem Vorbild. Dies bedeutete, in großen Zusammenhängen zu schreiben, statt die Zeitung mit alltäglichen Geschichten zu füllen. Und natürlich legten wir den neugeschaffenen Redaktionen die strikte Trennung zwischen einer Nachrichtenmeldung und einem Kommentar nahe.

Die amerikanische Armeeführung hatte furchtbare Angst davor, dass die Deutschen sie wieder angreifen würden. In ihren Augen waren sie allesamt blutrünstige Nazimonster, die auf die erstbeste Gelegenheit zur Rache lauerten. Ebenso hatten die meisten amerikanischen Soldaten keine Ahnung von den Deutschen und hielten sie auch nach der Niederlage noch für bedrohlich. In ihren Trainingscamps zu Hause hatten sie gelernt, dass alle Deutschen fanatische Nazis seien, dass sie niemals aufgeben und dass sie zwanzig bis dreißig Jahre lang in Wäldern und Feldern weiterkämpfen würden, das Messer zwischen den Zähnen, und dass für die nächsten hundert Jahre kein Ausländer in Deutschland seines Lebens sicher wäre.

Zu ihrer Überraschung erlebten die amerikanischen Soldaten dann die Deutschen nach dem Krieg ganz anders, nämlich als äußerst untertänig. Churchill schien recht zu behalten, als er sagte, dass man «die Krauts» an der Gurgel oder auf den Knien hätte. Sie auf den Knien zu erleben verwirrte meine amerikanischen Kameraden doch sehr.

Wir erlebten, wie sich Deutsche aller Art buchstäblich vor jedem Soldaten in den Straßenschmutz warfen, um ein bisschen Wurst oder eine Zigarette zu erbetteln. Wo wir auch hinkamen, waren wir sogleich von einem Schwarm deutscher Mädchen umgeben, die sich auf uns stürzten. Wir hatten ihnen neben Autos und Vergnügungsstätten aller Art auch eine gewisse persönliche Sicherheit davor anzubieten, dass ihnen alles weggenommen würde. Natürlich hatten viele von ihnen große Angst vor den Russen. Die ehemaligen Herrenmenschen boten uns zuweilen ihre Frauen und Töchter an, als Gegenleistung für eine Schachtel Zigaretten oder ein Pfund Kaffee, was meine Kameraden sehr zu schätzen wussten. Die Deutschen kämpften ums Überleben in den Trümmern, und ich erinnere mich gut an den Schwarzmarkt, auf dem Zigaretten und Whisky die Hauptwährung waren und man für ein Pfund Kaffee von einem Deutschen alles bekommen konnte. Erst der Marshallplan änderte diese Einstellungen allmählich und gab den Deutschen wieder das Gefühl, akzeptiert zu sein.

Neben der Untertänigkeit der Deutschen, denen wir begegneten, erstaunte uns auch sehr, dass es unter ihnen absolut keine Nazis gab und nie gegeben zu haben schien. Niemand gestand, je einer gewesen zu sein, selbst Angehörige von SA, SS und Gestapo nicht. Viele Deutsche vertraten im Gegenteil die Meinung, man sollte doch jetzt mit den alten Geschichten und mit Nationalitäten überhaupt Schluss machen, denn «wir sind ja alle Europäer».

Engstirnige Amerikaner fanden das großartig. Erstens, so dachten sie, wäre ein europäischer Zusammenschluss mit einem deutschen Kern gut als Bollwerk gegen das ebenfalls siegreiche Russland. Zweitens lernten sie die Deutschen als brave, biertrinkende und wurstessende Leute kennen, die ihnen mit treuherzig-biederem Augenaufschlag versicherten, dass sie nie Nazis gewesen seien, oder wenn, dann «na ja – nur ganz kurz». So glaubten die Amerikaner bald, dass 90 Prozent aller Deutschen von «den Nazis» zum Mitmachen gezwungen worden waren oder sie naive Opfer der Nazi-Propaganda gewesen waren.

Tatsächlich waren die meisten Deutschen, welche wir Besatzer in jener ersten Nach-Hitler-Zeit antrafen, zwar tief vom «Führer» (wie sie ihn noch fünf Jahre nach dem Krieg nannten) enttäuscht, fühlten sich aber keineswegs «befreit», wie die Sieger es gehofft und erwartet hatten. Sie liebten und verehrten ihn nicht mehr, denn er war nicht länger ein menschenzerstampfender Halbgott – einen besiegten Gott kann es ja nicht geben.

In tiefer Trauer sagten sie zu mir: «Der Führer ist betrogen worden! Von Göring! Von Himmler! Von Goebbels!»

«Nun ja», antwortete ich dann, «nehmen Sie's nicht zu tragisch.»

Man kann es heute kaum glauben, aber sie bettelten um Mitleid für das, was sie doch selbst über sich und andere gebracht hatten. Deutsche aller Altersgruppen und Stände taten sich selbst lauthals leid. Gerade eben zurückgekehrt von der Vernichtungsorgie gegenüber anderen Menschen und Völkern, jammerten sie, dass sie «kein Fett am Leibe» hätten.

Sprach man lange genug mit ihnen inmitten der Trümmer, der Hungersnot, der Gefallenen, so meinte man, es mit Entsprungenen zu tun zu haben. Denn sie beharrten darauf, sie seien doch «schon immer dagegen» gewesen (wogegen, sagten sie erst gar nicht).

Das hörte sich zum Beispiel so an: «Herr Leutnant! Ich? Niemals! Also – natürlich, wir wurden ja gezwungen! Und – zu Anfang war ja auch alles sehr gut! Die vielen Arbeitslosen …»

Oder die Variante dazu: «Ich war doch kein Nazi! In meiner Familie gab es überhaupt keine Nazis! Mein Onkel Franz hat manchmal sogar ‹Guten Tag› statt ‹Heil Hitler› gesagt, dafür hätte er ins KZ kommen können! Jawoll!» Und: «Na ja, also gut, ein entfernter Vetter … der war als junger Mann in der Partei gewesen – ein Idealist, verstehen Sie? Aber sonst …»

So verteidigten sich besonders diejenigen, bei denen es leicht nachzuweisen war, dass sie bei allen Schandtaten des Dritten Reiches mitgemacht hatten. Von meinem Kameraden John Boxer wird der Satz überliefert, er glaube allmählich, dass auch Hitler kein Nazi gewesen sei …

Meiner Ansicht nach war für viele der Schock der Niederlage so groß und ihr Abfall von Hitler nach Stalingrad und der Landung in der Normandie so ehrlich, dass sie – noch halb irre von ihrem Nazirausch – manchmal wirklich glaubten, keine Nazis gewesen zu sein. Und fast jeder Deutsche beteuerte, mindestens einem Juden das Leben gerettet zu haben. Phantasie oder Lüge? Denn einige wenige Deutsche waren wirklich von Anfang an keine Nazis gewesen, hatten wirklich unter Lebensgefahr einigen Juden das Leben gerettet, hatten wirklich einer schwächeren Art von Widerstand angehört.

Wenn ich als amerikanischer Offizier bei Vernehmungen die Deutschen, die alle nun auf den krepierten Hitler schimpften, fragte, warum sie ihn denn plötzlich so lautstark verdammten, hörte ich oft: «Der Krieg hat uns ja nichts gebracht», oder: «Hitler hat uns den Krieg verloren», oder: «Wir hätten den uns aufgezwungenen Krieg nicht anfangen sollen.» Selbst betrachtete sich niemand als schuldig.

Ich pflegte dann jeweils zu fragen: «Und was halten Sie von den Massenmorden an den Juden?» Oft bekam ich zu hören: «Das war ein großer Fehler – das hat uns im Ausland sehr geschadet und Amerika gegen uns in den Krieg gebracht.» Oder auch: «Wir wussten ja nichts. Nichts! Der Herr Soundso – jüdische Leute – ist ja mit Frau und Kindern von hier weggezogen. Wohin? Keine Ahnung.»

Drei Jahre nach dem Sturz Hitlers fragte ich einen alten bayerischen Taxifahrer, was er denn nun vom Nationalsozialismus halte. «Jo mei», antwortete er gelassen, «dös war ja a Blödsinn.»

Mir bleibt auch deutlich in Erinnerung, wie stark die Verschwörer des 20. Juli 1944 von den Wald-und-Wiesen-Deutschen als Verräter und an der Niederlage mitschuldig angesehen wurden. Und die Geschwister Scholl? Die meisten Leute wussten nichts von ihnen. Ein Taxifahrer, der mich an ihrer Gedenkstätte vorbeifuhr, meinte nur: «Waren natürlich Juden!»

Wie Thomas Mann glaubte auch ich, mit den Nazideutschen würde nach dem Krieg «aufgeräumt». Für uns als Besatzungsmacht war es zwar eine Notwendigkeit, die Nazis zu bestrafen, aber gleichzeitig war uns diese Aufgabe auch sehr lästig. Man wusste gar nicht, wo man anfangen und wo enden sollte.

Die Alliierten versuchten ja zuerst, die Besiegten in die verschiedenen Stufen ihres nun ehrlich oder heuchlerisch bereuten Nazitums einzustufen, um sich noch vor allfälligen Strafen einen Überblick zu verschaffen und die Verwendbarkeit deutscher Kandidaten für Aufgaben beim Wiederaufbau zu ermitteln. Diejenigen, die man als Hauptschuldige ansah, hatte man in Nürnberg aufgehängt, soweit sie nicht schon vorher durch Selbstmord dem Galgen entronnen waren (wie Göring). Abgesehen von jenen unterschied die amerikanische Militärregierung verschiedene Stufen der aktiven Mittäterschaft innerhalb der endlosen Verstrickungen der Deutschen in die Naziverbrechen.

Die unterste und bei weitem größte Kategorie, sozusagen ein Auffanglager für die eher passiven und beschränkten Durchschnittsnazis, war «Mitläufer». Wer aufgrund des von ihm ausgefüllten Fragebogens als ein solcher Mitläufer eingestuft wurde, konnte nicht nur sicher sein, all der unbeschreiblichen Verbrechen der Nazis für unschuldig – oder besser gesagt, aus praktischen Gründen unbestrafbar – erklärt zu werden, sondern damit auch die alliierte Erlaubnis erhalten, jedweden kleineren Job für die Alliierten auszuüben. Die meisten, die als Mitläufer eingestuft wurden, gratulierten sich gegenseitig. «Durch den Fragebogen ist er schon durch», hörte ich sie manchmal einander aufatmend erzählen.

In meiner Arbeit erlebte ich, wie Leute versuchten, eine Stelle bei einer Zeitung zu bekommen, und sich dabei herausstellte, dass sie Nazis gewesen waren. So sprach einmal ein Mann bei uns für eine Zeitungsstelle vor. Wir fanden dann heraus, dass er eine hohe Stelle in der katholischen Kirche bekleidet und ein Vermögen von sechs Millionen Dollar besessen hatte.

Trotz des Holocausts habe ich wenig Deutschenhass erlebt. Die Amerikaner konnten auch mit den Deutschen so ziemlich alles machen, während die anderen Alliierten Ansprüche stellten. Bezüglich des Holocausts hatten manche, aber eher wenige, ein schlechtes Gewissen. Viele Deutsche reagierten auf die Nürnberger Prozesse mit einer Haltung, die von völliger Verständnislosigkeit zeugte: «Ihr habt ja Eure Rache gehabt, was wollt Ihr von mir?» Während der Nazizeit waren doch die Juden an allem schuld, nicht? Jetzt war allein Hitler an allem schuld.

«Der Terror», beteuerten die Besiegten, sei «zu groß gewesen», um dem Nazismus ein Ende zu setzen. Wie es dazu gekommen war, dass der Terror der Machthaber so groß gewesen war, sagten sie nicht. Es war vielen wohl auch nicht klar. Wer weiß, was sie dachten! Plötzlich warfen sie jedenfalls ihren Größenwahn auf denselben Kehricht, auf den sie vorher Demokratie und Menschenwürde geschleudert hatten.

Alles, was sie jetzt wollten, war jedenfalls, nicht für die fürchterlichsten Verbrechen in der Geschichte der Menschheit bestraft zu werden. Nie habe ich ein jämmerlicheres Häuflein gesehen als die, welche soeben noch als zackige Herrenmenschen in Auschwitz jüdische Kinder vor den Augen ihrer hilflosen Mütter als Zielscheiben benutzt hatten, nicht ohne vorher höhnisch zu fragen, welches Kind «zuerst drankommen» sollte. In einem Augenblick von brüllenden Bestien in armselige Scheißkerle verwandelt, die «um etwas Milch für meine Kinder» vor den Besatzern auf dem Bauch lagen. Das war ein Erlebnis von solcher Abscheulichkeit, dass Worte es nicht beschreiben können.

Niemand war vor 1945 von deutschen Männern und Frauen auch nur halb so rückhaltlos bewundert, ja abgöttisch geliebt worden wie Hitler. Und danach? «Die meisten Deutschen tun die Nazizeit und ihre Verbrechen ab wie einen Verkehrsunfall», hat Willy Brandt zutreffend gesagt. Sie betrachten die zwölf Jahre vom Januar 1933 bis zum Augenblick, da Hitler sich eine Kugel in den gescheitelten Schädel jagte, als etwas Absonderliches, Fremdes, Undeutsches, Unverständliches. Sie glauben von jener mörderisch-selbstmörderischen Götterdämmerung erwacht zu sein, wenn sie jetzt ihrer Wege gehen. «Deutschland erwache!», hatten die braunen und schwarzen Heloten für zwölf Jahre gebrüllt. Sind die Deutschen dann oder später erwacht? Im Bombenhagel? Und: waren sie «damals» wirklich nicht «sie selbst», wie sie jetzt denken? Oder waren sie gerade da «sie selbst»? Wer vermag das zu sagen?

All das schrieb ich an Thomas Mann, der mir aber, da er klüger war als ich und die Deutschen besser kannte, antwortete, dies wundere ihn nicht. Er habe das auch von anderen gehört. «Ja, was haben Sie denn erwartet?», fragte er in einem Brief. «Reue für das Getane?»

Man muss aber sehen, dass die Deutschen nach 1933 das Regime unterstützt und von ihm profitiert haben. Es ist nie beschrieben worden, wie sehr sie einverstanden waren mit allem, was geschah. Sie glaubten an die Heiligkeit des Krieges. Für sein Land im Krieg zu sein, das war das Größte. Auf der Seite des Feindes gewesen zu sein, das haben die Deutschen uns Emigranten nicht verziehen. Manche beriefen sich auf Pflicht oder Befehle. Aber wenn man jemanden erschossen hat, selbst auf Befehl anderer, ist man nicht so unschuldig, wie man gern sein möchte.

Dass man macht, was sie gemacht haben und vor allem auf welche Art, diese Todesbürokratie, wie sie noch die Leichen verwertet haben, das Zahngold der Ermordeten an die Reichsbank geschickt. Ich kann es eigentlich auch nicht verstehen, wenn ich darüber nachdenke, und rede selten darüber. Anderswo wäre das nicht denkbar. Und so habe ich mich immer wieder gefragt: Was wird denn aus Deutschland, wie geht es weiter – und konnte es mir im Grunde nicht vorstellen.

Hier in Amerika ist man friedlich zum Dinner gegangen, und dort wurde gemordet. Ich sitze in Pacific Palisades beim Tee, und in dem Moment schlagen sie dort drüben meinen Vater tot. Mit diesem Bewusstsein zu leben, das war kaum auszuhalten. Man konnte sich nicht abfinden damit, musste aber auch am Leben bleiben.

Nach Deutschland zurückzukommen war ein unheimliches Erlebnis. Ich habe nie versucht, es zu beschreiben. Wo ist das Gestern geblieben? Hitlers Tod hat den Nazismus scheinbar vollkommen ausgelöscht, auf seltsame Weise. Da haben sich die Leute abgekehrt. Na, das war eben nicht richtig, und damit gut. So einfach machten sie es sich. Die Deutschen haben es wirklich fertiggebracht, so verbrecherisch zu sein, dass kein Verstand es je begreifen kann.

Abb. 1: Thomas Mann in seinem Arbeitszimmer in Pacific Palisades

Abb. 2: Ludwig Katzenellenbogen um 1930

Abb. 3: Estella Katzenellenbogen um 1950

Abb. 6: Die Seebrücke an der Promenade des Anglais in Nizza, 1935, Ort der ersten Begegnungen mit Thomas Mann

Abb. 7: Konrad Kellen auf der Schiffsreise bei seiner Auswanderung in die USA, 1935

Abb. 8: Konrad Kellen und Jerry Speyer in New York, 1939

Abb. 9: Konrad Kellen und seine Schwestern Estella und Leonie in Santa Monica um 1940

Abb. 10: Konrad Kellen mit seinem Buick, 1942

Abb. 11: Thomas und Katia Mann mit ihren Enkeln Toni und Frido, 1947

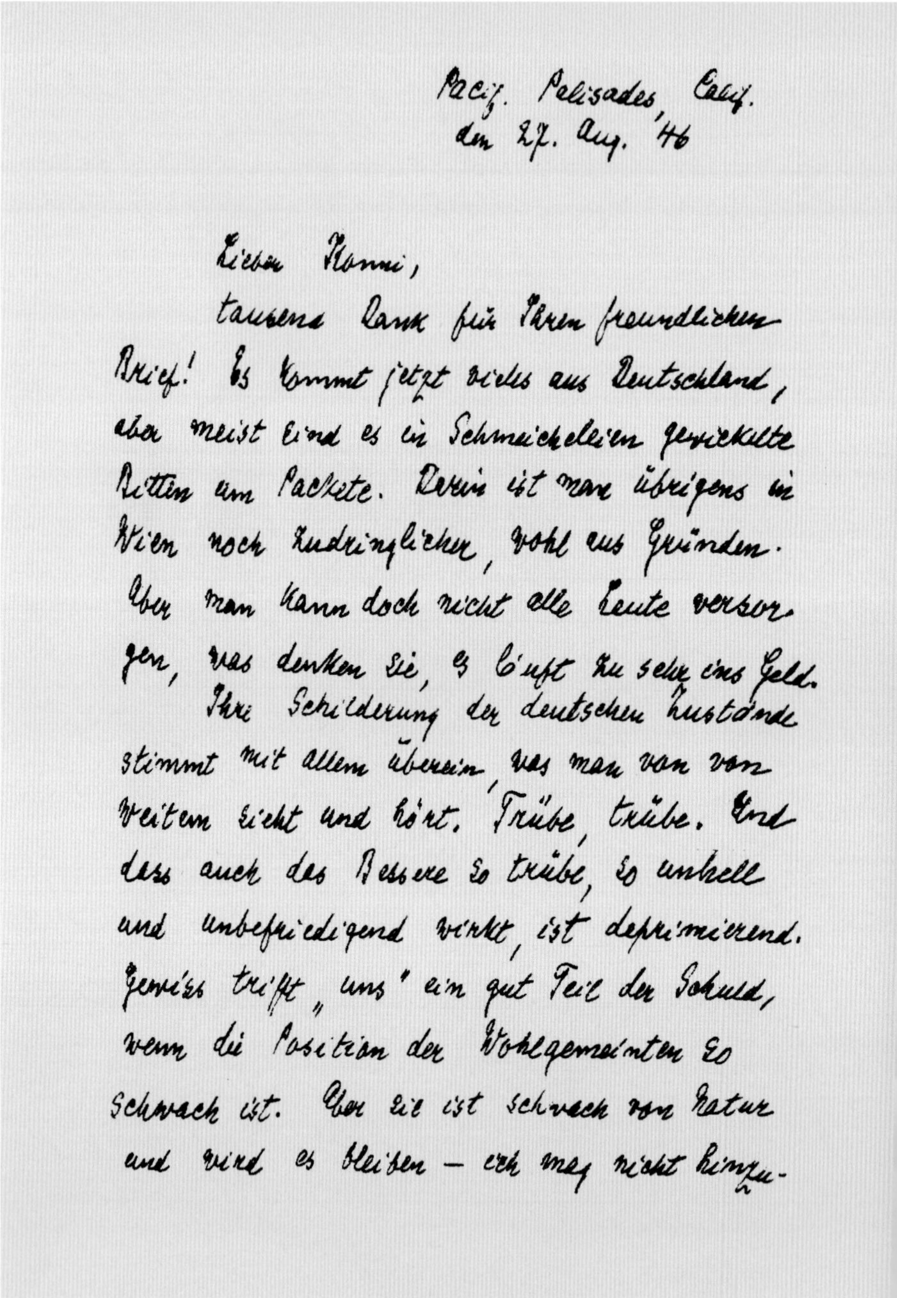

Pacif. Palisades, Calif.
den 27. Aug. '46

Lieber Konni,

tausend Dank für Ihren freundlichen Brief! Es kommt jetzt vieles aus Deutschland, aber meist sind es in Schmeicheleien gewickelte Bitten um Packete. Darin ist man übrigens in Wien noch zudringlicher, wohl aus Gründen. Aber man kann doch nicht alle Leute versorgen, was denken Sie, es läuft zu sehr ins Geld.

Ihre Schilderung der deutschen Zustände stimmt mit allem überein, was man von von weitem sieht und hört. Trübe, trübe. Und dass auch das Bessere so trübe, so unhell und unbefriedigend wirkt, ist deprimierend. Gewiss trifft „uns" ein gut Teil der Schuld, wenn die Position der Wohlgemeinten so schwach ist. Aber sie ist schwach von Natur und wird es bleiben – ich mag nicht hinzu-

Abb. 12 und 13: Brief von Thomas Mann an Konrad Kellen während seiner Stationierung in Deutschland, 1946

fügen „Wie überall", denn die Deutschen berufen sich zu gern auf das allgemeine Weltübel.

Sternbergers Aufsatz habe ich gelesen. Er hat mich gefreut. So, und noch feierlicher, wird jetzt manchmal über mich geschrieben. Komisch, immer bekam man Kröten zu schlucken, und ganz unvermittelt ist man zu einer Art von Merlin, altem Goethe und die Zeiten überschauenden Wundergreis geworden.

Der geflickte Wundergreis druckst und skribbelt wieder ganz fleissig an dem Faustus-Roman, der [redacted] eine „gar unförmige Riesenschlange" wird. So nannte Brahms die Symphonieen von Bruckner. Wir Genies verstehen alle garnichts von einander.

Gute Wünsche und Grüsse!

Ihr

Thomas Mann

Abb. 14: Konrad Kellen (erster von links) mit Kameraden bei der U.S. Army

Abb. 15: Konrad Kellen (zweiter von rechts) als Besatzungsoffizier in Bad Nauheim, 1946

Abb. 16: Konrad Kellen als Soldat der U.S. Army

Abb. 17: Konrad Kellen um 1955

Abb. 18: Konrad und Patricia Kellen mit ihrem gemeinsamen Sohn David, 1954

Abb. 19: Konrad Kellen während seiner Zeit bei der RAND Corporation, 1970

Abb. 20: Konrad und Patricia Kellen mit ihren Kindern David, Jennifer und Elizabeth, 1988

Abb. 21: Konrad Kellen während seiner Arbeit an diesem Buch, 2004

Nach der Zeit als Besatzungsoffizier bis Ende 1948 kehrte ich nach Amerika zurück, dekoriert mit fünf *Battle Stars* und dem Orden der *Legion of Merit*. Die Ehe mit Virginia hatte meine Zeit in der Armee nicht überdauert und ging auseinander. Ich begegnete ihr viele Jahre später zufällig in einem Restaurant, aber wir sprachen nicht miteinander.

In New York fand ich zunächst Arbeit bei einer Druckerei. Aber mein Freund Jerry Speyer war gerade dabei, seine Stellung bei Radio Free Europe aufzugeben und schlug mir vor, dort anzufangen. Ich wurde nicht einmal groß geprüft und fing bei dem Sender an, der Programme für einige Länder hinter dem Eisernen Vorhang produzierte. Bald war ich Leiter der Nachrichtenabteilung, die 60 Mitarbeiter hatte, und blieb dort bis Ende der 1950er Jahre. Dann aber kamen immer mehr Leute ins Haus, vor allem in leitenden Positionen, die mir gar nicht gefielen. So gab ich den Dienst auf.

Bei RFE lernte ich 1949 Patricia Knapp kennen, die beim Sender als Empfangsdame arbeitete und mehrere Fremdsprachen beherrschte. Sie hat einen kanadischen Vater und eine Mutter aus Buffalo, New York, und ist in England, Spanien und Italien aufgewachsen. Wir haben im Jahr 1950 geheiratet und haben drei erfolgreiche Kinder. Im Mai 1949 und Ende April 1950 besuchte uns das Ehepaar Mann in New York.

Bei Radio Free Europe lernte ich auch Senator John F. Kennedy kennen, der uns kurz vor seiner Wahl zum Präsidenten besuchte. Wir unterhielten uns eine Stunde lang über die Möglichkeiten, die Menschen in der DDR zu beeinflussen. Heute erinnere ich mich vor allem daran, dass er auf mich etwas seltsam wirkte. Obwohl er sehr freundlich war, blieb er absolut sachlich und machte keinerlei humorvolle Bemerkungen. Dabei hörte er sehr intensiv zu und reflektierte, was ich ihm erzählte, in immer neuen Fragen. Das Gespräch war aber eher eine Befragung oder ein Interview als eine Unterhaltung. Als er auf dem Weg zu seinem Wagen war, sah ich, dass der Flur des Gebäudes voller Frauen war, die ihm begegnen und mit ihm sprechen wollten. Er ignorierte sie völlig und verschwand.

Nach meiner Zeit bei RFE arbeitete ich einige Zeit *free lance* als politischer Analytiker, lernte dann den Gründer und Leiter des Hudson Institute in New York kennen, einen beleibten, selbstbewussten Mann. Meine Zusammenarbeit mit ihm dauerte nicht lange; ich machte mich wieder unabhängig.

1964 schrieb ich einen Brief an die *New York Times* über Vietnam. Ich vertrat die These, die USA müssten schnell raus aus dem Land, dieser Krieg sei nicht zu gewinnen. Ich maß dem Artikel keine Bedeutung zu und hatte ihn fast schon vergessen, als ein Angestellter der *RAND Corporation*, einer sogenannten Denkfabrik in Santa Monica, bei mir anrief. Mein Text hatte ihm gefallen und er wollte mich kennenlernen. Er kam eigens nach New York, nach nur einem Gespräch bot er mir an, bei RAND einzutreten. So zog unsere kleine Familie an den Pazifik, wo Patricia noch nie gewesen war. Wir mieteten ein Haus am höchsten Punkt des Paseo Miramar, in dem wir zehn Jahre lang lebten, ehe wir dann ein Haus etwas weiter unten an derselben Straße kauften, das nur ein paar Schritte oberhalb der Villa der Feuchtwangers lag.

Für die nächsten fünfundzwanzig Jahre, bis zu meiner Pensionierung 1980, arbeitete ich für RAND als politischer Berater mit dem Spezialgebiet Antiterrormaßnahmen. Fast wäre ich 1964 von der RAND nach Vietnam geschickt worden, um Gefangene zu interviewen. «Das haben Sie im Zweiten Weltkrieg doch auch gemacht!» Aber ich weigerte mich, ich wollte nicht noch einen Krieg erleben.

Ich führte auch Untersuchungen über Nachkriegsdeutschland durch. Außerdem verfasste ich viele Aufsätze und Artikel sowie vier Fachbücher (darunter eine Chruschtschow-Biographie). Mein Freund Albert J. Guerard (1914–2000) schrieb 1950 den Roman *Night Journey* über psychologische Kriegführung. Er behauptete, dass die Hauptfigur von mir inspiriert gewesen sei.

WIE ICH CHAGALL NACH AMERIKA BRACHTE

Im Herbst 1945 erhielt ich Urlaub und wurde in die USA zurückgeschickt. Es gelang mir dabei, meine Reiseroute über Paris zu legen. Ich reiste mit einem Freund, auch er ein Leutnant 2. Grades.

Sobald wir in Paris angekommen waren, entschlossen wir uns, für ein paar Tage von der Bildfläche zu verschwinden, und bezogen, gegen alle Befehle, Quartier in einem kleinen Hotel. Wir begannen unseren Aufenthalt mit einem Spaziergang den Boulevard du Montparnasse entlang und setzten uns auf die Terrasse des Café Select, vor dem Krieg legendärer Treffpunkt amerikanischer Autoren und Künstler. Schon bald redeten wir mit verschiedenen Gästen, darunter ein rothaariges, vollbusiges Mädchen. Sie hörte von meiner unmittelbar bevorstehenden Abreise nach New York und fragte mich: «Könnten Sie nicht ein Paket für mich in New York abgeben? Der Postweg funktioniert noch nicht, wie Sie wissen, und ich kenne niemand anderen, der das Paket nach New York bringen könnte. Wollen Sie mir helfen?»

Ich antwortete, dass ich ihr gerne behilflich wäre, aber dass ich mit der Armee reisen würde, was bedeutete, dass ich kein zusätzliches Gepäck mitnehmen durfte. «Was soll ich denn für Sie nach New York mitnehmen?», fragte ich.

«Oh, nur einige Zeichnungen und Aquarelle», antwortete sie. «Mein Vater ist Maler, und eine kleine Galerie in New York wird seine Arbeiten in ein paar Wochen ausstellen. Alle Zeichnungen und Ölbilder und Gouachen, die ich hier habe, sollten dorthin gehen. Aber wie soll ich sie dorthin kriegen, wenn Sie sie nicht mitnehmen?»

«In Ordnung», gab ich nach, «ich nehme sie mit.»

Wir verabredeten uns für den nächsten Tag, wieder im Café Select, und das Mädchen kam mit einem der größten und unhandlichsten Pakete in ganz Frankreich zu unserem Treffen. Die Bilder waren in billiges braunes Papier verpackt, das den Inhalt nicht zu verhüllen vermochte. Die oberste Zeichnung ragte heraus. Das Paket wurde durch ein Stück von dieser dicken, papierenen Schnur zusammengehalten, welche die Europäer in Kriegszeiten für alles Mögliche benutzen und die nicht einmal dem Zerren einer Fliege Widerstand leisten könnte.

Ich erklärte dem Mädchen, dass ich entsetzt sei. Ich hätte ja keine Ahnung, wie ich dieses Paket transportieren sollte, das sie in beiden Händen vor sich herzubalancieren versuchte. Außerdem, so fuhr ich fort, werde ich mutlos beim Gedanken daran, dieses Paket durch die Ein- und Ausschiffungslager zu schleppen, auf Kriegsschiffe und überhaupt durch all die vorhersehbaren und unvorhersehbaren Hindernisse, die einem Soldaten beim Reisen im Weg stehen. Dann wies ich sie darauf hin, dass das Paket sehr ungewöhnlich aussah, deshalb also verdächtig, und in diesem Sinne wie die Verkörperung unerlaubten Zivilistentums. Aus diesem Grund, so fürchtete ich, würde ich an jedem Kontrollpunkt angehalten, an der Weiterreise gehindert, von Schiff zu Schiff transferiert, vors Kriegsgericht gebracht und vielleicht von diesem sogar exekutiert, weil ich nicht erklären können würde, wie ich an die (wie sich herausstellte) mehr als hundert Zeichnungen, Aquarelle und andere Werke aus der Hand ihres Vaters gekommen sei.

Plötzlich fiel mir ein, dass ich sie nicht einmal nach ihrem Namen gefragt hatte, oder danach, wer ihr Vater denn sei.

«Sein Name ist Marc Chagall», antwortete sie. «Sie haben vielleicht von ihm gehört.» Dann fügte sie hinzu: «Dies sind fast alle seine frühen Werke, außer natürlich den Gemälden.»

«Aber», erwiderte ich, «dies ist eine schreckliche Methode, das gesamte Frühwerk Ihres Vaters zu transportieren. Wir können es nicht einmal versichern oder anständig verpacken. Und ich bin ein Offizier von niederem Rang und kann mich nicht im besten Interesse des Pakets frei bewegen.»

«Nehmen Sie es einfach,» sagte sie. «Sie werden schon ankommen. Hier ist die Adresse in New York. Und bitte, nehmen Sie sich ein Bild für sich selbst, Ihr Lieblingsbild, als Lohn für Ihre Mühen.»

Und damit stand sie auf und ging. Sie hatte mich mit dem Paket im Café Select zurückgelassen, mehr als dreitausend gefährliche Meilen von seinem Bestimmungsort entfernt. Sie wusste absolut gar nichts von mir. Ich hatte ihr zwar meinen Namen gesagt, aber sie hatte ihn sich nicht einmal aufgeschrieben.

Ich konnte natürlich nichts gegen die Größe des Pakets tun, aber wieder im Hotel angekommen, versuchte ich, besseres Verpackungsmaterial zu finden. Der Hotelangestellte, den ich um Hilfe gebeten hatte, so leicht zu ermuntern wie irgendein Hotelangestellter in einem kleinen Hotel in Frankreich, behauptete, dass das Problem unlösbar und der Versuch, New York mit einem solchen Paket und unter den gegebenen Umständen durch militärische Transportmittel zu erreichen, einfach verrückt sei. Mein Freund, der andere Leutnant, der ein skeptischer Mann war, hielt ebenfalls nichts davon.

Am nächsten Tag bestieg ich den Zug, der uns zu unserem Einschiffungslager in Le Havre bringen sollte. Sekunden vor der Abfahrt bemerkte ich, dass ich meine Marschbefehle verloren hatte. Ohne diese war eine Reise in die Vereinigten Staaten natürlich nicht möglich. Mit meiner ganzen Ausrüstung und Chagalls Frühwerk sprang ich vom Zug, begleitet von einem Kameraden. Wir kehrten ins Hotel zurück und suchten vergeblich nach den verlorenen Marschbefehlen. Nachdem wir ganz Paris nach ihnen durchkämmt hatten, setzten wir die Suche im französischen Marineministerium fort. Wir hatten nämlich mit dem Paket zufällig auf dem Weg zum Bahnhof einen französischen Jeep der Marine benutzt. Alles blieb ergebnislos. Was Fräulein

Chagall anging, so wusste ich nicht einmal, wo sie wohnte, und sah sie auch im Café Select nicht wieder. Dorthin war ich gegangen, um nachzudenken und neue Marschbefehle vom Hauptquartier in Berlin abzuwarten.

Als diese endlich eintrafen, versuchte ich erneut, mit meinem Kameraden und dem Paket die Neue Welt zu erreichen. Diesmal kamen wir ohne weitere Zwischenfälle nach Le Havre. Aber vom Bahnhof mussten wir zum Einschiffungslager, das keineswegs in der Nähe lag. Die Armee brachte uns in einem offenen Lastwagen dorthin. In diesem Teil von Frankreich regnet es normalerweise, besonders im Herbst. Sobald der Lastwagen losgefahren war, spürte ich die ersten Regentropfen im Gesicht. Sie verwandelten sich schon bald in kontinuierlichen Regen, der durch das offene Gefährt peitschte. Ich zog meinen Mantel aus und versuchte vergeblich, das Paket (das anderthalb Meter in Länge und Breite maß), zu bedecken. Meine Mitfahrer, die ihre Mäntel enger um sich zogen, warfen mir verwunderte Blicke zu. Ein fruchtloses Durchstöbern meines Gepäcks brachte nur zwei Pullover zum Vorschein. Mit diesen versuchte ich, die hervorstehenden Ecken des Pakets zu bedecken – auf dem Lastwagen, im Regen, den Blicken der anderen ausgesetzt.

Im Einschiffungslager wurden einem Hauptmann der Artillerie, meinem Kameraden und mir ein pyramidenförmiges Zelt mit Platz für sechs Mann zugewiesen. Dementsprechend belegten wir vier Pritschen, eine davon für das Paket. Ich war erleichtert, endlich etwas Platz dafür gefunden zu haben, und dachte, dass mindestens das Einschiffungslager keine weiteren Schrecken bereithalten würde. Aber als die Zeit für die erste Mahlzeit in unserer neuen Behausung gekommen war, traf mich die Erkenntnis wie ein Blitz, dass ich das Paket unbewacht im Zelt lassen musste, wenn ich essen ging. Oder ich musste es mitschleppen – ein Gedanke, den ich sofort verwarf. Das war dann doch zu verrückt. Natürlich war es unwahrscheinlich, dass das Paket gestohlen wurde, wenn ich es zurückließ, aber es gab endlose andere

Risiken. Das Zelt könnte abgebaut werden, während wir beim Essen waren. Oder es würden aus Versehen andere Männer dort einquartiert, die alles in den Müll werfen könnten, was sie dort vorfänden. Oder ein Offizier auf Inspektionstour, beleidigt von dem provokativ nicht militärischen Paket auf der tadellos aufgeräumten Pritsche, würde das Paket schlicht verbrennen.

Mit Furcht im Herzen rannte ich dreimal am Tag in die Messe, würgte mein Essen hinunter und eilte zurück, jedes Mal einen Seufzer der Erleichterung ausstoßend, wenn ich wieder mit Chagalls Werken vereint war. Am Abend, wenn die anderen die entsetzliche Langeweile des Wartens auf die Einschiffung mit einem Besuch im Kino verkürzten, widerstand ich der Versuchung und bewachte mein enormes, schweigendes Paket, während ich grauenhafte Bücher aus der Lagerbibliothek las.

In der dritten Nacht regnete es wieder. Das Zelt hatte anscheinend an verschiedenen europäischen Kriegsschauplätzen gedient und wies viele Löcher auf. Als ich davon wach wurde, dass Wasser auf mein Gesicht spritzte, sprang ich von der Pritsche und tastete im Dunkeln nach dem Paket. Wie ich befürchtet hatte, regnete es durch die Löcher im Zelt auch darauf. Ich legte es auf eine andere Pritsche, wohin der Regen uns aber folgte, und dann wieder auf eine andere, um es am Ende dort abzulegen, wo es ursprünglich gelegen hatte, denn der Regen schien von überall her einzudringen. Von diesem Zeitpunkt an regnete es Nacht für Nacht, und ich schob das Paket jeweils die ganze Nacht lang von Pritsche zu Pritsche.

Es stellte sich heraus, dass der Regen nur ein kleineres Problem war. In einer Nacht, kurz nachdem es zu regnen begonnen hatte, wurde ich von furchtbaren Geräuschen im Zelt erschreckt. Man hörte Fluchen und Weinen und klar vernehmbares Zähneknirschen, ein Hämmern auf die Pritschen und ein Schütteln des Pfahles, der die Stoffpyramide aufrecht hielt. Wie sich herausstellte, war es der Artilleriehauptmann.

Dieser war schweigsam und missmutig, als wir ihn kennenlernten, und hatte uns keinerlei Hinweise auf irgendeinen schlechten Charakterzug oder ein Leiden gegeben. Aber der Krieg, so fanden wir heraus, war ihm zu viel geworden. Er litt an Kriegsmüdigkeit. Tagsüber sanft wie ein Lämmchen, wurde er im Halbschlaf zum tobenden Verrückten. Ich zitterte um mein Paket. Denn was gab es sonst kaputt zu machen? Er konnte den Zeltpfahl nicht verbiegen, die Pritschen nicht zerbrechen, die Decken nicht zerreißen. Aber das Paket konnte er in kleine Stückchen zerfetzen. Ich sah ihn direkt vor mir, wie er alle von Chagalls frühen Zeichnungen und Aquarellen und Gouachen, eine nach der anderen – oder in Bündeln, in der regnerischen Nacht wenige Kilometer von Le Havre vernichtete.

Was mich noch misstrauischer machte, war, dass der Hauptmann tagsüber auf seiner Pritsche lag und brütete, wobei er für Stunden das Paket anstarrte. Oft ging er nicht einmal zum Essen in die Messe. In diesen Fällen ging ich auch nicht, weil ich mich nicht traute, ihn mit dem Frühwerk des Meisters allein zu lassen. Stattdessen saßen der Hauptmann und ich schweigend im Zelt, auf gegenüberliegenden Pritschen, während die anderen beim Essen saßen, und bewachten das Paket.

Nach drei Wochen im Einschiffungslager – eine Wartezeit, die in dieser Länge weder zuvor noch danach vorgekommen war – bestiegen wir das Schiff. Der Weg in das Schiff hinein musste im Gänsemarsch zu Fuß zurückgelegt werden und schien Stunden zu dauern. Jeder Mann trug soviel er konnte, in den Händen und auf dem Rücken, aber ich schleppte zusätzlich noch das Paket mit. Während des Marsches trug ich es, hielt es fest, stützte es, neigte es, ließ es fallen und hob es wieder auf. Das Schicksal war auf meiner Seite: Meine Kräfte und die Schnur hielten. Der Mann, der unseren Abstieg in die Innereien des Schiffes kontrollierte, fragte mich, was das Paket enthielt. Die Armeebehörden waren nämlich zu jener Zeit sehr auf der Hut vor Soldaten, die explosives Material als Souvenir mitnahmen. Weil mir keine vernünftige Antwort einfiel und ich durch den gelungenen und fast beendeten Transport euphorisch geworden war, antwortete ich: «Schmutzige Unterwäsche.» Dies war eine offensichtliche, lächerliche und unverschämte Lüge, wenn man die Größe und Form des Pakets bedenkt. Aber der Mann, der den Eingang in das Schiff bewachte, hatte anderes zu tun, als meine Sammlung des gesamten Frühwerkes von Marc Chagall zu untersuchen, und ließ mich durch.

Auf dem Schiff gab es pro Mann nur eine Koje. Ich legte das Paket auf meine Koje in der obersten Reihe, wo es 30 Zentimeter über den Rand ragte. Jede Nacht stand ich vor der Wahl, entweder meine Beine auf das Paket zu legen, das Paket auf meine Beine, oder mich wie einen Embryo zusammenzurollen und meine Koje mit dem Paket zu teilen. Poseidon war gnädig, und das Meer war glatt. Das heißt so glatt, wie eine Reise auf einem Truppentransporter eben gehen kann.

Als ich sicher in New York angekommen war, öffnete ich das Paket zum ersten Mal. Stundenlang, so schien es mir, betrachtete ich die schönen Dinge, blau, rot, gelb und schwarz, und fand es sehr schwierig, mich für ein Bild zu entscheiden, das ich behalten könnte. Endlich wählte ich ein Aquarell aus. Es zeigte einen glattrasierten jungen Mann mit dunklen und wissenden Augen, so gut aussehend wie ein Gigolo und perfekt angezogen, der auf einem Bein in einer russischen Landschaft stand. Er jonglierte ein halbes Dutzend lebende Tiere – Hühner, Enten und Gänse – über seinem Kopf. Im Hintergrund sah man ein paar entfernte Scheunen und im Vordergrund als Zuschauer nur einen erstaunten älteren Bauern, der winzig klein war und sich wie ein Bogen zurücklehnte, um den phantastischen Halbkreis aus herumgewirbeltem Geflügel zu bewundern.

Nachdem ich diese ländliche Szene ausgewählt hatte, verpackte ich alles wieder und gab das Paket in der Galerie ab. Am nächsten Tag musste ich nach Kalifornien weiterreisen und verpasste deswegen die

Ausstellung. Vom vollbusigen und rothaarigen Fräulein Ida Chagall hörte ich auch nie wieder etwas. Aber ich besitze das Bild mit dem Jongleur, und die ganze Welt bewundert Chagalls Frühwerke, die einst größeren Gefahren ausgesetzt waren, als die Welt je erfuhr.

LEBEN IN LOS ANGELES

An meinen allerersten Eindruck von Los Angeles kann ich mich noch dunkel erinnern. Ich wollte einen ebenfalls aus Berlin emigrierten Bekannten besuchen, den Regisseur Eric Charell. Und ich wollte unbedingt Kalifornien sehen und bin dann eben hierhergekommen, wo ich mich überhaupt nicht auskannte. Ich landete in einem außerordentlich teuren Hotel in Beverly Hills und musste nach zwei oder drei Tagen wieder abreisen, weil mir das Geld ausging. Dann bin ich mit der Eisenbahn – damals fuhr man ja noch Eisenbahn – nach New York zurückgekommen. Das war im Jahre 1937.

Sehr viele Leute, die ich im Lande kannte, vertraten immer die Meinung, dass San Francisco schöner sei, zivilisierter, städtischer, kultivierter. Und dass Los Angeles mehr so aussähe, als ob es für eine Ausstellung aufgebaut worden sei und am nächsten Tag wieder abgerissen werden solle. Mir kam das gar nicht so vor. Es hat mir schon beim ersten Mal sehr gut gefallen, und ich habe gehofft, dass ich eines Tages vielleicht in Los Angeles leben könnte.

Als ich zuerst nach Los Angeles kam, habe ich natürlich geglaubt, dass das Zentrum der Stadt da ist, wo die meisten Leute leben. Das ist ja keineswegs der Fall, auch das sogenannte Downtown Los Angeles ist nicht das wirkliche Stadtzentrum, selbst wenn dort jetzt wieder eine ganze Menge Leute wohnen und viel für die Kultur getan wird. Damals lebten die Leute in den Gebieten, die man vielleicht Vororte nennen könnte, diese Vororte, ob es nun Bel Air ist oder Beverly Hills, Pacific Palisades oder Santa Monica, haben alle einen sehr eigenen

Charakter. In Beverly Hills, wo die meisten Leute, die erfolgreich im Filmgeschäft tätig sind, ihre Häuser haben, ist alles sehr gepflegt und teuer. Die Wohnviertel von Beverly Hills sind getrennt vom Business-Viertel mit seinen Luxusläden. Bel Air ist eine sehr elegante kleine Stadt, doch nur etwas für superreiche Leute mit Riesenhäusern; es hat einen eigenen oder eigentlich auch gar keinen Charme. Hollywood ist nur für sehr wenige Leute präsent, für die Intellektuellen, die Künstler. Der Normalbürger hat damit nichts zu tun.

Santa Monica, wo ich eine Zeitlang gelebt habe, ist eine eher kleinbürgerliche Stadt gewesen. Erstaunlicherweise eigentlich, weil es eben am Meer liegt und man dachte, dass viele Leute sich dort große Villen bauen würden, aber das ist nie eingetreten. Die schönen Villen liegen in bestimmten Teilen von Pacific Palisades.

Natürlich gibt es Gegenden, in denen die schwarze Bevölkerung stärker vertreten ist als in anderen. Aber es existieren selbstverständlich keine formellen oder juristischen Begrenzungen. Wer das Geld hat, kann da wohnen, wo er sich ein Haus kaufen will, wenn er sich's leisten kann. Nur dass eben die meisten Schwarzen es sich nicht leisten können.

Als ich erstmals herkam, besaß fast jeder ein Auto, aber das waren alte Karren, *jalopies*, wie man das hier nannte, und man konnte auch sehr gut damit auskommen. Wenn man einen Reifenschaden oder sonst etwas hatte, konnte man ins nächste Haus gehen und klingeln. Die Leute waren sehr hilfsbereit, es war eher wie in einem großen Dorf. Als ich 1964 wieder zurückkam, war das anders, da haben sich die Leute erschreckt, wenn ein Fremder in ein Haus gekommen ist. Das war schon eine ganz andere Atmosphäre. Ja, früher konnte man überall reingehen und um Hilfe bitten. Das ganze Leben war irgendwie *informal*, wie man das hier nennt. Es hatte wohl auch damit zu tun, dass in Europa schon Krieg herrschte, hier aber noch nicht, was zwar die Leute nicht wirklich verunsichert hat, aber doch eine gewisse Unruhe schuf.

Ich hatte den Eindruck, dass auch Leute, die kein Geld hatten, irgendwie angenehm leben konnten, weil in Kalifornien so viel Platz war, gerade in Los Angeles. Jeder hatte irgendwie ein kleines Stück Garten. Wer auch nur ein ganz kleines Häuschen bewohnte, hatte doch einen Avocadobaum oder einen Zitronenbaum. Und das Leben war recht gemütlich, es war allerdings, wie hochnäsige Leute behaupteten, verhältnismäßig unkultiviert. Es gab also keine großen Konzerte und bedeutenden kulturellen Veranstaltungen, aber das hat mich nie gestört.

Ich habe die Stadt also noch ohne Freeways erlebt, mit größeren Zwischenräumen zwischen den Häusern. Es war im Grunde ein Riesendorf mit sehr unterschiedlichen Ortsteilen. Ein Auto zu parken zum Beispiel war überhaupt kein Problem. Es war, als ob man auf dem Lande fährt, es gab auch gar keine Vorschriften fürs Parken. Los Angeles war eher ein Riesendorf mit Häuseransammlungen hier und da, ansonsten mit viel Zwischenraum. Auf dem Häusermarkt herrschte eine furchtbare Baisse. Im Krieg und noch danach konnte man für 10 000 Dollar große Villen kaufen, mit Garten und Schwimmbad, in den besten Gegenden, was für viele Leute aber noch zu teuer war. Für mich auch.

1964 hatte sich schon viel geändert, hauptsächlich eigentlich wegen der Freeways. Sie machten es möglich, viel schneller von einem Ort zum anderen zu kommen. Das Auto spielte hier aber immer schon eine größere Rolle als in irgendeiner anderen Stadt, was mir sehr gefiel, weil ich Automobile mag, mich schon als Knabe gern mit ihnen beschäftigt habe.

Was sich geändert hat, ist das Straßenbild, zum Beispiel durch die Verbreitung der kleinen japanischen Automobile. Als ich herkam, fuhren noch viele Autos, die man in Deutschland «Straßenkreuzer» nennt. Die riesigen alten Dinger wurden in großer Zahl gefahren, weil sie so billig waren, auch wenn sie viel Benzin verbrauchten. Ich selbst hatte einen 12-Zylinder-Cadillac, den ich von irgendjemandem geerbt oder für 100 Dollar gekauft hatte. Das Autofahren war sehr billig, aber das hat sich ja geändert. Es gab damals überhaupt keine deutschen Autos und keine Motorräder. Auch hier hat sich das Straßenbild inzwischen sehr gewandelt.

Man macht hier seine Erfahrungen mit Erdbeben. Das erste Erdbeben, das ich erlebt habe, geschah, als ich mit dem Auto auf der Straße unterwegs war und plötzlich das Gefühl hatte, die Herrschaft über das Steuer zu verlieren. Irgendetwas war verkehrt, aber ich verstand nicht was, dachte, mit der Lenkung stimmt etwas nicht. Als ich dann mein Ziel erreichte, sagte man mir: Schön, dich zu sehen. Gerade war ein Erdbeben. Erst da habe ich begriffen, was los war.

Das zweite Erdbeben erlebte ich in einem Kino. Über mir fing ein riesiger Kronleuchter an zu wackeln, schwang hin und her. Ich war fast gelähmt vor Angst, als ich das sah, und die Leute um mich herum auch. Statt aufzustehen und rauszugehen, haben wir wie hypnotisiert unter diesem Leuchter gesessen, der da hin und her pendelte.

Das letzte Erdbeben, das wir hier erlebt haben, war besonders unangenehm. Es gab einen heftigen Stoß in einer ganzen Serie von Stößen. Das geschah mitten in der Nacht. Es war stockdunkel, das elektrische Licht war ausgefallen. Aber in meinem Haus, das nur einstöckig ist, wirkte sich das Beben nicht so stark aus. Das ist schon ein unheimliches Erlebnis, wenn sich die Erde bewegt, nicht nur weil man Angst davor hat, dass einem das Dach auf den Kopf fällt.

Manchmal kommen Leute aus Europa, aus New York oder aus dem Mittleren Westen und leiden hier an furchtbarem Heimweh. Ich kannte eine Dame aus Südamerika, die hatte Heimweh nach beiden Seiten. Kaum ist sie in ihr Heimatland zurückgefahren, hatte sie wieder Heimweh nach Amerika. Heimweh ist eine seltsame Sache. Das hat damit zu tun, dass man sich, wenn man nicht als Kind in ein Land gekommen ist, eben doch nie hundertprozentig einbürgern kann. Man ist da nicht zur Schule gegangen, man hat da nicht in der Landessprache kleine Gedichtchen für die Großmutter aufgesagt.

Ich bin ein Golfspieler. Das wurde mir früher und wird noch heute von manchen Leuten übelgenommen als eine snobistische Aktivität, was es keineswegs ist. Es ist nicht nur ein ernsthaftes Spiel, sondern Sport, und zwar ein niemals vollkommen zu erlernender Sport. Nun ist das ein Sport, der in der ganzen Welt sehr teuer ist, aber hier war's eben immer ganz billig. Das heißt, im Gegensatz zu den Clubs gab es in Kalifornien immer sehr viele sogenannte *public courses*, wo jeder spielen kann. Man muss kein Mitglied sein, sondern nur einen sogenannten *green-fee* bezahlen, der immer sehr niedrig war. Diese Plätze sind allerdings furchtbar voll, und eine Runde dauert sehr lange. Trotzdem ist es wirklich so, dass im Gegensatz zu Europa und besonders zu Deutschland Golfspielen durchaus ein Volksvergnügen ist. Also Millionen von Menschen, die es sich niemals leisten könnten, in einen Golfclub einzutreten, spielen begeistert Golf, überall im Lande. Das gibt's woanders nicht, besonders des Klimas wegen. Hier kann man das ganze Jahr Golf spielen, das kann man wohl in Florida auch, aber sonst gibt es nur wenige Plätze auf der Welt, wo man es kann.

So gerne ich hier auch lebe und so angenehm es in vieler Weise ist, es ist natürlich kein Paradies. Ein deutscher Emigrant namens Martin Gumpert hat mal ein Buch geschrieben: *Hölle im Paradies*, womit er meinte, dass für die Auswanderer, die aus Deutschland gekommen sind, das Leben hier sehr viel schwerer war, als die in Deutschland Zurückgebliebenen geglaubt haben, selbst während des Krieges, und das Leben hier als ein Paradies angesehen haben, wo die Leute unter Palmen sitzen und sich's gutgehen lassen. Das Leben ist hier genauso schwer wie überall, trotz allem. Die Konkurrenz um die Jobs ist ungeheuer groß. Die Vorstellung, dass die Leute hier leben wie im Garten Eden, unterm Palmbaum sitzen und ihnen die Apfelsinen in den Mund reifen, ist völlig abwegig. Das erinnert mich daran, dass nach dem Krieg manche Deutschen den Emigranten vorgeworfen haben: Ihr habt großartig gelebt, während uns die Bomben auf den Kopf gefallen sind. So rosig ist es nun auch wieder nicht gewesen. Ich fühle mich übrigens nicht als Emigrant, sondern als ehemaliger Deutscher.

Ich kann mich eigentlich nicht als Angeleno bezeichnen. Wenn mir heute freigestellt würde, zu leben, wo auch immer ich in der Welt würde leben wollen, und es dort also finanziell keine Probleme für mich gäbe, würde ich von allen Teilen der Welt wahrscheinlich Los Angeles wählen. Schon des Klimas wegen. In Amerika ist ja an vielen Stellen das Klima viel heftiger als in Europa. Die Winter sind kälter, die Sommer heißer, aber das Klima in Los Angeles ist für mich eben besonders angenehm. Als ich nach Los Angeles gekommen bin, haben mir manche Leute, die hierher eingewandert waren, gesagt, dass es keine Winter gibt, keinen Wechsel der Jahreszeiten. Ich persönlich brauche keinen Winter.

NACHDENKEN ÜBER DEN FALL STELLA (REZENSION)

Das Buch *Stella* von Peter Wyden handelt von der «wahren Geschichte einer Frau» und dreht sich um «das Böse, den Verrat und das Überleben in Hitler-Deutschland». Es erzählt die heikle Geschichte eines blonden jüdischen Mädchens aus der oberen Bourgeoisie, das in den ersten Jahren der Hitlerzeit eine Klassenkameradin des Autors in Berlin war. Wyden sang mit ihr im Schulchor und war in sie verknallt. Im Jahr 1937, als er 13 Jahre alt war, wanderte der Junge mit seinen Eltern nach Amerika aus. Stella und ihre Familie blieben zurück in dem Inferno, das die Deutschen den Juden bereiteten, wenn auch unter besonderen Bedingungen.

Als sie und ihre Eltern zu Beginn des Krieges von der Gestapo festgenommen wurden, war Stella ein attraktives Mädchen von 18 Jahren. Man machte ihr ein Angebot: Wenn sie bereit wäre, bei der Jagd auf versteckte Juden mitzumachen, würden ihre Eltern nicht in ein Vernichtungslager im Osten geschickt werden. Bei ihrer Verhaftung war Stella auch körperlich gefoltert worden. Man drohte ihr mit weiterer Folter und mit der Ermordung. So ging sie den aufrichtigen, aber zeitlich begrenzten Pakt mit dem Teufel ein. Sie wurde eine der wenigen jüdischen «Greiferinnen» im Dienst der Gestapo, die viele Berliner Juden – niemand weiß, wie viele – in die Fänge der Nazideutschen trieb. Ihre Eltern wurden gleichwohl deportiert und kamen in Theresienstadt ums Leben. Aber auch nach der Verschleppung ihrer Eltern jagte Stella weiterhin Juden für die Gestapo, verriet deren Verstecke und überstellte sie ihren Folterern und Mördern. Nachdem sie den Krieg auf diese Weise überlebt hatte, wurde sie von den Russen zu zehn Jahren Lagerhaft verurteilt, nach deren Abbüßung sie nach Westdeutschland abgeschoben wurde, wo sie bei Erscheinen des Buches noch lebte.

Stellas Geschichte ist eine Geschichte innerhalb einer Geschichte innerhalb einer anderen Geschichte. Zunächst ist es das Schicksal eines jüdischen Jungen – des Autors Peter Wyden – und seiner Verliebtheit in Stella, das junge jüdische Mädchen, das er nach einer Trennung von 40 Jahren unter radikal veränderten Umständen wiedertraf. Es ist also seine Geschichte. Zum Zweiten ist es die Geschichte von Stellas Überleben während all der Jahre der Naziherrschaft einschließlich des Krieges, und zwar auf unbeschreiblich schreckliche Weise. Zum Dritten ist es die Geschichte der nazideutschen Orgie, der Qual, der Tränen und der Tode, die sie der Menschheit bereitet haben, in den zwölf bösen Jahren, die sie andauerte.

Nachdem Wyden und seine Eltern Deutschland verlassen hatten und 1937 nach Amerika kamen, hörte er von Stella erst wieder nach dem Krieg. In jenem Krieg war er, wie auch der Verfasser dieser Zeilen, amerikanischer Soldat mit Tätigkeiten im zerstörten und besetzten Deutschland.

Später erfuhr er zufällig, dass Stella die zwölf abscheulichen Nazijahre überlebt hatte, indem sie zu einem Werkzeug der Gestapo wurde; dass sie von den Russen verurteilt worden war und zehn Jahre in einem Lager abgesessen hatte; dass man sie später zweimal in West-Deutschland vor Gericht gestellt, aber jedes Mal freigesprochen hatte; und dass sie seit 1956 in einer kleinen Stadt in der Bundesrepublik lebte.

Wyden gelang es, sie aufzuspüren und zu interviewen, er las Gerichtsakten, befragte einige ihrer Opfer, die überlebt hatten, und schrieb, viele Jahre später, Stellas Geschichte auf.

Ihre Geschichte ist die eines gewöhnlichen und unbedeutenden jungen jüdischen Mädchens, später einer unbedeutenden alten Frau.

Eine Frau, die zwischendurch aber eine «Greiferin» der Gestapo gewesen war, sechs Jahre lang als furchtbarer Todesengel für Juden, welche den Nazideutschen entgehen wollten, sich versteckt hielten, ihr vertrauten, einer Mitjüdin, die sie aber verriet und ihren Mördern auslieferte. Sie war außerdem die Geliebte einiger SS-Killer! Sie bekam, als einzige Frucht dieser Beziehungen, eine Tochter, die nun ein Leben in Israel führt, wo sie im öffentlichen Dienst arbeitet, ihre Mutter hasst und sich weigert, sie zu sehen oder mit ihr zu sprechen.

Was für ein Mensch war jene Stella Goldschlag, die Antiheldin dieses Buches, die uns im Alter von etwa 13 Jahren vom Cover her anlächelt? Wer immer eine Antwort auf diese Frage sucht, wandelt auf einem schmalen Pfad zwischen gedankenloser Nachsicht und gedankenloser Verurteilung (Wyden vermeidet beides). Es besteht überhaupt kein Zweifel daran, dass Stellas eifrige Kollaboration mit der Gestapo bei der Jagd nach Juden sehr viele Opfer gekostet hat, wenngleich die meisten ihrer Opfer auch ohne ihre abscheulichen Untaten ums Leben gekommen wären – das ist jedoch keine Entlastung für Stella. Aber wer kann ein angemessenes Urteil fällen über ihre Taten im Nazideutschland von Blut und Tod, Terror und Folter, Wahnsinn und Korruption, in dem sie lebte wie in einem Albtraum?

Natürlich war Stella, die andere in den Tod schickte, um ihre Eltern und später sich selbst zu retten, eine Art «Monster». Und doch (mit diesem Ausdruck «und doch» bemüht sich der Rezensent um dieselbe Objektivität wie der Autor des Buches, hört aber schon die wütenden Protestschreie) war sie nicht dieselbe Art von Monster, wie die männlichen oder weiblichen Massenmörder der Nazis es waren oder wie sie die menschliche Gesellschaft von Zeit zu Zeit hervorbringt. Stella agierte unter einem enormen Druck, den viele (auch viele Juden) nicht kennen und sich überhaupt nicht vorstellen können, die heute davon reden, dass man dem Bösen widerstehen muss. Stella unterschied sich vom typischen Massenmörder, der zum eigenen Vergnügen oder aus Gewinnsucht oder durch eigene freie Entscheidung handelt. Diese sind objektiv wie subjektiv wahre Monster, wohingegen Stella – obwohl ihre Taten dieselben Auswirkungen hatten – etwas anderes war, etwas, das nicht beschrieben oder definiert werden kann, ohne ihr nazideutsches Umfeld zu beschreiben.

Dabei müssen wir noch etwas anderes in Rechnung stellen: Stella, das jüdische Mädchen, die Tochter eines erfolglosen jüdischen Musikers und dessen energischer Frau, hat möglicherweise die Juden «gehasst». Stella beklagte sich auch gegenüber Wyden: «Die Juden hassten mich, weil ich blond und hübsch war.» Wie aber konnte sie, als Jüdin, die Juden hassen, in dem Maße hassen, dass sie sie ihren Folterern und Mördern auslieferte?

Wir wissen, dass Stella nie einen Menschen mit eigener Hand getötet hat. Aber ist sie nicht trotzdem eine Mörderin, als Folge ihres Verrats? In der Art, wie sie uns von den Fotos anschaut, von der Beschreibung des Autors und der Art, wie sie ihr Leben führte, erscheint sie zunächst als verwöhntes, recht hübsches, eitles, oberflächliches Mädchen, das früh im Leben darauf bedacht war, ihre Reize zur Schau zur stellen, wenn auch eher spielerisch. Sie wollte beim Tanzen bewundert werden, war selbstbezogen, eigensüchtig, eher träge, aufbrausend und wird wegen ihrer angedeuteten sexuellen Versprechungen von Männern anziehend gefunden und von Frauen wegen ihrer großen «Erfolge» auf diesem Gebiet beneidet. Konnte solch ein Flittchen anders reagieren, als es im nazideutschen Inferno in Gefangenschaft geriet, worauf seine konventionelle Erziehung es wohl kaum vorbereiten konnte?

Was aber machte Stella zu dem Monster, das sie fraglos war? Die Nazideutschen natürlich und deren System, jene Welt, die sie für ihresgleichen und für Stella schufen – selbst für ihre eigenen Anhänger.

Somit scheint sich alles um diesen Punkt zu drehen: Ist das eine Entlastung für sie? Sind das mildernde Umstände? Ich habe schon festgestellt, dass Wyden sie nicht entschuldigt. Tue ich es, der Rezensent? Tun Sie es, als Leser? Sollte sie nicht verurteilt und vielleicht hingerichtet werden wie Eichmann, obwohl sie zehn Jahre in einem sowjetischen Lager verbracht hat? Oder vielleicht getötet werden wie ein Hund?

Wyden berichtet, dass er auf seiner Lesereise durch die USA von aufgebrachten Juden angeschrien wurde: «Warum haben Sie sie nicht getötet, als Sie sie trafen!!!» Worauf Wyden antwortete: «Weil ich kein Killer bin.» Ein zurückhaltender, gutaussehender, weißhaariger Mann, der in der Talkshow von Larry King gleichzeitig mit Wyden interviewt wurde, ein Überlebender des Lagers Auschwitz (und somit ein «Opfer der Nazis», wohingegen Wyden «nur» ein Flüchtling aus Nazideutschland war), entgegnete, dass er Stella getötet hätte, wäre er je mit ihr zusammengetroffen. Tatsächlich? Im wirklichen Leben? Mit einer Pistole? Einem Beil? Mit einem Schlachtermesser? Mit bloßen Händen? Das ist nicht sehr wahrscheinlich. Denn genau wie Wyden war er kein Killer, obwohl er, wie er berichtete, einst einen jüdischen Denunzianten den Russen auslieferte, welche den Mann erschossen. (Während der Sendung ging sogar eine telefonische Morddrohung gegen Wyden beim Sender ein.)

War Stella Goldschlag im Kern ein Killer? Der Rezensent glaubt: wahrscheinlich nicht. Und ist das bedeutsam? Denn die Opfer ihres Verrats erlitten ein furchtbares Schicksal, auch jene wenigen, die letztlich überlebten.

Ein Argument, das gegen Verständnis oder zumindest Nachsicht für Stella und ihre schändliche Kollaboration mit den Nazideutschen spricht, lag und liegt in der Tatsache, dass andere Juden, die in eine ähnliche Zwangslage gerieten, die Kollaboration verweigert haben. Vielleicht waren sie nicht derselben Drohung wie Stella ausgesetzt, nämlich, dass ihre Eltern getötet würden, sollten sie sich weigern, sondern «nur» dass sie selbst getötet würden. Auf jeden Fall widerstanden einige Juden (wenngleich wenige, abgesehen von jenen, die als Partisanen heldenhaft kämpften, sich also nicht in den Klauen der Gestapo befanden) und starben, und andere (noch weniger) widerstanden und überlebten. Und dann gab es eine dritte Kategorie, jene, die ihren Henkern entflohen oder diese nach ihrer Gefangennahme überlisteten.

Wie soll man Stella im Vergleich zu diesen Menschen beurteilen? Auf der «moralischen» Ebene (auf der wir Gesetzesübertreter zu beurteilen pflegen) waren jene, die den Nazideutschen entkamen, natürlich «besser» als Stella. Und doch, welches gewöhnliche menschliche Wesen, mit einer gewöhnlichen Seele und einem gewöhnlichen Hirn und Nervensystem, kann in einer so furchtbaren Situation wie in der Hölle von Nazideutschland ein Superheld sein, ohne Freunde, ohne irgendwelche inneren oder äußeren Ratgeber und vollkommen unvorbereitet auf dergleichen durch ihr bisheriges Leben?

Wer kann sich überhaupt den Terror ausmalen, dem ein Mädchen ausgesetzt ist, das gefangen gehalten wird, allein und schutzlos in einer Gestapozelle? Diejenigen, die von Widerstand gegen die Gestapo sprechen, haben keine Ahnung vom lähmenden Effekt dieser Art von Terror. Die Entscheidung, ob man der Gestapo Widerstand leistet, wenn man sich in deren Fängen befindet, ist etwas völlig anderes, als wenn man seinem Vorgesetzten oder einem Polizisten widerspricht, deren Macht, wie groß auch immer, durch Gesetze beschränkt ist.

Nun kann der Leser wiederum sagen: Aber Sie entschuldigen sie! Das ist verwerflich! Sie entlasten sie unter Verweis auf die schrecklichen, einschüchternden Umstände, die zu ihrem Verhalten führten. Sie sagen sogar, dass sie ohne diese Umstände nur ein nicht dummes, eitles Püppchen gewesen wäre, das bestenfalls ihren ergebenen und beschränkten Ehemann betrogen hätte. Sie sagen, Stella sei kein Monster gewesen, nur ein gedankenloses Mädchen, das nicht unseren

Hass oder unsere Verachtung verdient, noch nicht einmal unser Interesse.

Aber all das behaupte ich ja gar nicht. Ich sage nur, dass der Autor dieses Buches, sollte er künftig noch einmal kritisiert werden, «weil er sie nicht getötet hat», seinen Kritikern unter Hinweis auf die Umstände antworten könnte: «Wir sollten nicht vergessen, was damals wirklich geschah – welches die größten Schurken waren, die normale Menschen in Monster verwandelten.»

Wyden berichtet auch, dass ein Leser seines Buches, ebenfalls ein Jude, der Deutschland rechtzeitig verlassen hat, zu ihm sagte: «Ich hatte Glück, nicht in eine solche Zwangslage zu geraten.» Wenn mein Freund Wyden dies erzählt, fügt er hinzu, dass er das auch empfindet, wobei die Leute oft zustimmend nicken und sich selbst fragen, wie sie sich bei solch einem «Test» verhalten hätten. Aber Unsinn! Auf die Probe gestellt zu werden bedeutet, mit freiem Willen über den Fortgang einer Handlung entscheiden, ein unredliches Angebot ausschlagen zu können.

Stella war jedoch überhaupt nicht in einer solchen Lage. Sie wurde nicht «getestet». Aber was dann? Gezwungen? Natürlich wurde sie das, auf vielerlei Weisen. Andere widerstanden in direkter Konfrontation, über deren Lage wissen wir aber nur wenig. Und wieder andere stimmten nur scheinbar zu und versuchten dann, ihre Auftraggeber zu überlisten (nur wenige, von Letzteren noch weniger überlebten). Andere verübten einfach Selbstmord, statt zu kollaborieren. Und wenn Stella anfangs kooperierte, um ihre Eltern zu retten – ist der Versuch, seine Eltern vor Auschwitz zu bewahren, ein ungerecht verschaffter Vorteil? Ist dieses Handeln genauso verwerflich wie etwa einen Freund zu verraten für einen Haufen Gold?

Aber hat nicht Stella … Hätte nicht Stella … Sollte nicht Stella … All das ist bedeutungslos. Von Bedeutung ist allein die Hölle, welche die Nazideutschen schufen und verwalteten, mit der begeisterten (und nicht von der Gestapo erzwungenen) Unterstützung der Bevölkerung, bis das ganze Gebilde von außen in Trümmer gebombt wurde.

Das Buch *Stella* ist kein moralisches Stück, wie man es bei Shakespeare findet, kein typisch menschlicher Konflikt. Wydens Buch handelt nicht von individuellen Gemüts-, Seelen- oder Herzensleiden.

Das größte Verdienst dieses Buches liegt darin, dass es denjenigen, die daran erinnert werden mögen, bewusstmacht, was die Nazideutschen zwölf schamvolle Jahre lang verbrachen, davon die ersten sechs Jahre mit Duldung und sogar Beihilfe der «zivilisierten» westlichen Welt. Diese zivilisierte Welt bekämpfte die Nazideutschen erst, als sie selbst angegriffen wurde. Wydens Buch erinnert auch daran, was die Nazideutschen «Tausend Jahre» lang überall auf der Welt angestellt hätten, wenn sich die westliche Welt nicht schließlich mit der entscheidenden Hilfe des besetzten, heldenhaften Russland (und das sollten wir nie vergessen) erhoben hätte, um das Monster zu erlegen, nicht das Monster Stella, sondern das Monster Nazideutschland.

Seltsam genug, oder auch gar nicht so seltsam, tritt uns Stella aus den langen Gesprächen mit Wyden entgegen, die die beiden in ihrer kleinen Wohnung in jener deutschen Kleinstadt geführt haben. Darin ähnelt sie den vielen Millionen Deutschen, die auf die eine oder andere Weise, willig oder unwillig, Teil der Nazimaschinerie waren: Sie leugnet alle Schuld. So wie gewöhnliche Deutsche nach dem Krieg (die von den Alliierten als «Mitläufer» eingestuft wurden und sich selbst als «kleine Leute» bezeichneten) bedauert sie sich selbst und nicht etwa ihre Opfer. Sie ist böse auf ihre Tochter, die in Israel lebt, ihr einziges Kind, weil diese sie verachtet. Stella verhält sich genau wie die Deutschen, die sich nach der Niederlage als Parias fühlten, als ihre Untaten bekannt wurden. Stella, obgleich in vielerlei Weise selbst schuldig, ist ein sonderbarer Spiegel jener Deutschen. Auch wenn sie mehr Entschuldigungsgründe anführen könnte als die feigen Nazideutschen, die behaupteten (und selbst glaubten), dass man sie gezwungen oder betrogen habe, beteuert sie ihre Unschuld in ganz ähnlicher Weise und fühlt sich wohl auch wirklich unschuldig. Es klingt wie ein übler Scherz, als sie nach ihrem letzten Gespräch, so lange nach dem Krieg, zu Wyden sagt, lächelnd und verschmitzt mit einem Finger wedelnd: «Also Peter, du wirst doch nichts Schlechtes über mich schreiben, nicht wahr?»

Wyden erzählt uns, dass sein einstiger Schwarm Stella ihm bei ihrem ersten Wiedersehen nach so schrecklichen Kapiteln unserer Geschichte arglos die Wange zum Kuss hinhält und dass er davor zurückschreckt. Mit seinem Buch über sie beleidigt er keineswegs unseren Verstand, wie es so viele (deutsche oder amerikanische) Autoren tun, die darstellen, wie es in ihrer ahnungslosen Sicht der Dinge zu der nazideutschen Hölle kommen konnte, der verlorene Erste Weltkrieg, die Inflation, die Arbeitslosigkeit, der Versailler Vertrag ... All das ist völliger Nonsens. Das nazideutsche Unwesen war ganz eigener Art, nämlich eine katastrophale Enthüllung dessen, was unter der dünnen Schicht unserer «Zivilisation» verborgen war und ist.

Indem Stella ihre Wange zum Kuss hinhält, zeigt sie sich, wie in all ihren Handlungen, als gefühllose Psychopathin, die sie war oder wurde. Darin erscheint sie wie das psychopathische Kollektiv der Nazideutschen, die sich ebenfalls niemals schuldig fühlten, während sie ihre Verbrechen begingen oder danach, und die wie Stella mit weinerlichem Selbstmitleid antworteten, wenn man sie mit ihren Taten konfrontierte. Die, bildlich gesprochen, auch ihre Wangen hinhielten, um einen Kuss von der westlichen Welt zu empfangen.

Verdient Stella unseren Hass? Zuneigung oder Hass für einzelne Figuren zu erwecken versuchen nur Groschenromane. Aber Stellas Geschichte ist kein Groschenroman. Wir sollten nicht auf sie blicken, indem wir eine zerstörte Seele selbstgerecht verurteilen oder ihr tränenreich vergeben. Wydens Buch sollte uns daran erinnern, welch schrecklichen Rekord unsere westliche Welt in unserer Zeit aufgestellt hat, mit mehr als hundert Millionen – hundert Millionen! – auf mechanische Weise Getöteten, und uns helfen, über das armselige Leben von Stella hinaus zu denken.

Peter Wyden. *Stella.* New York 1992.
Deutsch: Peter Wyden. *Stella.* Göttingen 2002.
Die Rezension von Konrad Kellen erschien 1992 in voller Länge
in der Monatsschrift *Midland.* Übersetzung: Manfred Flügge.

ÜBER DAS REDEN AUF DEM GOLFPLATZ (ESSAY)

Wie ehrbar auch immer Ihre Motive sein mögen und wie brillant Ihre Argumentation, erzählen Sie Ihrem Golfpartner nicht, dass Sie gegen die Politik Ihrer Regierung sind, wenn er sich gerade anschickt, seinen Ball über einen tiefen Bunker auf ein schnelles Grün zu pitchen. Anstatt seinen Ball zu treffen, könnte er Sie erschlagen und dennoch vom Richter freigesprochen werden, zumindest von einem, der selbst Golf spielt.

Eine der vielen Annehmlichkeiten dieses einmaligen Spiels besteht ja darin, dass es uns die Freuden menschlicher Nähe bietet, ohne uns den Zwang einer gepflegten Konversation aufzuerlegen. Nun gibt es zwei Arten von Golfern: Die einen spielen es hingebungsvoll und mit großem Interesse, weil sie es lieben, die anderen betreiben es als körperliche Übung oder zur Entspannung. Wie Katz und Maus können auch diese beiden nicht in Frieden miteinander leben. Der größte Unterschied zwischen ihnen besteht in Art und Inhalt ihrer Gespräche auf dem Golfplatz.

Mit all denen, die Golf nur als körperliche Übung oder zur Entspannung spielen, wollen wir uns gar nicht erst beschäftigen. Sie betrachten den Golfplatz als den geeigneten Ort zum Abschluss von Geschäften, um sich als Anwalt zu empfehlen, über Politik zu diskutieren oder sonstige Gräueltaten zwischenmenschlicher Kommunikation zu verüben. Sie gehen dem passionierten Golfer ganz furchtbar auf die Nerven, wir wollen daher mit ihnen hier keine Zeit verschwenden. Sie werden es nie begreifen!

Aber auch viele ehrlich begeisterte Golfer, vielleicht sogar die Mehrzahl, verderben dem Partner die Freude am Spiel durch ihr ständiges Geplapper. Ohne es zu wissen, machen sie sich dabei häufig genug selbst zum Narren. Wir wollen doch mal sehen, worüber sie denn so viel zu reden haben, und uns überlegen, welche Gespräche mit dem Golfpartner angemessen und sinnvoll sein könnten.

Zuerst und am allerhäufigsten haben wir da den Golfer, der auf den ersten Abschlag kommt und lauthals verkündet: «Ich muss Euch gleich sagen, ich habe seit sechs Wochen keinen Schläger mehr in der Hand gehabt und weiß gar nicht, ob ich überhaupt noch einen Ball treffe. Außerdem quietscht meine Bandscheibe. Musste gestern Abend für meine Frau einen schweren Sessel hochwuchten. Aber mein Kreuz ist ja schon lange im Eimer. Na gut ...» Dieses Lamento gibt es in zahllosen Variationen, und jeder Golfer hat es bis zum Überdruss gehört. Es ist nichts anderes als eine faule Ausrede vorab für eine höchstwahrscheinlich kümmerliche Runde. Für die übrigen Spieler ist ein solches Geschwätz nur lästig. Sie wissen, dass der Bursche damit nur den Eindruck erwecken will, eigentlich ein viel besserer Spieler zu sein. Und wenn es denn wahr wäre, dass er sechs Wochen lang keinen Schläger angerührt und sich das Kreuz verrenkt hat, dann wäre es eine Frechheit, überhaupt zu einem Foursome auf dem Platz zu erscheinen. Er hätte zu Hause bleiben oder bestenfalls auf die Driving Range gehen sollen.

Dann gibt es den professionellen Pessimisten, der an unseren Nerven zerrt. Auch ihn kennt jeder. Ungebeten wird er pausenlos vor sich hin jammern: «Schau dir das an, wer anders als ich kann einen solch lächerlichen Putt auslassen, es ist immer dasselbe, verdammt nochmal.» Oder: «Wenn irgendwo am Horizont ein Out-of-Bounds auftaucht, mein Ball findet es, da kannst du Gift drauf nehmen.» Oder: «Von hier aus kann ja kein Mensch aufs Grün kommen.» Ob dieser Mensch nun wirklich so schlecht spielt, wie seine Unkenrufe es vor jedem Schlag beschwören, oder ob er in Wirklichkeit besser spielt, wir mögen einen solchen Partner nicht. Sein Geschwätz ist unerträglich.

Ein dritter Typ von Babbel-Monster, jedem Golfer nur zu gut bekannt, berichtet seinem Partner in extenso darüber, wie großartig er bei einer anderen Gelegenheit gespielt hat. Nachdem er den dritten Drive getoppt hat, tönt er laut: «Was, zum Teufel, ist nur heute mit mir los? Noch vor einer Woche hab ich in Gleneagles diese Drives einen nach dem andern 250 Meter weit geschlagen – kein Witz! Auf dem ersten Par-5 war ich beinahe mit zwei auf dem Grün – ehrlich!» Der gute Mann hat offenbar vergessen, dass man einen Golfer an seinem Schwung erkennen und daraus auf seine Spielstärke schließen kann. Und wenn er nun drei Drives hintereinander auf den Kopf haut, dann will ganz sicher keiner von ihm wissen, wie er zuletzt in Gleneagles gespielt hat.

Eine vierte Sorte Unmensch zeichnet sich dadurch aus, dass er seinen armen Partnern in allen Details die technischen Hintergründe für sein schlechtes (oder gutes) Spiel erläutert. Das klingt dann so: «Mensch, schau Dir den Drive an! Zwanzig Meter weiter als sonst. Und weißt Du auch warum? In dem Buch von so einem grönländischen Pro – Du weißt, wen ich meine – habe ich gelesen, dass man im Treffmoment den rechten Zeh anheben soll. Du, das wirkt bei mir Wunder!» Es kann aber auch anders lauten: «Da traf ich neulich diesen Ryder-Cup-Spieler, und der Bursche riet mir, meinen Putter so zu greifen. (Es folgt die umständliche Demonstration.) Na, und was glaubst Du wohl? Mein Putten ist seither im Eimer. Aber ich krieg das schon wieder hin, verlass Dich drauf!»

Das ist leider keineswegs die vollständige Liste all der Gespräche, die man auf dem Golfplatz tunlichst vermeiden sollte. Da gibt es zum Beispiel Leute, die auf dem Platz ernsthafte Themen anschneiden, über die man nachdenken muss. Dann ist die Konzentration des Partners natürlich zum Teufel. Er muss sich auf seinen nächsten Schlag einstellen und kann nicht weltbewegende Probleme in seinem Kopf wälzen. Andere wiederum verwickeln ihre Partner in endlose banale Unterhaltungen, während sie über den Platz laufen oder im Wagen fahren, bis zu dem Moment, in dem der geplagte Zuhörer seinen Ball schlagen will. Der Ärmste steht dann schließlich an seinem Ball, muss aber erst einmal seinen Kopf von all dem befreien, was der andere unterwegs an ihn hingeredet hat.

Dieses andauernde Geschwätz ist außerdem – und daran denkt der Betreffende sicher zuletzt – auch ein Grund für sein langsames Spiel. Anstatt sich auf dem Weg zu seinem Ball bereits zu überlegen, mit welchem Schläger und wie er den Schlag spielen könnte, muss der Golfer die Tiraden seines Partners über sich ergehen lassen, sodass er, am Ball angekommen, natürlich sehr viel mehr Zeit für seinen Schlag braucht.

Eine der schlimmsten verbalen Entgleisungen auf dem Platz ist es wohl, dem Partner einen Witz zu erzählen, der so lang ist, dass er sich über die Zeitspanne mehrerer Schläge erstreckt und die Pointe demzufolge qualvoll lange in der Luft hängt. Dafür sollte es mindestens drei Strafschläge geben.

In eine ähnliche Kategorie gehört der Spieler, der nach jedem Schlag ausführlich erläutert, was er mit seinem letzten Meisterwerk eigentlich erreichen wollte. Er hat für alles eine Entschuldigung, eloquent und larmoyant zugleich. «Schau Dir das an! Da geht das Biest in den Bunker, nur weil ich ihn besonders schön dahinter aufs Grün und tot an die Fahne legen wollte. Natürlich kann man den Ball auch anders spielen, aber …»

Und nachdem er seinen Ball mit einem Riesenslice ins Aus befördert hat, wird er mit wichtiger Miene dozieren: «Na ja, bei der Lage und dem Wind musste ich versuchen, den Ball mit einem hohen Fade aufs Grün zu legen. Es hat nur leider nicht geklappt.» Wir wissen längst, dass bei ihm sowieso nichts klappt, sodass er uns seine Seelenpein ruhig ersparen könnte.

Eine der übelsten Angewohnheiten ist es, dem Partner ungefragt in sein Spiel hineinzureden, in seinen Schwung oder seine Stellung am Ball. Das widerspricht jeder Etikette, und trotzdem kann man es immer wieder erleben. Dazu gehören auch die törichten Komplimente, wenn der Schlag des Partners dies gar nicht verdient hat. Den Stümper, der nach jedem Schlag seines (besser spielenden) Partners laut schallend «Good shot!» ruft, sollte man am nächsten Baum aufknüpfen, denn sein Lob ist eigentlich eine Beleidigung. Äußerst lästig sind auch die Zeitgenossen, die für einen missglückten Schlag des Partners stets eine Entschuldigung zur Hand haben. «Oh, was für ein Pech», hört man dann hocherfreut, «ich war ganz sicher, der würde ins Loch gehen. Aber der kleine Buckel hat ihn abgelenkt.» Das ist fast noch schlimmer als eine Entschuldigung für sich selbst, sei es wegen der Schläger, des Wetters, der Schuhe, der Knie oder was auch immer.

Nicht vergessen werden darf einer der irritierendsten Partner, den es im Golf überhaupt geben kann, nämlich den Mann, der Ihnen sagt, wann Sie schlagen sollen. Während Sie mit dem Drive oder mit dem Schlag zum Grün warten, weil die Partie davor Ihrer Meinung nach noch nicht außer Reichweite ist, kriegen Sie dann zu hören: «Nun schlag doch endlich. Du kannst die Leute (das Grün) doch niemals erreichen.» Das ruiniert nicht nur Ihre Laune, sondern auch Ihren Schlag. Sie werden pressen, den Ball miserabel treffen, den Partner und sich selber verfluchen. Dieser Mensch sollte vom Platz weg direkt in die «Eiserne Jungfrau» eingeschlossen werden.

Jeder Golfer, der dies liest, wird zugeben, dass es sich dabei um Kapitalverbrechen gegen den Partner handelt. Und doch verstößt jeder von uns von Zeit zu Zeit gegen diese einfachen Regeln. Wir sollten stets daran denken.

Aber worüber sollten wir denn nun überhaupt auf dem Platz reden? Golf ist ja schließlich ein geselliges Spiel, und Gespräche sind Teil dieser Geselligkeit. Sicher, wenn Sie Profis bei einer Meisterschaft beobachten, werden Sie feststellen, dass sie kaum miteinander reden. Aber das ist ja auch nicht das Golf, das Sie (und ich) spielen.

Es kommt wahrscheinlich gar nicht so sehr darauf an, worüber man auf dem Platz redet, als auf die Art und Weise, wie man es tut. Sie können mit Ihrem Partner ruhig über das Wetter reden, über den Platz, die Stellung der Fahnen, andere Plätze, Spieler, Meisterschaft, neue Schläger, Profispieler und tausend andere Sachen, die zu einer heiteren, unbeschwerten und lockeren Atmosphäre beitragen. Wichtig ist nur, den Partner nicht in eine ernsthafte oder emotionale Diskussion zu verwickeln, weil er sich dann unmöglich auf sein Spiel konzentrieren kann. Worüber auch immer Sie reden – machen Sie es kurz!

Talk on the Golf Course. 1982.
Erschienen in der Golf-Beilage der *FAZ*, August 1989.
Übersetzt von G. A. Freiherr von Thüna.

TEIL 2

ÜBER KONRAD KELLEN

Erläuterungen

MANFRED FLÜGGE
KONRAD KELLEN UND DIE FAMILIE MANN

Die Familie Katzenellenbogen

Namen sind Glückssache. Man kommt zur Welt und heißt so oder so. Ein Name klingt lustig oder banal, vornehm oder kurios, reizt zu Witzen, zu derben Anspielungen oder lässt gleichgültig. Manche Namen werden unsagbar, weil man schlimme Dinge mit ihnen verbindet. Manche werden unaussprechlich, weil man in eine fremdsprachige Umgebung kommt, in welcher der eigene Name ein Zungenbrecher ist.

Auch die Deutung von Namen ist Ansichtssache. *Katzenellenbogen* ist ein Ortsname, der zum Familiennamen geworden ist. Er ging von einer hessisch-nassauischen Grafenfamilie des Mittelalters auf deren «Schutzjuden» über. Die Stadt Katzenelnbogen liegt an einer Krümmung («Ellenbogen») des Dörsbachs, unterhalb eines 300 Meter hohen Hügels in Rheinland-Pfalz, im Nordwesten des Taunus. Die erste Namensform ist für 1102 belegt und lautete *Cazenelebogen*.

Die Grafen von Katzenelnbogen, die mit den Stauffern verwandt waren und ihre eigene Burg bewohnten, tauchen in Dokumenten seit dem 12. Jahrhundert auf. Anfang des 14. Jahrhunderts erlaubte Graf Dieter von Katzenelnbogen zwölf Juden, sich im Dorf unterhalb der Burg niederzulassen. Unter seinem Nachfolger Wilhelm wurden es schon 24. Der Name Katzenellenbogen ist laut Jüdischer Enzyklopädie in Italien, Polen, England, Deutschland und im Elsass verbreitet; Ursprung aller Namensformen dürfte jedoch der kleine Ort im Taunus sein, er tauchte möglicherweise erst bei Familien auf, die von dort in andere Teile Europas abgewandert waren und ihre Herkunft im Namen «mitgenommen» hatten.

Um 1320 ist ein Rabbi Isaac in Katzenelnbogen bezeugt, der ins Elsass zog, nach dortigen Verfolgungen aber in den Taunus zurückkehrte, während sein Kollege Luria ins polnische Brest-Litowsk auswanderte. Isaacs Sohn Meir, der in Prag studierte und Rabbi in Padua wurde, gilt wiederum als Stammvater vieler Generationen von Nachfahren, zu denen auch Persönlichkeiten wie Karl Marx, die Mendelssohns, die Wertheims, die Rothschilds, Helena Rubinstein sowie Martin Buber gehören. Aus der vierten Generation ging ein Saul Wahl Katzenellenbogen in die polnische Stadt Krotoschin. Zu seinen Nachfahren in der 13. Generation gehörte Ludwig Katzenellenbogen, der Vater von Konrad Kellen.

Mit Namen, Namensänderung und unaussprechlich gewordenen Namen hat auch Konrad Kellen (wie er hier durchgängig genannt wird, auch wenn er diese Namensform erst 1943 annahm) seine Erfahrungen gemacht. Ihm selbst sind die Wörter *deutsch*, *die Deutschen* und *Deutschland* manchmal unaussprechlich gewesen. Obwohl – oder weil? – er doch auch ein Deutscher war. Zunächst.

Ein öffentliches Leben hat Konrad Kellen kaum gehabt. Zum ersten Mal stand er im Jahr 1945 in der Zeitung. Ein kleines Lokalblatt in Santa Monica (Kalifornien) vermeldete eine Beförderung: Oberleutnant Konrad Kellen, dessen Frau Virginia an der Ocean Avenue lebe, habe das Verdienstkreuz erhalten, wie die alliierte Militärregierung in Berlin kürzlich mitteilte.

Sodann wurde aus der Begründung zitiert: Leutnant Kellen habe in der Aufklärungsabteilung (Intelligence Section) zunächst innerhalb der Abteilung für Psychologische Kriegsführung (Psychological Warfare Department, 12th Army Group) und später dann auch in der Zensurbehörde in Europa (Intelligence Branch, Information Control

Division) Klugheit, Einfallsreichtum und unermüdliche Energie an den Tag gelegt. Seine außergewöhnlichen Leistungen hätten erheblich zum Erfolg der Unternehmungen des 12. Armee-Korps beigetragen. Bevor er zur amerikanischen Armee gekommen sei, habe er in Heidelberg und München Jura studiert. Er sei mit Professor Einstein verwandt. Gegenwärtig diene er als stellvertretender Leiter der Abteilung Berichte und Analysen der Alliierten Militärregierung in Deutschland. Erwähnt wird auch seine Mutter Estella Katzenellenbogen, die im Haus Nr. 827 in der 4. Straße lebe.

Dass er einmal ein Kriegsheld werden würde, war dem eher schmächtigen Konrad nicht in die Wiege gelegt worden. Er wuchs als Kind reicher Eltern auf, verwöhnt mit Pferd, Rittergut, Chauffeur und Golfplatz, geübt im Umgang mit Prominenten aus Politik, Wirtschaft, Sport und Kultur. Über seine Familie und seine Kindheit hat Konrad Kellen einiges im autobiographischen Teil dieses Buches berichtet. Über das doppelte Drama in seiner Familie sprach er nur ungern, wusste vielleicht auch nicht alles darüber. Der erste Teil des Dramas war die Scheidung der Eltern und die Wiederverheiratung des Vaters mit der Schauspielerin Tilla Durieux; der zweite Teil war der Wirtschaftsprozess des Vaters 1931/32, der mit dessen Verurteilung und Ruin endete. Eine neue dramatische Situation boten die Exiljahre zwischen 1933 und dem Ausbruch des Zweiten Weltkriegs. Für den Vater folgte ein viertes Drama, eine wahre Tragödie. Er fiel der Mordmaschinerie der Nazis zum Opfer.

Für Konrad Kellen, der seine Mutter liebte und dem Vater das Verlassen der Familie nie verziehen hatte, war dies ein lebenslang nachwirkendes Trauma. In seinem unversöhnlichen Zorn gegen die «Nazigermans», wie er sie nannte, spielte das Schicksal des Vaters eine wesentliche Rolle. Anders versteht man die Mischung aus Sanftmut, ja Melancholie, und maßlosem Ingrimm nicht, die aus vielen Äußerungen dieses «ehemaligen Deutschen» spricht.

Als Kunstsammler verkehrten die Katzenellenbogens regelmäßig mit dem Galeristen Paul Cassirer, einem der führenden Vermittler zeitgenössischer Malerei aus Paris nach 1900. Ludwig Katzenellenbogen war auch dessen Finanzberater. Nach Meinung von Kaiser Wilhelm II. wollte Cassirer «die französische Dreckkunst bei uns einführen». Paul Cassirer, Geschäftsführer und schließlich Präsident der Berliner Secession, war als jähzornig bekannt. Er hatte sich mit seinem Vetter Bruno Cassirer überworfen, der auch als Galerist und Verleger in Berlin wirkte. Tilla Durieux, mit der er jahrelang in «wilder Ehe» zusammenlebte, bevor er sie 1910 heiratete (beide hatten da schon eine Scheidung hinter sich), überwachte er eifersüchtig, war aber selber kein Vorbild an Treue.

Tilla Durieux wurde am 18. August 1880 als Ottilie Godeffroy in Wien geboren. Ihr Vater Richard Godeffroy war Professor für Chemie, ihre Mutter eine aus Ungarn stammende Pianistin. Als sie entgegen dem Willen ihrer Eltern Schauspielerin wurde, nahm sie den Namen ihrer Großmutter an. Nach kurzer Zeit in der böhmischen Provinz spielte sie bald in Stuttgart, Breslau, Wien, Berlin, München, Prag, Zürich und St. Petersburg. Ihre erste Ehe mit dem Maler Eugen Spiro, dem Bruder von Baladine Klossowski, überdauerte das Jahr der Heirat nicht (1904). Spiro hatte sie Paul Cassirer vorgestellt, dessen neue Gefährtin sie bald wurde. Während des Ersten Weltkriegs stand sie nicht auf der Bühne, sondern arbeitete zunächst als Krankenschwester im Norden von Berlin. Paul Cassirer meldete sich freiwillig, wurde aber bald vom Patrioten zum Pazifisten, wie so viele seiner Zeitgenossen. 1917 lebte das Ehepaar in der ganz besonderen Atmosphäre von Zürich, wo Kunst und Politik ein Gegeneuropa schufen. Erst 1918 setzte Tilla Durieux ihre Karriere erfolgreich fort. Vor allem in zeitgenössischen Stücken glänzte die temperamentvolle, eher herbe als glamouröse Mimin, die eine neue Auffassung von Tragik präsentierte, ja einen neuen Frauentypus, und die auch das gesellschaftliche Ansehen der Schauspielerinnen hob.

Wiederholt hatte das Ehepaar Cassirer das Ehepaar Katzenellenbogen in ihr Haus in Noordwijk an der holländischen Nordseeküste eingeladen. Die Badekostüme der Mutter an den Stränden sowie ihr unter dem Kinn festgebundenes Hütchen mit Krempe gehörten zu den frühesten Erinnerungen von Konrad. Bald allerdings wurde in der Berliner Gesellschaft über eine Affäre von Ludwig Katzenellenbogen mit Tilla Durieux getuschelt. Paul Cassirer konnte seine glanzvolle Laufbahn nach dem Krieg nicht fortsetzen, der Selbstmord seines Sohnes Peter 1919 hatte ihn schwer erschüttert. Er selbst hatte schon mehrmals mit Selbstmord gedroht. Tilla ertrug seinen schwankenden Charakter nicht mehr, wollte die Scheidung, zog sich 1926 in ein Hotel in Potsdam zurück. Dort kam es zu einer Verhandlung. Gerade als mit Hilfe eines Anwalts eine gütliche Einigung erzielt werden sollte, betrat Paul Cassirer ein leeres Nebenzimmer und erschoss sich. Eine Impulstat, die mehrere schockierte Menschen hinterließ und in der Presse für Aufsehen sorgte. Zum ersten Mal geriet hier der Name von Ludwig Katzenellenbogen in Zusammenhang mit einem gesellschaftlichen Skandal.

Ludwig Katzenellenbogen versuchte Tilla Durieux zu trösten, die entzog sich aber vorerst und begab sich für einige Zeit nach Wien. (Hier kann sich die Rekonstruktion einzig auf Tilla Durieux' Memoiren stützen, die allerdings sehr authentisch erscheinen.) Nach einiger Zeit suchte Ludwig Katzenellenbogen sie in Wien auf, möglicherweise im Sommer 1927, sagte, er habe sich mit seiner Frau Estella auseinandergelebt, und schlug Tilla Durieux die Heirat vor. Mit ihr und ihrer Schwester reiste er nach St-Jean-de-Luz an die Côte d'Azur. 1929 wurde die Scheidung des Ehepaars Katzenellenbogen rechtskräftig. Die Heirat des neuen Paares fand am 28. Februar 1930 in London statt. So glaubte man, dem Berliner Stadtgespräch zu entgehen.

Dank der vorteilhaften Geldanlagen ihres Mannes in der Schweiz konnte sich Tilla Durieux jeden erdenklichen Luxus leisten. Mehrfach fuhr sie an die französische Riviera. Auch in Berlin besaß sie eine schöne Wohnung. Allerdings hatte sie dort ihren alten Papagei behalten, der immerzu nach Paul Cassirer rief. Ludwig Katzenellenbogen besaß weiterhin sein Häuschen am Golfplatz in Wannsee. Das Haus in der Bendlerstraße, das nie zu Ende gebaut wurde, sowie die Hälfte der Kunstsammlung blieben bei Estella Katzenellenbogen, die sich nun selber mit dem Kunsthandel befasste, was ihr später in den USA noch zugutekommen sollte.

Glücklich war Tilla Durieux in der neuen Ehe allerdings nicht. Nun verkehrte sie mit Bankdirektoren und deren Familien, was nicht ihre Welt war. Sie trat weiterhin als Schauspielerin auf und brachte Katzenellenbogen dazu, das revolutionäre Theater von Erwin Piscator am Nollendorfplatz zu unterstützen, in dem sie selbst auf der Bühne stand.

Den schnellen Bankrott der Piscatorbühne und eine alsbaldige Neugründung konnte der Mäzen aber nicht abwenden, er machte zur Entschädigung sogar finanzielle Forderungen geltend. Für Walter Mehrings Theaterrevue *Der Kaufmann von Berlin* von 1929 soll Katzenellenbogen als Vorbild gedient haben. Dabei stand dessen wahres Drama noch bevor, als er in einen Wirtschaftsskandal mit landesweiter Beachtung verstrickt wurde.

Der Wirtschaftsskandal um Ludwig Katzenellenbogen

Ludwig Katzenellenbogen (Rufname Lutz) wurde am 21. Februar 1877 in Krotoschin bei Posen geboren. Sein Vater Adolf Katzenellenbogen (1834–1903) war dort Spirituosenfabrikant. Er erlaubte es seinem Sohn nicht, nach dem Abitur zu studieren, sondern zwang ihn zum Eintritt in die väterliche Fabrik, deren Alleininhaber dieser nach 1903 wurde. Geschäftlich war er sehr erfolgreich und zog bald nach Berlin.

1912 heiratete er Estella Marcuse (1886–1991) aus einer vornehmen Berliner Familie. Aus dieser Ehe gingen drei Kinder hervor: Konrad, Leonie und Estella. Ludwigs geschäftlicher Erfolg ebbte auch nach 1918 nicht ab, er war ein Profiteur der Inflationsjahre. Zu den von ihm geleiteten Spirituosenfabriken kamen weitere Beteiligungen: Zement-, Glas-, Hefefabriken, schließlich ein krisenfestes Traditionsunternehmen, die Berliner Brauerei Schultheiß-Patzenhofer. Alle seine Beteiligungen fasste er in einem großen Konzern zusammen, der Interessengemeinschaft Ostwerke-Schultheiß-Patzenhofer-Kahlbaum GmbH, kurz «Ostwerke» genannt. Um seine Firmen zusammenzuhalten, ließ er sich auf gewagte Spekulationen ein, die er allein überblickte.

Ludwig Katzenellenbogen war also gesellschaftlich gut vernetzt und genoss einiges Ansehen. Er war an diversen Banken beteiligt, etwa an der Commerzbank oder an der Mitteldeutschen Creditbank. Neben Curt Joseph Sobernheim (1871–1940) waren vor 1930 Julius Rosenberger und Ludwig Berliner die einzigen jüdischen Vorstandsmitglieder bei der Commerzbank; 1929/30 kam noch Dr. Albert Katzenellenbogen (geboren 1863) von der Mitteldeutschen Creditbank hinzu, ein Vetter von Ludwig Katzenellenbogen. Albert Katzenellenbogen trat 1930 in den Aufsichtsrat der Commerzbank ein und blieb dort, trotz der Nürnberger Gesetze, bis 1937. Dann war es mit der Schonung vorbei, und er wurde 1942 nach Theresienstadt deportiert und von dort weiter nach Maly Trostinec, wo er ermordet wurde.

Seit 1930 hatte es mehrere Zusammenbrüche von Banken und renommierten Firmen gegeben. Als aber im Herbst 1931 das Finanz- und Firmenimperium von Ludwig Katzenellenbogen zusammenbrach, löste dies einen gesellschaftlichen und politischen Schock aus, der in einen großen Prozess mündete und Katzenellenbogens Ruin bedeutete.

Die wirtschaftlichen und politischen Zusammenhänge dieses

Krachs («eines der schwierigsten und interessantesten Kapitel deutscher Nachkriegs-Finanzgeschichte») und anderer Firmenkrisen erörterte der wirtschaftsliberale Autor Erich W. Abraham in dem Buch *Konzernkrach*, das 1933 erschien, aber bereits Ende 1932 entstanden war. Dieser zeitnahen und kompetenten Darstellung soll auch hier gefolgt werden.

In seinem Buch widmet Abraham dem Fall Ludwig Katzenellenbogen, für ihn «der Mann der Finanztransaktionen», ein eigenes Kapitel. Die Ostwerke AG war zwar schon 1872 gegründet worden, erhielt jedoch erst unter der Leitung von Katzenellenbogen größere Bedeutung. Ludwig Katzenellenbogen verstand es, das Firmenkonglomerat gut durch den Weltkrieg und die Inflation zu steuern. Schon 1920 bewog er die Brauerei Schultheiß-Patzenhofer dazu, mit ihm eine Interessengemeinschaft zu gründen: Jahresgewinne wurden in einen gemeinsamen Topf geworfen. Diese Brauerei, 1871 gegründet, galt als eines der gesündesten deutschen Unternehmen.

Nach der Inflation und auf lange Sicht war die Traditionsbrauerei das solidere Geschäft, weshalb Katzenellenbogen auf ihre Fusion mit den Ostwerken hinarbeitete, was im Jahr 1930 gelang, kurz nachdem er seine zweite Ehe eingegangen war. Er versuchte, seinen persönlichen Anteil an Schultheiß-Patzenhofer aufzustocken, wozu ein größeres Privatvermögen nötig war, als er besaß. Er unternahm allerlei Finanztransaktionen, über die er schließlich zu Fall kam.

Der Schultheiß-Skandal brach ganz plötzlich im Oktober 1931 herein. Am 28. Oktober 1931 wurde Ludwig Katzenellenbogen verhaftet. Es wurde aufgedeckt, dass Katzenellenbogen über die Darmstädter und Nationalbank (Danat) und die Commerzbank Privataktien von Schultheiß im Wert von 15 Millionen gekauft hatte; den Banken gegenüber hatte er garantiert, dass das Risiko von der Schultheiß AG übernommen würde. Der Kurs der Aktie war aber sehr tief gefallen – was einen Verlust von 30 Millionen Mark und Schulden von 45 Millionen Mark bedeutet hätte. In einer Veröffentlichung im Februar

1931 erwähnte die Schultheiß AG dieses Risiko nicht, was Ludwig Katzenellenbogen zu verantworten hatte.

Der Schock kam über Nacht. Zudem hatte man Schultheiß für ein solides Großunternehmen gehalten, das nichts erschüttern könne. «So erklärt es sich, dass kein Krach der Nachkriegszeit in der Öffentlichkeit stärkeren Eindruck hinterließ als der bei Schultheiß und dass in keinem Fall von der Staatsanwaltschaft schneller und schärfer zugegriffen wurde als hier.» Zudem wollte die Regierung Brüning nach einigen anderen Wirtschaftsskandalen nun ein Exempel statuieren, meint der Chronist Abraham.

Man riet Ludwig Katzenellenbogen zur Flucht, aber er blieb in Berlin, denn er fühlte sich unschuldig, berichtet Tilla Durieux in ihren Erinnerungen. Er übergab seinen Besitz einem Treuhänder zur Verwaltung. Gegen eine Kaution von 100 000 Mark kam er frei. Professor Sauerbruch, der auch der Arzt von Tilla Durieux war, steckte Katzenellenbogen in eine Klinik. Er war kurz davor, Gift zu nehmen, doch zuletzt verließ ihn der Mut. Dann wurde er wieder ins Gefängnis des Polizeipräsidiums am Alexanderplatz gebracht, damals Berlins größtes Gebäude. Seine Frau besuchte ihn einmal die Woche. Der Prozess vor dem Landgericht Moabit I dauerte vom 9. Februar bis zum 18. März 1932 und bestand in einem langen Gefecht der Gutachter.

Die Einzelheiten der Finanztransaktionen waren selbst für Experten nicht restlos durchschaubar. Im Hintergrund ging es um dubiose Arrangements mit dem Bankier Hugo Kaufmann aus Amsterdam, den Katzenellenbogen 1929 in Karlsbad kennengelernt hatte, sowie mit dem Bankier Jakob Goldschmidt von der Danat-Bank. Katzenellenbogen hatte sein Privatvermögen größer erscheinen lassen, als es tatsächlich war. Der Bau des Hauses im Neuen Westen, der Villenkolonie südlich des Tiergartens (über das Heinrich Mann in seinem Roman *Im Schlaraffenland* schon 1901 geschrieben hatte), diente auch diesem Zweck. Ganz schuldlos wird Konrads Vater also nicht gewesen sein, zumal er seine engsten Mitarbeiter nicht in diese Vorgänge eingeweiht hatte. Schließlich wurde Ludwig Katzenellenbogen wegen Bilanzverschleierung zu drei Monaten Gefängnis und zu einer Geldstrafe von 10 000 Mark verurteilt. Tilla Durieux hatte zu ihrem Mann gehalten und war an jedem Prozesstag auf der Zuschauertribüne erschienen.

Da Katzenellenbogen bereits sechs Monate in Untersuchungshaft gesessen hatte und weder er noch die Staatsanwaltschaft Revision einlegten, kam er bald wieder frei, kurz vor der Machtergreifung der Nazis. Selbst wenn man ihn in zweiter Instanz freigesprochen hätte, wären doch seine persönliche und finanzielle Situation und sein gesellschaftliches Ansehen zerstört gewesen. 1931 noch hatte man ihn in der Öffentlichkeit für unermesslich reich und erfolgreich gehalten. Doch nun gehörte der Finanzakrobat nicht mehr zu den «deutschen Wirtschaftsführern». Die Brauerei Schultheiß-Patzenhofer erholte sich übrigens bald von dem Schlag und konnte ihre Schulden zügig abbauen.

Ludwig Katzenellenbogen war ein gebrochener Mann. Sein Ruf war dahin. Seine Stadtwohnung musste aufgegeben, das Personal bis auf ein Hausmädchen entlassen werden. Vorerst wohnte das Ehepaar im Pförtnerhaus des (nun verkauften) Ritterguts in Freienhagen. Von dort fuhr Tilla Durieux mit dem Auto zum Theater, die Fahrtzeit betrug eine Stunde. Anfang 1933 logierte sie gelegentlich im Hotel Esplanade am Potsdamer Platz.

Der junge Konrad Kellen musste also in kurzer Zeit drei harte Schläge verarbeiten, die seinen weiteren Weg bestimmten und seine Persönlichkeit prägten, wobei sich das Private mit dem Öffentlichen eng vermischte: Der Vater hatte die Familie verlassen; der Vater hatte eine schwere berufliche Niederlage erlitten, sein Name und sein Ansehen waren nun stark negativ belastet; und schließlich gab es seit dem Januar 1933 für Konrad wie für seine Angehörigen endgültig keine Zukunft mehr in Deutschland.

Nach dem Reichstagsbrand Ende Februar 1933 verließen Tilla Durieux und ihr gestrauchelter Mann auf der Flucht vor den Nazis, die unentwegt gegen den «Wirtschaftsverbrecher» gehetzt hatten, das Land. Sie nahmen den Zug nach Prag, der voller Flüchtlinge war. Einige wurden in Dresden aus den Abteilen geholt und verhört. Ludwig Katzenellenbogen blieb ruhig und gab auf Nachfrage als Konfession «protestantisch» an, was ja auch stimmte. Später gingen sie in die Schweiz nach Luzern und von dort nach Ascona, wo Tilla Durieux Verwandte hatte, ihr Mann aber keine Arbeitserlaubnis und schließlich auch keine Aufenthaltserlaubnis erhielt, als sein deutscher Pass abgelaufen war. In Deutschland wurde er inzwischen steckbrieflich gesucht. Gegen einen höheren Geldbetrag erhielt er einen Pass von Honduras.

Katzenellenbogen hatte jugoslawische Aktien gekauft; also fuhr man nach Kroatien, er konnte von den Zinsen leben. Tilla Durieux trat bis 1938 weiterhin in verschiedenen Theatern außerhalb von Deutschland auf, in Wien, Budapest, Prag, Straßburg, Holland und Skandinavien, zudem gab sie Kurse am Mozarteum in Salzburg. Wenn es an Geld fehlte, wurden Bilder aus Katzenellenbogens privater Kunstsammlung in Paris oder in der Schweiz verkauft, darunter auch Tillas Porträt von Renoir.

1934 ging das Paar nach Zagreb, wo Tillas Großvater mütterlicherseits einst zur Schule gegangen war. Ludwig Katzenellenbogen hatte noch ein wenig Geld und durchaus Geschäftssinn. So beteiligte er sich in Zagreb an einer Firma, welche Autobus-Motoren von Benzin auf Holzverbrennung umstellte, was sich trotz der Wirtschaftskrise bald als Fehlinvestition erwies. Irgendwann im Laufe des Jahres 1934 kam Konrad Kellen zu seinem Vater und versuchte, in diese Fabrik einzusteigen. Nach dem Scheitern dieser Unternehmung dürfte bei ihm der Entschluss gereift sein, in die USA zu gehen.

Das Ehepaar Katzenellenbogen-Durieux übersiedelte 1934 nach Opatija, ein Seebad an der Kvarner Bucht, auf der Halbinsel Istrien, etwa 18 km von Rijeka entfernt, einer der ältesten Fremdenverkehrsorte Kroatiens. Hier tätigte das Paar eine günstigere Investition. Sie kauften das Hotel Cristallo und ließen es gründlich renovieren. Das Geschäft lief wider Erwarten gut, denn es kamen bald sehr viele Bekannte aus Berlin, darunter auch einige jüdische Gäste. Über dem Hotel muss ein Hauch von *Casablanca* gelegen haben. An dem malerischen Ort spielten sich wahre Emigrantendramen ab, mit «sex and crime» und falschen Pässen.

Anfang 1938 wollte Ludwig Katzenellenbogen eine Ischias-Kur in den Bädern von Budapest machen, aber der Anschluss Österreichs im März versperrte den direkten Rückweg. Wieder in Jugoslawien, nahm man ihm dort den Pass ab. Vorübergehend ließ man ihn nach Ascona; es wurden Pläne für die Auswanderung in die USA gemacht. Das Geld, welches das Paar dafür gebraucht hätte, hatten sie ins Hotel an der Adria gesteckt, das sich nicht so schnell verkaufen ließ.

Ludwig Katzenellenbogen zögerte; er war zu müde, zu resigniert. In der Schweiz sah er seine erste Frau wieder, Estella, samt den beiden Töchtern. Auch sie rieten zur Ausreise nach Amerika, bemühten sich selber darum; Konrad war ja schon drüben. (Allerdings findet sich im Nachlass von Konrad Kellen ein Foto, datiert auf «Gstaad 1939»; man kann also nicht ausschließen, dass er von New York in die Schweiz gereist ist und dort seine Familie traf. Auch 1937 hat er eine Europa-Reise unternommen.) Im Oktober 1939 waren Tilla Durieux und Ludwig Katzenellenbogen, nach einem Flug über Prag, wieder in Zagreb. Es sollte sich als Fehler erweisen.

Dort wohnten sie zunächst in der Villa der Gräfin Lubienski, einer entfernten Verwandten von Tilla Durieux. Es folgten chaotische Wochen und Monate, ein Kampf um Pässe, Visa, Papiere. Es war eine zermürbende Zeit, dramatische Wochen ohne Happy End. Als Tilla Durieux hörte, dass in Belgrad Papiere bereitlagen, mit denen sie das Land verlassen könnten, fuhr sie hin, ließ Ludwig Katzenellenbogen zurück. Während beide getrennt waren, überfiel die Wehrmacht Jugoslawien – an einem Sonntag. Der Krieg trennte sie für immer. Tilla Durieux schlug sich in der zerbombten Stadt durch; später konnte sie nach Zagreb zurückkehren. Ludwig Katzenellenbogen muss unterdessen nach Griechenland geflohen sein, denn er wurde in Saloniki von den Deutschen verhaftet und nach Berlin verschleppt.

Unter großen Gefahren überlebte Tilla Durieux in Zagreb die deutsche Besatzung. Sie nahm am antifaschistischen Widerstand teil, geriet wiederholt in Gefahr. Nach Kriegsende arbeitete sie zunächst als Näherin, um sich über Wasser zu halten, erhielt dann eine Stelle als Regieassistentin an einem staatlichen Puppentheater in Zagreb, wo sie mit Unterbrechungen bis 1951 blieb. 1952 stand sie erstmals wieder in Berlin auf der deutschen Bühne, kehrte danach aber nach Jugoslawien zurück. Erst 1955 ließ sie sich auf Dauer in Berlin nieder und setzte mit großem Erfolg ihre Karriere auf der Bühne und bald auch im Fernsehen fort, wurde auch zur Autorin von Romanen und Erinnerungen.

Nach offiziellen Angaben starb Ludwig Katzenellenbogen am 30. Mai 1944 im Jüdischen Krankenhaus in Berlin (nach anderen Angaben in der Haftanstalt Oranienburg). Welche Leiden ihm seine Schergen zuvor in Sachsenhausen zugefügt haben, kann man nur vermuten. Im NS-Hetzfilm *Der ewige Jude* von 1940 kommt auch Ludwig Katzenellenbogen vor. Im Zusammenhang mit anderen Geschäftsleuten aus der Weimarer Republik, die als «Wirtschaftsverbrecher» dargestellt werden, wird ein Foto des Generaldirektors des Schultheiß-Patzenhofer-Konzerns eingeblendet. Im selben Film wird Albert Einstein als «Relativitätsjude» verhöhnt, der seinen «Deutschenhass hinter einer obskuren Pseudowissenschaft» verstecke. Die Verbrechen jener Filmemacher und ihrer Auftraggeber sind durch nichts zu relativieren.

Das Leben von Ludwig Katzenellenbogen, sein Name, sein Schicksal, seine Skandale wurden bald vergessen. Vom erfolgreichen Lebensweg seines Sohnes in den USA hat er nicht einmal etwas geahnt. Der Sohn aber kämpfte sein Leben lang mit seinen widerstreitenden Gefühlen seinem Vater gegenüber.

Unruhige Zeiten in Paris

Kehren wir nach diesem Exkurs zum Leben des jungen Emigranten Konrad Kellen zurück. In Paris führte er ein «bescheidenes Lotterleben», wie er selbst es nannte. Er lebte wurzellos und ohne Lebensziel, auch ohne Selbstvertrauen. Der wichtigste und folgenreichste Kontakt war für ihn die Begegnung mit Klaus Mann, denn über ihn geriet er in das Umfeld von Thomas Mann.

Schon bevor er Konrad kennenlernte, kannte Klaus Mann den Namen Katzenellenbogen. In seinem Tagebuch hielt er am 26. Februar 1932 fest, dass er einen sehr interessanten Artikel über den Prozess gegen Ludwig Katzenellenbogen gelesen habe. Ab März 1933 verkehrte Klaus Mann in den Emigrantenkreisen von Zürich, Paris, Amsterdam, Nizza und Sanary-sur-Mer. Noch aus München und Berlin kannte er den Regisseur Erik Charell, der auch ein Freund des Hauses Katzenellenbogen war und den Kontakt vermittelt haben mag.

Konrad Kellen hat Klaus Mann wohl erstmals in Paris getroffen, im Laufe des Jahres 1934. Über ihn lernte er auch die Kinder von Thea Sternheim kennen. Unter den Kindern der bekannten Literaten ging es nach damaligen bürgerlichen Maßstäben sehr unmoralisch zu, sowohl was das Liebesleben betraf wie den Drogenkonsum. Wie weit er sich darauf eingelassen hat, ließ Konrad Kellen im Gespräch lieber im Dunkeln. Über seine frühen erotischen Erlebnisse hat er hingegen immer sehr offenherzig erzählt, ob über seine Initiation durch Hausmädchen seiner Familie oder über seine Affären in Paris.

So erwähnte er das deutsche Mädchen Gaby, das es nach Paris verschlagen hatte. Befreundet war sie mit dem Schauspieler Peter Götz von Eick, der sich später in den USA Peter van Eyck nannte und eine große Karriere machte. Obwohl er weder Jude noch politisch aktiv war, hatte er sich für das Exil entschieden und war seinem Freund Erik Charell gefolgt (der seinen Vornamen im Exil «Eric» schrieb). Konrad kannte beide Männer und eben auch jene Gaby. Wenn Götz verreist war, bändelte sie mit anderen Männern an, darunter Konrad, der mit ihr sogar eine Reise nach Mailand unternahm.

Eine Affäre hatte Konrad auch mit der Tochter von Thea Sternheim, die ebenfalls Dorothea hieß, aber «Mopsa» genannt wurde (zur Unterscheidung von ihrer Mutter «Stoisy»). Ganz anders als ihr kränklicher Vater, der Dramatiker Carl Sternheim, hatte Mopsa eine kräftige Konstitution, war aber stark heroinabhängig, eine Sucht, die sie mit Klaus Mann teilte.

Mopsa Sternheim war mit dem Österreicher Rudolf Karl von Ripper verheiratet; beide pflegten eine intensive Freundschaft zu dem französischen Schriftsteller René Crevel, für den Klaus Mann eine unglückliche Liebe hegte. Hingegen versuchte Crevel, mit Mopsa und ihrem Mann eine Art Dreiecksbeziehung aufzubauen, wie nachgelassene Briefe und Zeichnungen belegen, aber der Versuch erwies sich als unlebbar. Crevel, der an diversen Krankheiten litt, nahm sich 1935 das Leben, scheinbar grundlos, ein schockierender Selbstmord mehr in dem Beziehungsgeflecht um Klaus Mann.

Mopsas Bruder Klaus Sternheim führte ein ähnlich exzessives Leben. Er war mit einer zehn Jahre älteren französischen Prinzessin liiert; mit beiden hat Konrad eine Opium-Nacht in Paris verbracht. Klaus Sternheim konnte sich einen Bugatti leisten, was den Autonarr Konrad Katzenellenbogen beeindrucken musste. Klaus Sternheim hatte bald sein Geld ausgegeben und floh später nach Mexiko, wo er jung starb.

Das Tagebuch von Thea Sternheim bezeugt, dass Konrad Kellen sich in diesen Kreisen bewegte, auch wenn sie scheinbar keine Einzelheiten über die Begegnungen ihrer Kinder mit Konrad Kellen kannte. Am 18. Oktober 1934 notierte sie: «Erscheinen Mopsa, Crevel, der junge Katzenellenbogen. Groß, hübsch, auf zu langem Hals den mit viel zu viel Sorgen und Komplexen angefüllten Kopf tragend, Conny Katzenellenbogen, der Stiefsohn der Durieux, der Sohn des in dem Monstreprozess der Brüningregierung verwickelten Sündenbocks, das erste Opfer der Judenhetze.» Der Prozess gegen Konrads Vater war also auch der Familie Sternheim bekannt. Am 26. Oktober 1934 hält Thea Sternheim fest: «Oben auf dem Balkon sehe ich Mopsa neben dem jungen Katzenellenbogen.»

Im Februar 1935 kommt Mopsa aus Brüssel und erzählt vom «kleinen Katzenellenbogen», vermutlich über dessen Besuch bei seiner Mutter in Berlin und seine Ausreise nach Holland. Mitte April 1935 ist Konrad wieder in Paris, und Mopsa nimmt ihn und andere Freunde mit zu ihrer Mutter. Thea Sternheim schreibt: «Conny Katzenellenbogen, das arme schwache Rohr, dessen Schultern viel zu viel aufgebürdet wurde, gibt, von Berlin zurückgekehrt, seine Eindrücke zum Besten. Als ob seine Behauptung, dass sich dort ganze Bevölkerungsschichten der astrologischen Spekulation ergäben, durch das Exempel statuiert werden sollten, bringt die Post das von Flechtheim für René Crevel in Auftrag gegebene Horoskop. Ja, in Berlin flüstere alles, trage Fetische am Hals und befrage die Sterne.» (14. April 1934)

Nach dem Krieg sollte Thea Sternheim noch einmal von diesem jungen Mann hören. Sie hatte den ganzen Krieg als deutsche Staatsangehörige im besetzten Paris verbracht und wusste nicht, dass ihre Tochter Mopsa gegen die Besatzer agierte und Flugblätter für die Résistance verteilte. Irgendwann im Jahr 1943 tauchte die Tochter nicht mehr auf. Die Gestapo hatte sie verhaftet und ins KZ Ravensbrück verschleppt. Sie überlebte zwar die Internierung, war aber gesundheitlich so schwer angeschlagen, dass sie zwei Jahre nach der Befreiung starb. Zuvor, am 28. Januar 1946, hatte Konrad Thea Sternheim in Paris besucht, nun als Offizier der amerikanischen Armee.

Konrad Kellens Freundschaft zu Klaus Mann

In den Tagebüchern von Klaus Mann taucht Konrad Kellen das erste Mal im März 1935 auf. Zu diesem Zeitpunkt musste dieser ihn aber schon eine Weile gekannt haben. Am 13. März 1935 schreibt Klaus an die Deckadresse, die ihm Konrad in Berlin genannt hat (Von-der-Heydt-Str-1, Berlin W 35): «Deine heutige Mitteilung, dass Du plötzlich nach Berlin gefahren bist, beunruhigt mich etwas. Sie lässt auf eine gewisse Fahrigkeit Deiner Entschlüsse schließen.»

Denn zuvor hatte Konrad ganz phantastische Reisepläne entwickelt, wollte mit Klaus Mann nach Tanger, Teneriffa oder wenigstens nach Lissabon reisen. Aus Ljubljana hatte Konrad im November 1934 geschrieben: «Ich führe hier also nur eine Abart des Lebens und trage mich mit Fluchtgedanken in den Süden.» Er denke vor allem an Teneriffa, weil er darüber in einem Exemplar der *Gartenlaube* von 1929 las, die er in seinem Hotel gefunden habe, in dem er für nur 60 Mark einschließlich Verpflegung lebe. Gleichwohl sei die Geldfrage entsetzlich. Er versuche sogar Kroatisch zu lernen, doch halte er es nicht aus und wolle ausreisen. Er erwarte die Briefe von Klaus sehnsüchtig; hier sei jeder Tag so lang wie ein Jahr Fegefeuer.

Die Reise nach Berlin Anfang 1935 war also bereits ein wichtiger Moment in Konrads Prozess der Ablösung vom alten Kontinent. Klaus aber vermisst Konrads Rückmeldung. In seinem Tagebuch heißt es: «Keine Nachricht von Konni (in Berlin verschollen). – Ihm noch mal schreiben.» (27. März 1935)

Klaus möchte Konrad lieber in der Schweiz treffen. Teneriffa als Fluchtpunkt hatte ihm nicht eingeleuchtet. Es sei teurer als Tanger. Er schreibt an Konrad: «Hole Dir keinen Schnupfen und keine Bauchschmerzen in Berlin – wo ich auch bald einmal wieder zu sein hoffe. Im Augenblick nimmt mich das holländische Geschäft gar zu sehr in Anspruch. – Meine Adresse ist Dir ja bekannt. Zur Vorsicht noch einmal: Frau Alice van Nahuys, Neuhujsweg 10, Laren bei Amsterdam,

N. H. Herzlichst Deine Alice.» Und tatsächlich schreibt Konrad aus Berlin an diese Deckadresse, beschwert sich dann aber, als er wieder in Paris ist: «Wieso schrieb ich an Alice lange Briefe und bekam von ihr die Antwort, sie habe nichts erhalten?»

All das spricht für einen sehr engen, freundschaftlichen Umgang. Gleichzeitig hat man das Gefühl, dass der Kontakt eher sporadisch ist, auch wenn Klaus notiert: «Jetzt ist es der Gedanke an Konni.» Als er zwei Wochen später von Mopsa Sternheim erfährt, dass Konrad schon in Paris ist, ohne sich bei ihm zu melden, ist er etwas pikiert: «Da kennt man sich nicht mehr aus.»

Ende April fährt Klaus Mann nach Südfrankreich, schreibt an Konrad aus Marseille. Für ein paar Tage ist Klaus zu Gast in Sanary bei Eva Herrmann und Sybille von Schönebeck (nachmals Sybille Bedford). Später hält er sich in Nizza in einem Kreis von Emigranten auf, mit seinem Onkel Heinrich Mann oder dem Journalisten und Diplomaten Theodor Wolff. Wiederholt sucht Klaus seinen Onkel, der ihm sehr vereinsamt vorkommt, zum Abendessen auf.

Am 12. Mai 1935 erhält Klaus Mann einen Anruf von Konrad aus Genua. Warum er nach Italien gereist war, weiß man nicht; vielleicht hatte er auch seinen Vater in Opatija besucht. Aus dem Savoy-Hotel in Genua schreibt Konrad an Klaus Mann: «Ich beneide Dich sehr, weil Du in Marseille, der schönsten Stadt der Welt, warst.» Am 15. Mai muss Konrad Nizza erreicht haben; einen Tag später treffen Thomas und Katia Mann aus Küsnacht am Zürichsee ein.

Am 17. Mai hält Klaus die Ereignisse in Stichworten fest: «Ziemlich viel Durcheinander. – Konnis Ankunft. Am nächsten Morgen die der Eltern. (Hôtel d'Angleterre.) Verschiedene Geselligkeit: Eltern, Eltern – Konni, Eltern – Heinrich: großes Essen, gestern abend. Immer sehr merkwürdiges Bild: die beiden Brüder zusammen. H., ganz abgeklärt, sanft, liebend, beinahe demütig. [...] Konni. (Ja, er ist Wladimir-Bob.) Leidet an Ausfallerscheinungen ... Mit ihm im Casino la Jetée. Bisschen gewonnen.» Klaus betrachtet Konrad in dieser Notiz als Pendant einer seiner literarischen Figuren. «Bob» ist eine Gestalt aus dem Roman *Symphonie Pathétique*, nämlich der Neffe des Komponisten Tschaikowsky.

Die erste Begegnung Konrads mit Thomas Mann ist auch in dessen Tagebüchern festgehalten. «Mittagessen 1 Uhr im Hotel. Klaus und sein hübscher Freund Katzenellenbogen kamen gegen Ende der Mahlzeit dazu, und man saß nachher vor einem Café der Promenade.» (17. Mai 1935)

Zu einer zweiten ausführlichen Begegnung zwischen Konrad Kellen mit Thomas Mann und dessen Familie kommt es in einem Restaurant auf der Seebrücke *(jetée)* in Nizza im orientalischen Stil, die damals an der Promenade des Anglais stand und die nach dem Zweiten Weltkrieg abgerissen wurde. «Kurzer Aufenthalt im Hotel, wo Klaus und sein Freund sich einfanden. Zusammen zum Pavillon-Restaurant am Meer, wo man über der Brandung zu sechsen soupierte.» (17. Mai 1935) Auf der Speisekarte standen Bouillabaisse und Lammfleisch. Thomas Mann war müde und nervös, aber dennoch wurde es eine freundliche und heitere Unterhaltung.

Einen Tag später hält Klaus Mann ein sehr intimes Gespräch mit Konrad fest: «Mit Konni. Genommen [gemeint sind Rauschmittel]. Unterhaltung über den Selbstmord, die Psychoanalyse, den Tonio Kröger, Körper – Seele, Gottfried Benn, usw. – Es wird wahrscheinlich nie zum Treiben kommen. Mais: l'amitié tendre; la tendresse amicale.» (18. 5. 1935)

Am 27. Mai besuchen Konrad und Mopsa Sternheim Klaus. Klaus Mann schildert in seinem Tagebuch seinen Eindruck von Konrad bei diesem Treffen in seinem Hotel: «Lange grundsätzliche Unterhaltung. Über das, was werden soll, werden kann. Gar nichts kann werden. Er betont seine Normalität. Darüber hinaus: sein Bedürfnis nach Unabhängigkeit. Man gibt sich Mühe, redet hin und her. Hoffnung verschwindet.» Dieser Eintrag legt nahe, dass das Verhältnis der beiden platonisch geblieben ist. Dabei aber voller «melancholischer Zärtlichkeit», zumindest von Klaus' Seite, wie dieser ausdrücklich in seiner Bilanz am Ende der Aufzeichnungen für das Jahr 1935 festhält.

Gemeinsam besuchen Klaus und Konrad kurz darauf den Autor, Zeichner und Bühnenbildner Jean Cocteau, der sich gerade in Villefranche aufhält, einer Halbinsel östlich von Nizza. Dann reist Klaus weiter zu einem Kongress nach Barcelona und schreibt von dort einen «wirren Brief an Konni». Eine Woche darauf ist Klaus wieder in Nizza bei seinem Onkel Heinrich und erfährt, dass dessen Frau Nelly Kröger Ärger mit der Polizei bekam, weil sie betrunken Auto gefahren ist. Der Autor des *Untertan* besaß natürlich keinen Führerschein. Im Juni ist Klaus bei den Eltern in der Schweiz, wo man ihm von Erika Manns Ausbürgerung berichtet, gemeinsam mit Brecht und anderen. Er nennt diese Gruppe der Ausgebürgerten «die Ehrenlegion des III. Reiches».

Im Juni 1935 nimmt Klaus Mann in Paris am «Kongress zur Verteidigung der Kultur» teil, der für ihn aber vom Selbstmord des Freundes René Crevel überschattet wird. Angewidert verlässt er vorzeitig diese große Propagandaveranstaltung, deren Fäden von der Kommunistischen Internationale gezogen werden. Und auch im fernen Cannes, wo Konrad Kellen mit Mopsa Sternheim geblieben ist, wirkt sich der Selbstmord des Dichters aus, wie Konrad an Klaus Mann schreibt: «Die geschiedene Ripper war einige Tage hier, füllte die Atmosphäre mit Unruhe und reiste hastig ab, weil der arme Crevel sich das Leben genommen hatte.»

Emigration nach Amerika

Konrad Kellen nahm es mit Angaben von Jahreszahlen niemals sehr genau. War sein Gedächtnis so unzuverlässig, war er nicht besonders an der eigenen Vergangenheit interessiert, oder gab es gar einige

Dinge, an die er später nicht mehr gern dachte – das lässt sich nicht eindeutig beantworten.

Im Archiv von Ellis Island haben sich jedoch Dokumente erhalten, die besagen, dass er am 13. Oktober 1935 in New York angekommen ist, und zwar mit der *Statendam* von Rotterdam aus. Der 21-Jährige wird als Student deutscher Nationalität mit Geburtsort Berlin registriert, dessen letzter ständiger Wohnort allerdings Paris war, wo am 6. September 1935 das Visum ausgestellt wurde. Als Zweck der Einreise liest man dort: «business».

Mindestens ein Mal muss Konrad «Katzenellenbosen» wieder nach Europa gereist sein, denn am 17. Februar 1937 wird in Ellis Island seine Wiedereinreise registriert. Diesmal kam er mit der *Île de France* aus Southampton. Der nun 23-Jährige hat den Beruf eines «clerk», beherrscht die Sprachen Deutsch, Englisch und Französisch; doch als ständiger Wohnort ist nun New York angegeben.

Im September 1936 reist Klaus Mann nach New York, wo er im Hotel Bedford logiert. Er trifft Billy Wilder und andere Emigranten, Anfang Oktober dann auch Konrad Kellen, der schon ein paar Monate in der Stadt lebt. «Zu KONNI (ins Shelton-Hotel). Wiedersehen. Er ist sehr lieb und ziemlich unverändert. Herzliches Gespräch über Vergangenes und Gegenwärtiges. – Hier noch lang mit ihm, Erika und [Curt] Riess. […] Froh über das Wiedersehen mit Konni.» Der junge Konrad Kellen ist also in das Milieu der prominenten Emigranten von New York einbezogen, auch wenn er sich mit kleinen Jobs über Wasser halten muss. Eric Charell, Emil Ludwig und Curt Bois sind in der Stadt, aber auch Annemarie Schwarzenbach, die Schweizer Freundin von Erika und Klaus Mann.

In den nächsten Tagen trifft sich Klaus ein paarmal mit Konrad in Bars oder Restaurants, meist aber halten sie nur telefonisch Kontakt. Einmal besucht er den kranken Konni in seinem Hotel. Am 18. November 1936 feiert Klaus Mann seinen 30. Geburtstag und kommt sich sehr alt vor. Im Sommer 1937 reist Klaus Mann wieder durch Europa, besucht auch seine Freunde in Sanary.

Im Januar 1938 gibt es ein Wiedersehen in New York. Mit Konrad Kellen sowie mit Hans Feist und seiner Schwester Erika geht Klaus Mann ins *Blue Ribbon* essen. Konni sei «stets ebenso lieb wie müde», notiert Klaus. Kein Wunder, hat Konrad zu dieser Zeit doch mehrere schwere Jobs. Ähnliche Treffen in wechselnder Runde folgen in den nächsten Tagen mit Ernst Bloch, Annemarie Schwarzenbach, Martin Gumpert, Curt Riess und anderen.

Im Februar 1938 fährt Klaus mit dem Schiff nach Europa, findet sich aber Ende September wieder im Hafen von Manhattan ein, als seine Eltern dort eintreffen. Die Manns halten das Münchner Abkommen, von dem sie an Bord erfuhren, für die «Abdankung der Demokratien».

Klaus notiert diverse Treffen mit seinem großen Freundeskreis, mit Konrad Kellen, Eric Charell und dem Kunstsammler Dadda Perls. Häufig ist auch Klaus' neuer Freund, der amerikanische Theaterkritiker Thomas Quinn Curtiss, den er «Tomski» nennt, dabei. Am 31. Dezember 1938 kommen fast all diese Freunde, darunter auch Konrad, zu einer Silvesterparty in die Galerie der Brüder Perls, die ebenfalls 1935 mit der *Statendam* nach New York gekommen waren. Der «dicke Dadda», der eigentlich Frank Richard Perls hieß, war ein Kunsthändler aus Berlin und hatte mit seinem Bruder Klaus Gunter 1937 eine Galerie gegründet.

Im April 1938 begegnet Konrad Kellen auch wieder Thomas Mann, in dessen Tagebüchern er von da an häufiger erscheint. Dieses Treffen findet in Los Angeles statt, wohin Thomas Mann für kurze Zeit gereist war. Kellen besuchte ihn im Bungalow Hotel in Beverly Hills. Bei einem Abendessen mit Bruno und Liesl Frank wird «der junge K. Katzenellenbogen als Hausgast» vermerkt. (2. April 1938)

Am 5. April nehmen Klaus und Erika Mann sowie Konrad an

einem späten Frühstück bei den Manns teil. Thomas Mann unternimmt später Einkäufe, signiert in Bookstores, trifft die Brüder Eric und Ludwig Charell. Im Gespräch mit Erika Mann geht es darum, ob Thomas Mann aus der Schweiz fortziehen soll, wo sich die Atmosphäre verschlechtert habe. Aber wenn er in die USA käme, welche Küste sei dann vorzuziehen? Darüber ist man sich noch nicht im Klaren.

Anfang Mai sind die Manns wieder in New York. Nun besuchen Konrad Kellen und Martin Gumpert den «Zauberer» im Bedford Hotel – und es mag dieses Treffen sein, das Konrad Kellen in seinen Erinnerungen erwähnt. Im Tagebuch von Thomas Mann ist der 6. Mai 1938 genannt. Gumpert und Kellen besuchen Thomas Mann noch einmal gemeinsam am 18. Mai.

Ein Jahr später, am 22. Mai 1939, erfährt Klaus Mann vom Selbstmord Ernst Tollers. Diese Nachricht erschüttert ihn, weil er selbst seit langem über Suizid nachdenkt. Einzig der Gedanke an seine Schwester Erika hält ihn davon ab. Genau zehn Jahre später wird er den fatalen Schritt tun.

Am 23. Mai 1939 kommen viele Emigranten zu Klaus Mann, darunter auch Konrad Kellen und Erika Mann, ferner sein Freund Curtiss, Eric Charell, Annette Kolb und andere. Nach dem Treffen notiert Mann den Ausspruch eines ausgewanderten Arztes, der für die Stimmung unter den Ausgewanderten und Ausgebürgerten bezeichnend ist: «Die emigrierten deutschen Schriftsteller sollten gemeinsam eine Schlangenfarm gründen.» (23. Mai 1939) Am 6. Juni übernimmt es Klaus, am Grab von Toller zu sprechen, wobei er mit einem Weinkrampf kämpfen muss.

Thomas Mann hat sich inzwischen in Princeton eingerichtet, wohin Konrad Kellen zu Besuch kommt. Klaus ist ebenfalls dort: «Besuch von Konni, nachmittags; bleibt über Nacht. Der liebe hübsche Mensch. Spaziergang im dichten Wald, mit ihm, Golo, Medi.» Man spricht über Einstein, den Raum, die Sterne und über «die neue Endlichkeit».

Konrads Kontakt zu den Manns wird nun immer enger. Ende Juni macht er einen Ausflug mit Klaus und anderen aufs Land, zu einem «faulen, netten Tag», wobei Konrad, der etwas deprimiert wirkt, den Buick der Manns steuert (26. Juni 1939). Am Ende dieses Jahres, in dem der Weltkrieg begann, klagt Klaus im Tagebuch über die Freunde, die zu egoistisch seien, durch eigene Not oder eigenen Ehrgeiz abgelenkt, wozu er auch Konrad rechnet, der immer noch um seine Existenz bangt (26. Dezember 1939).

Sporadisch treffen sich Klaus Mann und Konrad Kellen zum Dinner, allein oder mit Freunden wie Martin Gumpert oder Dadda Perls. Zuweilen besuchen sie zusammen Thomas Mann in Princeton, zum Tee oder zum Abendessen. Thomas Mann langweilt sich in Princeton, denkt an eine Übersiedlung nach Los Angeles. Es reizt ihn, den vierten Band der Josephs-Tetralogie «im lustigen Santa Monica» zu schreiben. Von dem Ort hat ihm vermutlich Konrad Kellen erzählt, der ihn mit Klaus am Ostersamstag, dem 24. März 1940, zum Tee besucht, denn er hat sich dort schon im Jahr 1937 umgesehen. Zu diesem Zeitpunkt könnte bei Thomas Mann schon der Gedanke gereift sein, bei dem in den USA gut eingelebten Kellen Unterstützung zu suchen.

Ankunft in Kalifornien

In diesem Frühjahr 1940 erlebt auch Konrad Kellen einen dramatischen Umbruch: Er wechselt den Ort und seinen Status, er heiratet. Alles spielte sich in einer drehbuchreifen Form ab. «Die geraubte Braut» könnte das Stück heißen. Eine wahre Geschichte, die zwei Tagebücher bezeugen.

Auch Thomas Mann erfährt davon, denn er notiert am 19. April 1940, dass mit Erika Manns Hilfe eine Frau entführt wird, die sich scheiden lässt, um Konrad Kellen zu heiraten. Die Herausgeber der Tagebücher von Thomas Mann kommentieren wie folgt: «Erika Mann half mit entschlossenem Eingreifen dem befreundeten Konrad Kellen, seine erste Frau ‹zu gewinnen›. Diese, Virginia Stuercken, lebte damals in erster Ehe in Detroit. Erika Mann und Katzenellenbogen machten auf einer Autofahrt von New York nach Los Angeles in Detroit halt, und Erika Mann überredete die Widerstrebende, sogleich mit ihnen nach Kalifornien weiterzufahren, sich von ihrem Mann scheiden zu lassen und Katzenellenbogen zu heiraten.» (Bd. IV, S. 726)

Klaus Mann kommt im August 1940 nach Santa Monica und besucht Konrad und seine Frau Virginia, deren Entführung «Erikas Werk» gewesen sei. Die sympathische Virginia erinnert Klaus an Ingrid Hallen, die Frau von Curt Riess. Ein Beispiel für die eigene Lebensplanung will sich Klaus Mann nicht daran nehmen: «Aber wenn ich mich der ungeheuren Schmerzensausbrüche, des Abenteuers von Detroit [besinne] … Lohnt es sich jemals?» (24. August 1940)

Im Juli 1940 sind auch Thomas und Katia Mann in Los Angeles. Sie mieten ein Haus in Brentwood, wohin Konrad zu Besuch kommt. Konrad hilft ihnen auch in praktischer Hinsicht. So besorgt er eine Wohnung für den Verleger Bermann und dessen Familie, die auch an die Pazifikküste kommen. Immer häufiger wird der neue Freund des Hauses zum Essen zu den Manns geladen, bald auch mit seiner Frau («ihm von Erika erobert») und seiner Mutter Estella sowie seinen beiden Schwestern, die dem besetzten Europa ebenfalls glücklich entronnen sind.

Estella Katzenellenbogen lebte bis zu ihrer Auswanderung in der Von-der-Heydt-Straße 1. Der transportable Teil ihres Besitzes wurde bei der Speditionsfirma Rudolf Sandmann eingelagert. Am 4. Juli erteilte die Gestapo dem Finanzamt Moabit West den Auftrag zur Verwertung des Umzugsgutes. Der Besitz der Kunstsammlerin Estella Katzenellenbogen wurde am 2. und 3. Oktober 1941 durch das Auktionshaus Union in Berlin-Dahlem versteigert. Zu dem Zeitpunkt bewegen sich Estella und ihre Kinder längst in gehobenen Kreisen einer ganz anderen Stadt. Sie gehören zum Umkreis von Thomas Mann und seiner Familie, ebenso wie sie Neubürger von Los Angeles. Als Erika Mann in den Kriegseinsatz abreist, sein «gutes und mutiges Kind», wie der Vater sie nennt, wird sie ganz selbstverständlich von Konrad zum Flughafen gefahren.

Am 11. April 1941 kündigt Klaus Mann von New York aus seinem Vater den Besuch eines «vermögenden Juden» von der Ostküste an, der die vom ihm lancierte Zeitschrift *Decision* mindestens zur Hälfte finanzieren soll, ein Mister A. A. Strelsin, der kein Deutsch spreche. Klaus malt sich aus, wie sich der Besuch abspielen könnte, und rät, man möge Konrad Kellen dabei hinzuziehen: «Zum ersten Zusammentreffen sollte vielleicht der Konni zugezogen werden – der, zu diesem Zwecke, alle meine hier gemachten Ausführungen sorgfältig zu studieren hat. Ich könnte mir vorstellen, dass die Anwesenheit eines angenehmen jungen Hausfreundes sowohl beruhigend als auch animierend auf den reichen Tollpatsch wirken wird. Übrigens hat Katzenellenbogen die gebotene Verehrung für imposante Bankguthaben und erinnert sich noch aus seinen Wall-Street-Tagen, welchen Jargon man im Umgang mit arrivierten Ostjuden benutzt.» Jener Strelsin sei keineswegs ein Scheusal. «Mehr mongolisch als ordinär semitisch von Aussehen», mit rüdem Scharfsinn ausgestattet. Er sei darauf versessen, mit großen Künstlern engen Umgang zu pflegen, und nehme auch Mal- und Pianostunden.

Dieser Plan zeigt einige nicht sonderlich sympathische Züge bei Klaus. Er will 20 000 Dollar an Zuschüssen erwirken, wobei jeder in der Familie seinen Part spielen soll, der Vater, die Mutter und Konrad Kellen. Natürlich wird nichts aus dem zynisch inszenierten Versuch. Andererseits bemüht sich Klaus, Artikel, die Konrad geschrieben hat, bei Zeitschriften unterzubringen, wenn auch ohne Erfolg.

Lange Zeit taucht nun Konrad nicht mehr in den Notizen von Klaus Mann auf. Im Jahr 1943 schreibt Katia Mann an Klaus, als es um die Einberufung ihrer Söhne Golo (sie nennt ihn «Gölchen») und Michael («Bibi») geht. Golo sei um drei Monate zurückgestellt worden, Michael sei am ehesten gefährdet, obgleich er schon Familienvater ist. Am schnellsten könnte es jedoch Konrad ereilen, schreibt sie (als gehöre er zur Familie), und über diese Aussicht ärgere sich Konrad schwarz. «Uns würde er übrigens recht fehlen, aber ich sehe ein, dass dies kein Gesichtspunkt ist.»

Während er im Sommer 1943 die Militärausbildung – noch in den USA – absolviert, skizziert Klaus einen «Army-Roman», in dessen Mittelpunkt ein nach Konrad Kellen gestalteter junger Mann steht. Dieser Entwurf gestattet einen Einblick in das Lebensumfeld und die Gedankenwelt von Klaus Mann.

«Held: Junge à la Konni. (Familientragödie; finanzieller Skandal ruiniert seinen Vater; Vaters zweite Frau. Betrogen von seinem besten Freund. Mutter, Schwestern in Kalifornien mit ihren letzten Renoirs. K. als Kunsthändler. Kleine Galerie in Hollywood. Eine Schwester, religiös. Ihr Einfluss.)

Seine Frau à la Miro. Ihr Tod. (Fahrrad.) Krise … T. (als Typ) Ire! ‹Das Salz der Erde.› (In Ritchie.) Seine wütenden Ausbrüche. ‹Ich will meinen Zaster behalten.› (Gespielte Brutalität.) – Trotzdem attraktiv, da seinem Charakter jede Affektiertheit und Vulgarität fehlen …… Habe. Zuvorkommend und scharfsinnig. K. mag ihn recht gern.

… Zelt-Genossen (Grundausbildung.) Markovitch. Schneidet Silhouetten aus, mit den Handbewegungen eines geübten Zauberkünstlers … ‹Das ist kein Kinderspiel …› ‹Schaun wir uns jetzt die Lage an!› ‹Alles unter Kontrolle.› ‹Mein Beruf im Zivilleben? Ich war Bildhauer …› (zwanglos, zerstreut.) Der tschechische Bauernjunge. Redet nicht gerne … (‹K. – zu nichts nutze. Fabrik!›)

Der Heuchler aus New Orleans. Katholik … Kirchgänger. Seine Boshaftigkeit; aber er versucht, gut zu sein … – Verschiebt (oder verhindert?) K.s Übertritt … Sein verzerrtes Grinsen … Seine gezwungene Fröhlichkeit ‹in public›; sein verdrossenes Schweigen oder beständiges Klagen ‹at home›. Zunächst persönliche Rache K.s einziges Motiv. (Den Mann bestrafen, der seinen Vater betrog …) Läuterung durch Sühne … (Letzte Szene, mit dem Kriminellen in Berlin …)

Marceline (= Miro), als K.s Unglücksengel. – Rettet sie, als sie im republikanischen Spanien (1938) in Schwierigkeiten geraten war, blieb dann für ein paar Wochen dort und schrieb für französische Zeitungen, wobei sich im Folgenden herausstellt, dass die Russen dahinterstanden. Daher seine Schwierigkeiten, eingebürgert zu werden. Sie heiraten am Tag nach K.s Einberufung (Grand Central Palace.) Zwei Wochen Urlaub. Hektische Zeit. M. flieht aus Krankenhaus, muss in regnerischer Nacht verfolgt werden: daher K.s Bronchitis und anschließendes Krankenhauserlebnis. (Victor: ‹Mr. 5 by 5›)

Mutter kommt per Flugzeug, als sie von Hochzeit erfährt. – Marceline – heuchlerisch; bei K.s erstem Ausgang in die Stadt –: ‹Nun ja, Mutter meint, ich sollte heimfahren – für ein paar Wochen …›

Szene mit Mutter. Sie betrachtet M.s Freunde von vornherein als Kriminelle –: ‹Ganz zu schweigen vom rassischen Unterschied …› Das ist die einzige Gelegenheit, bei der M. den Mund aufmacht – sehr ängstlich –: ‹Aber Mutter …›»

Klaus Mann charakterisiert Konrad in dieser Skizze als eher sanft wirkenden, auf jeden Fall attraktiv aussehenden und durchaus vornehmen Menschen, der zu plötzlichen Wutausbrüchen neigt, die man nicht ganz ernst nehmen kann und die beinahe gespielt wirken. Als Partnerin dichtet er ihm eine Frau vom selben Typus an wie die androgyne, sehr groß gewachsene Annemarie Schwarzenbach, Schweizer Autorin, eng mit Erika und Klaus befreundet und von ihnen Miro genannt.

Als wesentliche Quelle für den widersprüchlichen Charakter nennt Klaus das Schicksal des Vaters, den Konrad unbedingt rächen will. Dabei weiß er zu diesem Zeitpunkt noch gar nichts von dessen bitterem Ende durch die Hand der Nazischergen. Nicht alle Andeutungen und nicht alle Figuren lassen sich entschlüsseln, und es ist zu bedauern, dass Klaus Mann diesen Roman nicht geschrieben hat.

Zum Wiedersehen kommt es erst im besetzten Deutschland, am 6. Juni 1945 in Bad Nauheim. Dort treffen sich Hans Habe, Konrad Kellen und andere Emigranten in amerikanischer Uniform mit Klaus Mann zu einem Abendessen. Klaus Mann, der die Landung in Italien mitgemacht hat und von Süden her ins besiegte Deutschland «heimkehrte», ist rastlos im zerstörten, aber befreiten Europa unterwegs. Er sucht das alte Familienhaus in München auf, eine Halbruine; in Prag trifft er Heinrich Manns erste Frau Mimi und beider Tochter Leonie. Er fährt zu seinem Bruder Golo nach Luxemburg, zu Billy Wilder nach Bad Nauheim, begegnet André Gide in Paris und fliegt von dort mit einem Nachtflug nach Rom. Er ist schon in die Rastlosigkeit und die düstere Stimmung verfallen, die bis zu seinem Selbstmord anhalten wird. 1947 wird er in Berlin unerkannt im Publikum sitzen, als sein einstiger Schwager Gustaf Gründgens wieder auf die Bühne zurückkehren darf und vom Publikum frenetisch gefeiert wird.

Am Abend des 1. Dezember 1948 treffen sich Klaus Mann und Konrad Kellen im Haus von Thomas Mann in Pacific Palisades. In den nächsten Tagen machen sie ein paar Ausflüge, besuchen gemeinsame Bekannte. Im März 1949 wechselt Klaus noch Briefe mit Konrad, der nun wieder in New York wohnt. Am 22. März ruft er Konrad noch einmal an. Als er am 23. März nach Europa fliegt, weiß er vielleicht schon, dass er nie wieder zurückkehren wird. Am 27. März schreibt er aus Amsterdam an seinen Vater, dem er dringend davon abrät, bei seiner bevorstehenden Europa-Tournee ins zerstörte München zu fahren. Er beruft sich dabei auch auf Konrad. «Gumpert und Konnie, zwei sehr treue Freunde, waren ganz entsetzt bei der Idee, dass Du fahren könntest.» (Brief vom 27. März 1949)

Am 15. Mai schrieb Katia Mann an ihren Sohn aus London, wo sie und Thomas gerade angekommen waren. Vor dem Abflug habe sie in New York alte Freunde gesehen, darunter «Conny, etwas düster und ratlos». (Brief vom 15. Mai 1949) Klaus hält sich schon in Cannes auf, aber die einst so wohltuende, den Exilschmerz lindernde Côte d'Azur hilft ihm nicht mehr. In der Stadt der Spieler und der Filmstars wählt er den Freitod. Im wieder aufblühenden Europa, im neu beginnenden Deutschland sieht er keine Zukunft für sich.

Im Dienst von Thomas Mann

Zwischen 1933 und 1940 hat Konrad Kellen nur schwierige Zeiten erlebt, privat wie wirtschaftlich. Er hat keine Lebensgrundlage gefunden, keinen Ort, keinen festen Kreis um sich. Dass er im vertrauten Umgang mit Prominenten lebte, war nichts Neues für ihn, das kannte er aus seiner Jugend. Im Exil erlebte er außerdem oft genug, dass Prominenz auch nicht schützt, wenn es hart auf hart kommt.

Im Jahr 1940 wendet sich sein Schicksal; er findet den Weg an die Westküste. Er findet eine Frau, wenn es auch eine Art geraubte Braut ist, eine Adresse an der Avenue oberhalb der Palisades, ein Haus mit Garten und Blick auf die Sonnenuntergänge über dem Pazifik, eine der traumhaftesten Wohnlagen überhaupt, aber damals noch erschwinglich. Zwei große Abenteuer erwarten ihn, gewissermaßen die Akte zwei und drei in seinem Emigrantendasein: die wunderbare Zeit bei Thomas Mann und die gefährliche Zeit als amerikanischer Soldat in Europa.

Seit 1938 ist der bis dahin sporadische Kontakt zu Thomas Mann immer intensiver geworden, bald auch ohne die Vermittlung von Klaus oder Erika. Als Thomas Mann nach Los Angeles zieht, ist es selbstverständlich, dass er auf die Hilfe von Konrad zählen kann. Dessen Frau Virginia, aber auch dessen Mutter Estella sowie Konrads beide Schwestern gehören zum weiteren Umfeld der Manns in der Stadt am Pazifik, die aus dieser Sicht so etwas wird wie ein Sanary in größeren Dimensionen. Denn viele Bekannte aus jener Zeit finden auch den Weg hierher, von Heinrich Mann über die Feuchtwangers bis zu Werfels oder Franks sowie ein Kreis englischer Schriftsteller um Aldous Huxley.

Zwischen April 1941 und 1943 finden sich im Tagebuch von Thomas Mann regelmäßig Einträge zu Konrad Kellen, fast dreimal die Woche. Diese Einträge widersprechen den persönlichen Erinnerungen von Konrad Kellen nicht, fügen aber einige bedeutsame Aspekte hinzu. Man sieht, wie sehr der große Autor sich auf seinen jungen Sekretär verlässt und wie sehr ihn auch seine Frau Katia als Hilfe schätzt. Für Konrad Kellen ist die Arbeit bei Thomas Mann nicht nur eine Tätigkeit, die bescheidene, aber regelmäßige Einkünfte ermöglicht, ohne andere Jobs überflüssig zu machen, sondern auch eine menschliche und intellektuelle Bereicherung, gewissermaßen sein nachgeholtes Studium.

Gleichzeitig wird Thomas Mann durch seinen Mitarbeiter das Einleben in Los Angeles erleichtert. Er hilft ihm, ein realistisches Verhältnis zu Amerika zu gewinnen, im Alltag zurechtzukommen, seine umfangreiche Korrespondenz auf Deutsch wie auf Englisch zu führen. In diese Zeit fällt der Abschluss der Joseph-Tetralogie, dessen vierten Band Konrad Kellen eigenhändig und vollständig abgetippt hat. Es ist auch die Zeit, in der Thomas Mann zum engagierten Autor wird, denn seine Stellungnahmen zu den laufenden Kriegsereignissen sind in den Druckmedien wie bei den Rundfunksendern gefragt und werden durch Funk und Schallplatte auch ins Deutsche Reich getragen. Ein «Unpolitischer» ist der Verfasser von *Königliche Hoheit*, *Tod in Venedig* und *Zauberberg* schon lange nicht mehr. In Amerika muss er sich keine Zurückhaltung auferlegen wie zuvor im Schweizer Exil. Seine aktuellen Stellungnahmen sind sehr gefragt. An den politischen Diskussionen dieser Zeit hat der Sekretär seinen Anteil. So eröffnet der Blick auf Konrad Kellen auch einige Einsichten über die Pazifik-Jahre des Weltautors aus der Städtereihe Lübeck–München–Zürich.

Am Karfreitag, dem 11. April 1941, kommen Konrad und Virginia Kellen zum Tee ins Haus von Thomas Mann am Amalfi Drive. Am Donnerstag, dem 17. April, einem sehr windigen Tag, notiert Thomas Mann: «Zum Thee Conny K. Brief-Besprechungen und Diktate mit ihm als möglichem Sekretär.» Da diese Probe gut ausgeht, kann am Montag, dem 21. April 1941, nach dem Tee mit der Arbeit begonnen werden. Es werden einige Briefe diktiert.

Am nächsten Tag heißt es noch mit leichtem Vorbehalt: «Conny K. nebst etwas armseligen Briefen, brachte Mythologie-Bücher englisch, französisch und deutsch.» Nämlich Studien über die Gestalt des Hermes. Konrad bemühte sich also auch um Erwerb oder Ausleihe von Büchern für seinen Dienstherrn, um diverse Aufträge in der Stadt, wie Telegramme oder Pakete aufgeben. Zwischendurch hat Thomas Mann immer wieder seiner Frau Katia Briefe diktiert, manchmal auch seiner Tochter Erika.

Ab Mai 1941 beschäftigen Thomas Mann Pläne zum Bau eines eigenen Hauses in Pacific Palisades. Die Planung übernimmt der 1924 aus Deutschland eingewanderte Architekt J. R. Davidson (1889–1977); die Inneneinrichtung stammt von Paul Huldschinsky, einem Bekannten aus Münchner Tagen. Auch in diese Vorgespräche ist Konrad einbezogen; sein Rat und seine Hilfe sind in den verschiedenen Bauphasen gefragt, ob bei Diskussionen über Haus und Garten oder bei der Besichtigung des Bauplatzes am San Remo Drive. Allerdings muss sich Thomas Mann an seinen Helfer erst gewöhnen. So lesen wir am 5. Mai 1941: «Mit dem jungen K., dessen Pomadegeruch mir sehr unangenehm, Telegramm für Dorothy Thompson.»

Auch als Sekretär bleibt Konrad ein Freund des Hauses; wenn Erika zu Besuch ist, werden er und seine Frau Virginia zum Tee eingeladen. (9. Mai 1943) Manchmal kommt auch die gesamte Familie Katzenellenbogen zum Lunch im Garten. Ins Englische zu übersetzende Briefe erledigt vorerst noch Erika. Aber immer häufiger übernimmt Konrad diese Aufgabe, die er, wie auch das Abtippen von Texten, bei sich zu Hause ausführt. Da er für die englischen Briefe nur allgemeine Angaben erhält, muss er sich daran gewöhnen, den Stil von Thomas Mann in der anderen Sprache nachzuahmen.

An manchen Tagen arbeiten Katia, Erika und Konrad gleichzeitig für den Nobelpreisträger. Er unterhält Beziehungen in alle Welt und muss auch mit Leuten diplomatisch umgehen, die er nicht mag. Nur die Schreibstunden am Vormittag sind heilig, und das heißt einsam. Die Anwesenheit eines «mitschreibenden Mediums» in dieser Zeit ist ihm nicht vorstellbar, wie er einmal mit Seitenblick auf Feuchtwanger sagte, der seine Romane einer Sekretärin diktierte. Aber Manns Textproduktion hat noch eine zweite, weniger abgeschirmte Seite, und die ist ebenso wichtig wie die Einsamkeit am Schreibtisch. Sobald die ersten Kapitel eines neuen Textes fertiggestellt sind, liest er «den Seinen» (Familienangehörigen oder auserwählten Freunden und Gästen) aus dem entstehenden Werk vor. So kann er sich von der Wirkung überzeugen, das nötige Echo erfahren, den Fortgang sichern.

Im Tagebuch finden sich einige wenige leicht abschätzige Bemerkungen über Konrad. Zu einem Gespräch mit Konrad und dessen Frau Virginia heißt es «Recht langweilig». (26. Mai 1941) Allerdings hießen die Gäste zum Abendessen auch Lion und Marta Feuchtwanger, Eva Herrmann, Heinrich und Nelly Mann; dabei wurde von der Internierung der Emigranten in Frankreich 1939 und 1940, vom Selbstmord Hasenclevers in Les Milles sowie von der Flucht aus dem besetzten Land gesprochen. Daneben müssen die jungen Katzenellenbogens fade gewirkt haben.

Am 17. Juni 1941 verabschiedet sich Erika Mann nach England. Thomas Mann ist besorgt, ja tief bewegt und traurig über den Aufbruch seiner ältesten Tochter in den Krieg. Mehrere Tage hält die gedrückte Stimmung an, was so gar nicht zum Bild des angeblich gefühlskalten Vaters passen will, als der er manchmal gezeichnet wird.

Als am 21. Juni 1941 der deutsche Angriff auf die Sowjetunion bekannt wird, schreibt Thomas Mann über das gute und das böse Deutschland. Vor allem ist er erleichtert über das «Ende des kommunistischen Pazifismus», also die Politik Moskaus seit dem Molotow-Ribbentrop-Pakt Ende August 1939, dem Vorspiel zum Kriegsausbruch. Heinrich Mann, der seitdem an der Sowjetunion gezweifelt hatte, kommt zu Besuch und ist glücklich über die neue Lage. Es sei ein Festtag für den Bruder, notiert Thomas, denn nun gäbe es wieder klare Fronten. Aus Zürich trifft die Nachricht ein, dass Katias Vater tot ist; zugleich muss sich Thomas Mann entscheiden, ob er das geplante neue Haus wirklich bauen lassen will. In dieser politisch und privat bewegten Zeit ist Konrad Kellen ein verlässlicher und Anteil nehmender Mitarbeiter.

Dass sich Thomas Mann in besonderer Anspannung befindet, zeigt die Tagebuchnotiz vom 3. Juli 1941: «Äußerst müde. […] Hörte 11 Uhr auf, mich zu mühen, was etwas ganz Neues, und setzte mich zum Lesen in den Garten.» Die strikte Disziplin wird gelockert, was in der Tat selten vorkommt, weshalb in den Tagen danach ein Arzt konsultiert wird. Es wird eine Unterfunktion der Schilddrüse festgestellt. Zugleich empfindet Thomas Mann starkes Heimweh nach der Schweiz, nach Zürich. Er möchte dort sterben und begraben sein, nicht hier in den USA, aber beschließt dennoch, ein Haus in Pacific Palisades bauen zu lassen. Dass es nicht für alle Zeiten sein solle, mag er schon hier gedacht haben. (4. Juli 1941) Und doch: Nach einem Gespräch mit dem Gärtner Loewenstein, der für 1100 Dollar einen Garten anlegen wird, urteilt Thomas Mann: «Das schönste Anwesen, das wir je hatten, wird es gewiss.» (18. September 1941)

Arbeits- und Teestunden mit Konrad Kellen ziehen sich durch diese Tage. Am Voranschreiten des Josephromans hat der junge Mitarbeiter seinen Anteil. Er tippt schon einzelne fertige Teile ab. Thomas Mann braucht die übersichtlichen Manuskriptseiten, um leichter anknüpfen zu können. Der Teppich des Erzählens wird Faden um Faden geknüpft. «Der Abschreiber begeistert», notiert der Autor vergnügt am 22. September. Bis Mitte Juli sind es schon über dreißig Seiten, für Thomas Mann ein beachtliches Tempo. Inwieweit die Anwesenheit des jungen Mitarbeiters ihn dabei beflügelt hat, kann man nur mutmaßen.

Am 7. Juli 1941 wird der Bauplatz des neuen Hauses am San Remo Drive besichtigt, der Architekt ist da, aber auch Konrad Kellen. Es ist nicht nur ein privates Ereignis, denn auch Journalisten eines Lokalblättchens aus Santa Monica sind anwesend. In den kommenden Tagen lässt er sich immer wieder gern dorthin fahren, meist von Konrad. Vor allem möchte er sehen, wo genau sein künftiges Arbeitszimmer sein wird. In dieser Zeit schreibt Thomas Mann immer wieder an seine Gönnerin Agnes Meyer, ohne deren Hilfe er sich das neue Haus nie hätte leisten können; ihr schreibt er stets eigenhändig. Er muss aber auch seine Unabhängigkeit bewahren, weiß die zudringliche Unterstützerin auf Distanz zu halten.

Am 12. Juli gehört Thomas Mann zu den zahlreichen Gästen auf der Housewarming-Party bei Horkheimers. Die Gespräche dort müssen ihm missfallen haben, denn er notiert: «Diese Juden haben einen Sinn für die Größe Hitlers, den ich nicht ertrage.» Die Meldung über die europäischen Kriegsschauplätze verfolgt Thomas Mann regelmäßig.

Von der kontinuierlichen Arbeit zeugen Tagebuch-Einträge wie «Arbeit mit Conny K.», «Diktate an Conny K.». Diktate, Besprechungen, Anweisungen heißen die Arbeitskategorien des Firmenchefs. Den Vornamen schreibt er meist Conny, seltener mit «K». Mit ihm berät er sich auch über englische Buchprojekte, so für seine Vorrede zu der Ausgabe der übersetzten Niemöller-Predigten im August 1941.

Gelegentlich kommt es zu persönlichen Gesprächen über das Leben des Sekretärs. «Mit Conny K. über den tragischen Fall seines Vaters, der in einem Berliner Gefängniskrankenhaus.» (3. September 1941) Diese Notiz legt nahe, dass Konrad von der Verhaftung seines Vaters auf dem Balkan und seiner Verschleppung nach Berlin gewusst hat. Über welche Informationskanäle dies geschah, ist nicht bekannt.

Als Thomas Mann am 8. Oktober 1941 erstmals aus dem entstehenden Roman vorliest, ist neben Katia und seinen Kindern auch Konrad anwesend. Zwei Tage später muss er sich auf eine Vortragsreise vorbereiten und geht dazu den englischen Text mit Konrad durch, übt auch mit ihm den Vortrag, wie er es bisher mit Erika gehalten hatte. (Sie meldet sich wenige Tage später aus New York zurück, hält sich dann wieder für einige Zeit in Pacific Palisades auf, bevor sie zu einer eigenen Vortragsreise aufbricht.) Mit Konrads englischer Version ist Thomas Mann sehr zufrieden, muss den Text aber noch kürzen.

Während Thomas Mann durch den Osten der USA tourt, überwacht Konrad daheim Haus und Korrespondenz des Meisters, mit dem er in Kontakt bleibt. Er ist also längst zu einer Vertrauensperson geworden, zuverlässiger als das häufig wechselnde Hauspersonal, mit dem die Manns notorisches Pech haben.

Ende November geht die übliche Arbeit weiter. Konrad hilft eine Rede von Thomas Mann zum 14. Dezember vorbereiten und einüben, welche dieser im Rathaus von Los Angeles hält, auf einem Meeting des Committee for Freedom aus Anlass der Bill-of-Rights-Feier. Der für diese Veranstaltung angekündigte Gouverneur erscheint aber nicht. Politisch dürfte es dem Demokraten Culbert Olson aber gefallen haben, dass der Nobelpreisträger Sympathien für den Präsidenten Roosevelt bekundete.

Auch bei anderen Dingen folgt er Konrads Rat. So begibt er sich zu einem «Kunst-Photographen», den dieser empfohlen hat, und ist auch zufrieden mit seinem Porträt: «Leidlich quallose und z.T. vermutlich gelungene Aufnahmen.» (30. Dezember 1941)

Schon Anfang 1942 wird das noch nicht abgeschlossene Romanmanuskript für die englische Übersetzung fertig gemacht, worum sich Konrad kümmert, der es auch an «die Lowe» (die Übersetzerin Helen Lowe-Porter) schickt. Deren Arbeit findet Thomas Mann immer wieder «unbefriedigend», hält aber an ihr fest, wenngleich er auch einzelne Ratschläge von Konrad Kellen zum englischen Text übernimmt (13. Juli 1942). Mit seinem deutschen Verleger Gottfried Bermann Fischer wird über den Druck verhandelt, wobei zunächst noch nicht an den europäischen Markt gedacht wird. Seit ein paar Wochen schon ist Thomas Mann übrigens direkt und indirekt mit dem Faust-Stoff befasst.

Die ersten Wochen des neuen Jahres bringen weitere Entscheidungen mit sich. So begibt sich Thomas Mann in das Haus von Estella Katzenellenbogen in Santa Monica, trinkt dort Tee und schaut sich alte Stiche an, die für das künftige Treppenhaus und das Speisezimmer gedacht sind. Konrads Mutter wird also zur Kunsthändlerin des Schriftstellers. Ansonsten geht es weiter im alten Rhythmus, drei- oder viermal in der Woche erscheint Konrad zum Diktat. Briefe werden geschrieben, Artikel (über eine Universität im Exil) oder Vorträge (für eine Reise nach San Francisco).

Am 2. Februar 1942 lesen wir im Tagebuch: «Nachmittags dem Sekretär 3 Bilder zum Einrahmen gegeben: der kleine Frido, der junge Bauer von van Gogh und die sehr eindrucksvolle kanadische Photographie Churchills aus *Life*. – Brief-Diktate.» Auch dafür ist Konrad gut; das van-Gogh-Gemälde dürfte auch seine Mutter vermittelt haben.

Der Februar 1942 ist voller aufregender Tage, und auch die Nächte sind unruhig. Das Haus ist fertig, der Umzug beginnt, der Josephs-Roman steht vor der Vollendung. Als Schreibmöbel dient vorerst der Klapptisch in seinem Schlafzimmer. Der letzte Tag im Haus am Amalfi Drive wird mit einer großen Party begangen: Hier hat sich der geborene Lübecker und Wahl-Schweizer zum Amerikaner entwickelt – soweit es ihm möglich war.

Vom 5. Februar 1942 an lautet die Adresse 1550 San Remo Drive. Die Umzugsstrecke ist kurz, auch wenn Pacific Palisades ein sehr ausgedehnter Ort zu beiden Seiten des Sunset Boulevard ist; die Manns wohnen auf der nördlichen Seite. Wenn der Boulevard ein Fluss wäre, der in den Ozean mündet (er endet ja direkt an der Küstenstraße, dem Pacific Coast Highway), würde man vom rechten Ufer sprechen. Hier liegen die gediegenen, stillen, meist gewundenen Straßen mit den Städtenamen von der italienischen und der französischen Mittelmeerküste. Auf der linken (südlichen) Seite liegt der feine Riviera-Club für die besonders Wohlhabenden unter den Anwohnern.

An den normalen Schreibrhythmus ist am Umzugstag nicht zu denken. Um 11 Uhr vormittags erfolgt die Überfahrt mit Handgepäck. Den Lunch nimmt man in einem Coffee Shop in Brentwood ein. Zum Tee erscheinen Bruno und Liesl Frank, sie bringen Brot und Salz sowie geräucherte Gänsebrust mit. Seine Unruhe lässt der Nobelpreisträger in scharfer Kritik am Kollegen Werfel aus, dessen *Lied von Bernadette* ihn erzürnt, weil der Roman antireligiös sei. Auch über politische Maßnahmen der Regierung gegen die Emigranten erregt sich Mann («enemy-alien-Pfuscherei» nennt er sie), während er seine wunderschöne neue Residenz bezieht.

Die erste Nacht hat er angenehm verbracht; mit dem Pudel spaziert er mittags den San Remo Drive hinauf. Am Nachmittag erscheint zuverlässig wie stets Konrad zum Briefdiktat. Er bleibt auch zum Tee, und am Abend besuchen die Manns die jungen Katzenellenbogens an der Ocean Avenue. Bei dieser Gelegenheit schaut sich Thomas Mann noch einmal die von Konrads Mutter ausgesuchten Bilder an.

Thomas Mann denkt in diesen Tagen viel über sein Verhältnis zu Deutschland nach, gewiss auch unter dem Einfluss des Umzugs. Für einen Menschen des Bewahrens und Beharrens hat er in seinem Leben recht oft das Domizil gewechselt, und auch später wird es noch zwei weitere Adressen geben. Einen festen Punkt bildet in all den Wirren und erzwungenen Ortswechseln allein sein Schreibtisch, der mit ihm von München über Küsnacht und Princeton nach Pacific Palisades umgezogen ist, auf dem die immergleichen Bilder und Kunstobjekte stehen, in einer immergleichen Anordnung. Auf diesem festen Grund entstehen in nie schwankender Qualität, in gleichmäßigem, ruhigem, beharrlichem Tempo seine Erzählwerke. Auch die kontinuierliche Arbeit mit dem jungen Sekretär mag zu seiner Stabilität beigetragen haben, verkörpert dieser doch eine Verbindung sowohl zur verlorenen wie zur neuen Heimat.

Thomas Mann wundert sich selbst, dass er trotz seiner Trennung von Deutschland einige bedeutende Werke hervorgebracht hat. Doch bedenkt er auch «das Falsche, Schädliche und Kompromittierende des Tagebuch-Schreibens, das ich unter dem Choc des Exils wieder begann und fortführe, um diese Geschichte zusammen mit meinem Alltag zu notieren». (8. Februar 1942)

Der Tagesplan von Thomas Mann, geht man vom Tagebuch aus, besteht aus verschiedenen Etappen. Man könnte von separaten Schichten seines Lebens sprechen. Der Vormittag gehört der literarischen Arbeit, isoliert vom Rest der Welt; der Nachmittag ist für Briefe, Reden, Diktate gedacht; für Besucher und die Welt da draußen, für Reden oder gesellschaftliche Anlässe, aber auch für die eigenen Angehörigen ist der Nachmittag oder der Abend vorgesehen, gelegentlich die Mittagsmahlzeit. Nichts erfährt man, oder nur ganz beiläufig, über sein Zusammenleben mit Katia, sie ist aus den täglichen Nachrichten beinahe ausgeblendet.

Als vierte Ebene, als Meta-Leben gleichsam, kann man das Tagebuch ansehen, für das in einem Schreibblock vorab Notizen angelegt werden (siehe den Eintrag am 9. Februar 1942). Es ist eine Art Roman der Tätigkeiten, Gedanken, Gefühle und tatsächlichen Urteile und Einschätzungen, die er in den höflichen Briefen verbirgt oder nur sehr versteckt zu erkennen gibt. Der Sekretär hat seinen Platz vor allem am Nachmittag, zwischen dem Tee und dem Abendessen, hat aber auch Züge eines *go-between*, eines Vermittlers zwischen den Sphären, in denen der große Autor lebt und webt.

Die Einrichtung des neuen Domizils schreitet voran, auch wenn Mann die Unfertigkeit des Hauses noch stört. Dass sich ein Handwerker auf seinem neuen Sofa ausruht, ärgert den Meister. Die Tischglocke und die Klassikerausgaben werden aufgestellt, zunächst die große Goethe-Ausgabe. Eine moderne Beleuchtung wird angebracht. Am 14. Februar ist der Schreibtisch poliert und wie üblich bestückt, sodass er feierlich festhalten kann: «Schreibe zum ersten Mal im Arbeitszimmer, an meinem Münchener Schreibtisch.» Alles ist wieder so fürstlich, wie er es für seine Arbeitsstimmung braucht, auch wenn die Schubladen des Schreibtischs noch überarbeitet werden müssen.

Die Lage an den Fronten in Europa macht seinen Nerven zu schaffen, er äußert sich hierzu pessimistisch. Als er zu Feuchtwangers Villa an den Paseo Miramar gefahren wird, kann er beide Residenzen vergleichen. Neiden darf er Feuchtwangers ihre Villa im spanischen Stil mit der herrlichen Terrasse, dem Meerblick und dem phantastischen Garten am Hang nicht: Man hatte dieses Haus auch ihm angeboten, doch er hatte nur das nach vier Jahren Leerstand heruntergekommene Gebäude gesehen und nicht, was man daraus machen konnte. Das sah nur Marta Feuchtwanger, die auch bereit war, die nötigen Arbeiten weitgehend selbst zu erledigen.

Familiäre Probleme bedrängen Thomas Mann in diesem Februar. Seine Tochter Monika, vom Schicksal schwer geschlagen, verträgt sich nicht mehr mit ihren Eltern. Erst Mitte November 1942 ist das «Problem Monika» gelöst: Sie zieht nach New York, die Distanz wird beiden Seiten guttun.

Konrad bringt die gerahmten Wunschbilder ins neue Haus, darunter die Fotografie von Frido Mann. Der Schreibtisch wird noch einmal poliert, auch muss der Schreibtischstuhl neu bezogen werden. Die Politik lässt Thomas Mann nicht los: Es kommen FBI-Leute aus Washington und bitten ihn, sich als Zeuge in Sachen «enemy alien» zur Verfügung zu stellen. (1. März 1942) Dann begibt sich Konrad für eine Woche auf Reisen. Später im März geht die Arbeitsroutine weiter, wobei gelegentlich auch Golo Mann für Brief-Diktate eingesetzt wird, wenn er gerade seine Eltern besucht.

Am 4. April 1942 erreicht den soeben umgezogenen Autor die Nachricht, dass englische Bombenflugzeuge das Buddenbrook-Haus in Lübeck zerstört haben (das von den Nazis «Wullenweber-Haus» genannt wurde). Am selben Tag gibt er eine Privatlesung für Agnes Meyer, die er seiner Mäzenin schuldig ist. Es findet auch ein Lunch zu zweit statt. Ihre Avancen wehrt er jedoch ab und nennt dies die «Kunst des Ignorierens». Und doch denkt er gerade in diesen Tagen an seinen Freund Klaus Heuser. Damals sei er ein glücklicher Liebhaber gewesen! Wenn er sterbe, werde er sich sagen können, er habe «gelebt und geliebet», und «auch ich hatte es». Die Verse, die er hier aus Schillers Gedicht *Des Mädchens Klage* zitiert, lauten: «Ich habe genossen das irdische Glück, / Ich habe gelebt und geliebet!» Den ersten Teil zitiert er nicht, aber er meint ihn ja wohl mit, das hieße, auch er, Thomas Mann, hat das Liebesglück erlebt, mit jenem Klaus …

Agnes Meyer hat somit kein Glück bei Thomas Mann. Gleichwohl beruhigt die Gönnerin ihn, dass sie einspringen würde, sollten ihm die Kosten für das neue Haus über den Kopf wachsen. Allerdings will sie einen Artikel über Thomas Mann schreiben. Er aber glaubt, sie verstehe nichts von seiner «völligen Verhältnislosigkeit zu Menschen», was die Angehörigen einschließt. Seit *Tonio Kröger* bleibe sein Schreiben von Emotionen unbeeinflusst.

Was er seine «Verhältnislosigkeit zu Menschen» nennt, die Nichtbeziehung und Emotionslosigkeit (bei Flaubert heißt diese Haltung «impassibilité»), wurde ihm oft vorgeworfen. Diese erworbene Attitüde – vielleicht ist es auch eine Charakterdisposition – scheint jedoch die Voraussetzung und der innere Preis seines Schreibens zu sein. Seine Lebenskunst liegt – frei nach La Rochefoucauld – nicht einfach darin, Gemütsregungen in seinem Herzen zu verschließen, sondern sie für sein Werk aufzusparen und dort fruchtbar zu machen; ohne sein Werk hätte man ihn gefühlskalt nennen können. Thomas Mann aber blieb damit sich und seiner selbstgestellten Aufgabe treu. Das schloss den Aufbau einer pragmatisch-freundlichen Beziehung zu anderen nicht aus, wie sein Umgang mit Konrad Kellen beweist, dem gegenüber er sogar eine Art Anhänglichkeit entwickelt. Konrad ist beinahe ein Adoptivsohn – ohne die entsprechenden Sorgen –, den er dann auch wie seine Kinder Erika, Klaus und Golo in den Krieg ziehen lassen muss. Thomas Mann ist mit dem Verlauf der Schlachten in Nordafrika und in der Sowjetunion befasst und liefert zugleich eine private Abwehrschlacht gegen die zudringliche Agnes Meyer. Im Übrigen findet man im ganzen Tagebuch ein hartnäckiges Falschschreiben von Namen, wohinter eine ebenfalls heimliche Ablehnung stecken mag.

Konrad Kellen macht derweil die üblichen Arbeiten: Briefe und Manuskriptteile abtippen, englische Reden vorbereiten, Erika oder Golo zum Flughafen bringen oder von dort abholen. Nebenbei schreibt er einen Aufsatz über die Novelle *Mario und der Zauberer*, verbunden mit Gedanken über die Demokratie und den Krieg. Thomas Mann liest ihn, kommentiert ihn aber nicht. (Dieser Text ist wohl verloren gegangen.) Nach einem Gespräch beim Lunch nennt Thomas Mann seinen Sekretär «artig und langweilig» (28. Juni 1942). Aber vielleicht hemmt diesen auch ein Übermaß an Respekt?

Ab Juli 1942 erreichen Thomas Mann erschütternde Nachrichten über die deutschen Massaker in Polen, vor allem an Juden. Am 30. Juli 1942, sechs Tage nach Katias Geburtstag, erfahren die Manns vom Ableben ihrer Mutter in Zürich, mit 88 Jahren («nach längst vorangegangenem geistigem Tod»). Im Übrigen bereitet Katia die «Dienstbotencalamität» weiterhin Sorgen. Ein neues Mädchen hält es nur ein paar Tage aus; im August tritt ein «Neger-Couple aus Texas» den Dienst an, bleibt aber auch nur wenige Monate. Man fragt sich, ob Katia mehr oder weniger bewusst immer die Falschen einstellt, denn die Auswahl des Personals liegt in ihrer Hand.

Konrad Kellen ist an der Redaktion der Radiobotschaften an die deutschen Hörer beteiligt, die auch in englischer Fassung entstehen *(Listen Germany)*. Im September 1942 hat Konrad einen Job bei der Film-Industrie, der ihn einige Tage vom Hause Mann fernhält. Gemeinsam mit Erika Mann arbeitete er damals für Ernst Lubitsch an einem Kriegspropaganda-Film mit dem Titel *Know your Enemy.*

Nach dem Diktat an Konrad am 11. September 1942 notiert Thomas Mann, was vielleicht auch Gesprächsthema zwischen den beiden gewesen sein mag: «Das Grauen von amerikanischen Offizieren vor deutschen Gefangenen. […] ‹There is nothing human left.› Gefährlich auch ohne Waffen, entschiedener Eindruck, dass man sie töten muss.» Dass er bald selbst mit solchen Begegnungen konfrontiert sein würde, ahnt Konrad zu dem Zeitpunkt wohl noch nicht.

Seine Mutter und seine Frau Virginia gehören nach wie vor zu den gelegentlichen Gästen im Hause Mann. Am 13. September wohnt Konrad einer abendlichen Lesung des Meisters bei. Im Kreis von Katia, Erika, Golo, Monika sowie den Franks trägt dieser einen Aufsatz über seinen Joseph-Zyklus vor. «Schöner Eindruck», hält der Hausherr fest.

An manchen Tagen spaziert Thomas Mann mit seinem Hund zur alten Adresse am Amalfi Drive. Im Radio verfolgt er die Berichte über den Verlauf der Schlacht von Stalingrad. Sein Pessimismus über den Kriegsausgang lässt wieder nach. Mit echter Rührung liest er die auf

Englisch geschriebenen Erinnerungen seines Sohnes Klaus, *The Turning Point*. An vielen Tagen liest er überhaupt nur englische Texte. Der Postverkehr mit der Schweiz besteht trotz des Krieges in Europa weiter; immer wieder treffen Briefe und Zeitungen aus Zürich ein. Bei einem Abendessen im Hause Feuchtwanger geht es um die Korruption in den USA, über den Krieg und vor allem über Russland. Bei aller Sympathie für die Sowjetunion möchte Feuchtwanger auf keinen Fall unter russischer Herrschaft leben.

Im Herbst 1942 unternehmen Thomas und Katia Mann eine Lesereise. Zunächst geht es nach Chicago, später nach Washington und New York. Sie reisen wie immer im Zug und kehren über San Francisco nach Los Angeles zurück.

Einige Briefe von Katia Mann zeigen, wie sehr man sich auf den jungen Sekretär und seine ganze Familie verlässt und wie sehr er auch zu den «Ihren» gezählt wird. Aus dem Crescent Hotel in Washington schreibt Katia Mann am 17. November 1942:

«Lieber Konrad, Gottlob traf soeben der Koffer ein; wir waren schon ganz nervös und soeben im Begriff, dem Meister für die Veranstaltung heute Abend ein billiges Festkleid zu erstehen, aber nun hängt das gute Stück, vom Hoteldiener feinstens aufgebügelt, gebrauchsfertig im Schranke, und auch der Vortrag wurde von der herrschsüchtigen Meyer noch etwas aufgebügelt, sicher ganz überflüssigerweise. Denn unser Schwiegersöhnchen, ein höchst anspruchsvoller Linguist, fand die Übersetzung ausgezeichnet, und die Generalprobe bei Borgeses verlief durchaus befriedigend. […]

Heart of Gold's Verdienste bei unserer Abreise können nicht genug gepriesen werden. Was wären wir ohne das liebenswerte Kind gewesen?! – Moni rollt inzwischen auch gen Osten, und ich bin einigermaßen gespannt, wie dies ausgehen mag, ohne optimistische Vermutungen. – Über die *married men* lese ich täglich bedrückende, aber auch widerspruchsvolle Nachrichten, und denke immer, unser Konni wird am Ende doch reklamiert. Wie mag es denn im War Department gegangen sein? – Die Lage ist hoffungsvoll, und unser See-Sieg, der doch immerhin einer gewesen sein muss, weckt hier im Hause die triumphalsten Gefühle.»

Wenn «ihr Konrad» zur Armee müsste, wäre das in der Tat ein harter Schlag. Mit dem «Goldherzen» ist Konrads Frau Virginia gemeint. Aber auch seine Mutter ist dem Hause Mann von Nutzen, wie ein Brief aus dem Hotel Bedford in New York vom 29. November 1942 beweist:

«Lieber Konny, die Sendung mit Manuskript traf bestens ein, und ich soll Ihnen im Namen des Meisters bestens danken. Die Fürsorge Ihrer Frau Mama für unseren vernachlässigten Garten rührt mich immer sehr. Ihr Vorschlag, die armen der Aufstiegsmöglichkeiten beraubten Pflanzen betreffend, hat meinen vielen Beifall, und ich wäre ihr außerordentlich dankbar, wenn sie das Gestell so bald wie möglich in Auftrag gäbe. Dass man in die Mauern eines Hauses nicht einen einzigen Nagel einschlagen kann, ist ein skandalöser Zustand, der meine Erbitterung gegen die Herren Schlesinger und Davidson aufs Neue entfacht.

Hier geht es ganz gut und über die Maßen gehetzt. Eri traf ein, in Anbetracht der phantastischen Strapazen in gar nicht so schlechtem Zustand; schon in den nächsten Tagen bricht sie zu neuen Taten wieder auf. Klaus ist auch ungeheuer aktiv, schreibt ein Stück, viele kleine bestellte Aufsätze, und der Erfolg seines Buches hat ihm offenbar doch sehr genützt, was natürlich auf sein Befinden günstig wirkt. Mit seiner Einberufung bis zum Ende dieses Jahres rechnet er bestimmt. […]

Auch sonst tut sich dies und das, sodass das sorgenvolle Familienoberhaupt entschieden sich erleichtert fühlen mag (unberufen, natürlich!). Eben erhielt ich auch ein Telegramm von Bibi, dass er den Job im Orchester erhalten hat, was mich wirklich sehr für die liebe kleine Familie freut. Nur Moni halt …

Aber was wollen die kleinen Familienerfolglein bedeuten im Vergleich zu denen in der großen Welt! Das Gericht bricht herein über das Tier von allen Seiten und das Ende ist nahe, das kann man wohl ohne Hybris sagen. Viel Scheußliches wird natürlich auch dann noch passieren, aber ein ungeheures Glück wird es ja doch sein.

Wir gedenken am 10. in San Francisco zu sein (Hotel Fairmont) und dann wohl so am 14. in Palisades. Es kann aber leider auch sein, dass man den Meister zwingt, am hässlichen Nobel-Dinner teilzunehmen, und dann würde sich alles um drei bis vier Tage verzögern. […]

Ich lese den Brief nicht durch, obwohl ich weiß, dass er von Fehlern wimmelt und mich arg vor Ihnen bloßstellt. Grüßen Sie vielmals Heart of Gold und Ihre Mutter und seien Sie von uns beiden herzlich gegrüßt.

Ihre K. M.»

Mit einem Brief aus dem Fairmont Hotel in San Francisco vom 10. Dezember 1942 wird die Heimkehr vorbereitet. Katia bittet darum, sie am 13. mit ihrem Buick am Bahnhof in Los Angeles abzuholen. «Es müsste ja keinesfalls vor 9.30 h sein, denn wenn wir pünktlich ankommen, frühstücken wir zunächst im Bahnhofsrestaurant, wo wir anzutreffen wären.» Er möge auf jeden Fall vorher anrufen, wann der Nachtschnellzug, Lark genannt, eintreffe. Er habe manchmal mehrere Stunden Verspätung, dann würden sie nicht frühstücken. Sie mögen schon die Heizung im Korridor anstellen und Eva Landshoff anrufen und sie fragen, wohin sie das Gebrauchssilber geräumt hat …

An dem erst 1939 eingeweihten Hauptbahnhof, einem schlichten, eleganten Art-déco-Bau, als Brückenkonstruktion über den Gleisen angelegt, zunächst Los Angeles Union Passenger Terminal, inzwischen aber schlicht Union Station genannt, holt Konrad Kellen die Manns in deren Auto ab. Anschließend fährt Konrad die Familie

Mann zu ihrem Haus nach Pacific Palisades, wo sie Virginia Katzenellenbogen erwartet, die alles vorbereitet hat. Was für ein schöner Augenblick jener Dezembervormittag gewesen sein muss: das Abholen am Bahnhof zwischen Chinatown und Rathaus, die Fahrt bei angenehmer Sonnenwärme, die Ankunft an der Villa in Pacific Palisades, die sie blitzblank vorfinden. Auch der Pudel, der inzwischen in Pension war, ist ganz aufgeregt vor Wiedersehensfreude.

Später fahren Thomas und Katia Mann zum Einkaufen zum Farmer's Market an der 3. Straße in Los Angeles. Konrad macht noch am nächsten Tag viele Erledigungen, und erst einen Tag später setzt das Diktierpensum wieder ein. Beim ersten Weihnachtsessen im neuen Haus, mittags am 25. Dezember, sind alle drei Katzenellenbogens zu Gast. Drei Tage zuvor, beim Friseur in Westwood, musste der Nobelpreisträger warten, bis er an der Reihe war.

Das Jahr 1943 beginnt mit der Einstellung eines neuen «Negermädchens» durch Katia, aber ob Gussy ihre Arbeit besser machen und länger aushalten wird, ist von vornherein zweifelhaft. (Immerhin kündigt sie erst im April.) Am 4. Januar schreibt Thomas Mann die letzten Zeilen des «Joseph». Dieses «Monument der Kunst, meines Lebens und der Beharrlichkeit» abzuschließen stimmt ihn «erregt und traurig». Auch Katia ist gerührt, ebenso wie Bruno Frank, der es am Telefon erfährt. Ganz ohne Emotionen ist Thomas Manns Schreiben doch nicht. Aber nach dem Tee gilt business as usual: Konrad nimmt Diktate auf. Abends kommen Elisabeth Mann-Borgese und ihr Gatte, um der Lesung der beiden Schlusskapitel beizuwohnen. Zur Feier des Anlasses wird Champagner gereicht. Zwei Tage später wiederholt Thomas Mann diese Lesung für Bruno und Liesl Frank. Die Betitelung der Kapitel erfolgt aber erst in den folgenden Tagen: «Siebenteilung des Bandes und Benennung der Hauptstücke». (8. Januar 1943)

Nun hat Thomas Mann Zeit für anderes. Zunächst ordnet er alle Tagebücher, die er seit Beginn der Emigration 1933 geführt hat (5. Januar 1943). Unterdessen darf Konrad den Rest des Roman-Manuskriptes abtippen. Am 22. Januar ist er damit fertig. Der Urheber hat seinen ganz eigenen Stolz: «Mit dem Joseph bin ich früher fertig geworden als die Welt mit dem Fascismus.» (8. Januar 1943) Aber in den folgenden Tagen träumt er vom eigenen Tod, als sei ein wesentlicher Abschnitt seines Lebens zu Ende gegangen.

Diese Stimmung muss überwunden werden: Schon am 11. Januar ist ein neuer Text in Arbeit, die Erzählung *Das Gesetz*, ein Nachklang zur Josephsgeschichte. Konrad übersetzt eine Radioansprache, die Thomas Mann am 23. Januar fehlerfrei im Studio von NBC in Hollywood aufnimmt. Mit Konrads Hilfe wird das Gesamtmanuskript des vierten Bandes für den Verleger Bermann und für Frau Lowe-Porters die englische Übersetzung fertiggestellt. Zugleich versucht er sich als politischer Analytiker: Am 13. März 1943 liest Thomas Mann einen Aufsatz von Konrad: *Peace a domestic problem*; auch dieser bleibt unveröffentlicht.

Nachdem bis Mitte März die Erzählung *Das Gesetz* getippt ist, räumt Thomas Mann, wie es seine Art ist, alle Materialien zum Joseph-Komplex beiseite. Nun gelten seine Gedanken ganz und gar dem alten Novellen-Plan über *Doktor Faustus*, der aus dem Jahr 1901 stammt (14. März 1943). Vorbereitet wurde dies in den Wochen zuvor durch erneute Lektüre von Goethes *Faust*, durch Bücher über Nietzsche und hier vor allem über Nietzsches Zusammenbruch, aber auch über Hugo Wolf und über *Dämonische Dichter*. Er sieht altes Material durch, darunter die eigenen Tagebücher, kommt wieder mit den Kämpfen und Schrecken der ersten Emigranten-Zeit in Berührung. Es ist der Augenblick, in dem die letzte Phase des Krieges beginnt: Die Wehrmacht ist in Stalingrad besiegt worden; Churchill und Roosevelt haben in Casablanca die Forderung nach Deutschlands bedingungsloser Kapitulation erhoben. Nun kann auch Thomas Mann seine eigene Abrechnung mit Deutschland vorbereiten – mit dem Maß an Selbstanalyse, das unvermeidlich dazu gehört.

Lange braucht er, ehe der Stoff Gestalt annimmt. Er spricht vorerst noch von einer Novelle, aber das war ja beim *Zauberberg* zu Beginn nicht anders. Er liest auch Stevensons *Jekyll and Hyde*; über die Stoffwahl bleibt er weiterhin unsicher; Katia bringt den Hochstapler-Stoff ins Spiel. Thomas Mann selbst glaubt, der *Faustus* sei sein letzter Stoff (21. März 1943). Solche Endgedanken mögen ihn auch gebremst haben, obschon er seine Wahl als «Beispiel heiterer Treue zu sich selbst» auffasst. Aber immer wieder brechen Zweifel auf: «Sehr matten Geistes und unsicher wegen meiner produktiven Zukunft.» (6. April 1943) Was ihm fehlt, sind konkrete Eindrücke, und die kann – für diesen Stoff – Amerika nicht liefern: «Amerika ist Menschenfremde, die wenig haftende Eindrücke liefert.» (11. April 1943) Konrad wiederum ist «zermürbt von Hass auf Amerika», auch wegen der skandalösen antisemitischen Propaganda, die im Land verbreitet wird. Mitte Mai erfährt man vom Verzweiflungskampf des Warschauer Ghettos. Auch das wird notiert.

Zugleich beschäftigt Thomas Mann die zukünftige Behandlung Deutschlands, von dessen Niederwerfung nun alle ausgehen. Ein Fragebogen zu dem Thema geht bei ihm ein, und er diskutiert mit Konrad darüber. Bemerkenswert auch Manns Eintrag vom 10. April 1943: «Warum bekämpft man Hitler? Die Abschlachtung der Juden hat allgemeinen Beifall, stößt mindestens auf Gleichgültigkeit.»

Der Krieg rückt nun näher an die eigenen Leute heran. Seit Anfang April ist Klaus in einem Ausbildungslager des Intelligence Service. Er bereitet sich auf den Einsatz in Europa vor. Ein Offizier vom Marine-Intelligence-Service kommt zum Tee und stellt Fragen, die Thomas Mann meist nicht beantworten kann.

Während der mühseligen Anfangsarbeiten zum *Doktor Faustus*, dem ersten Roman, der vollständig im neuen Arbeitszimmer mit der großen Glasfront entstehen wird, kommt der Sohn Michael mitsamt seinen Kindern zu Besuch. Hier beginnt vielleicht das kleine Privatdrama des Enkels, der zum Vorbild für die sterbende Kindergestalt im

Roman wird. Während die Manns zu einer Party nach Beverly Hills fahren, hüten Konrad und Virginia Michaels Kinder.

Als am 28. Mai 1943 Feuchtwangers und andere zum Abendessen kommen (Eva Herrmann und ihr französischer Liebhaber, die Franks und die Marcuses) ist die Stimmung ähnlich wie in den großen Tagen von Sanary. Feuchtwanger spricht beinahe vergnügt über das Ausmaß der Korruption im Krieg. Thomas Mann lässt sich nicht korrumpieren, er schreibt einen Brief an Agnes Meyer, eine Art Scheidebrief. Er hat ihn impulsiv abgeschickt, keine Kopie gemacht und muss ihn, da er ihn als wichtiges Lebensdokument betrachtet, aus dem Gedächtnis rekonstruieren. Dergleichen vertraut er dem Sekretär nicht an, obwohl er ihm auch an seinem 68. Geburtstag Briefe in alle Welt diktiert (7. Juni 1943).

Als der *Faustus* endlich Gestalt angenommen hat und der Einstieg gelungen ist, erscheint Arnold Schönberg mit seiner Gattin zum Abendessen (11. Juni 1943) – mit fatalen Folgen, denn einige Züge des Komponisten sind wohl in die Gestalt des Adrian Leverkühn eingegangen, wenngleich man die Eigenanteile des Autors an der Figur ebenso wenig übersehen sollte wie die Erinnerung an den 1940 verstorbenen René Schickele. Zudem liest er das Buch *Musik* von Ernst Krenek und findet es sehr anregend. Am 29. Juni trägt Thomas Mann erstmals aus dem Anfang des Romans vor. Ehrengäste sind dabei die Franks. Am 4. Juli vermerkt der Autor: «Wählte mir Bilder von Frido für die Nepomuk-Episode aus.»

Mitte Juni spricht Thomas Mann auf einer jüdischen Solidaritäts-Veranstaltung in San Francisco; auch diese Rede hat er mit Konrads Hilfe vorbereitet. Im Juli aber klopft das Schicksal an die Tür. Nun wird auch Konrad Kellen für die amerikanische Armee interessant und hat keine Chance, wie Felix Krull (und weiland Thomas Mann selbst) dem Kriegsdienst zu entkommen.

«Nachmittags mit Konni K., der zu seiner Wut und Verzweiflung von der Army genommen ist und den Dienst bei mir nur noch eine

Woche versehen kann.» Das notiert Thomas Mann am 9. Juli 1943. Ein paar Tage später sind Konrad und seine Mutter zum Tee im Haus der Manns, wobei Konrads Lage erörtert wird. (12. Juli 1943) Noch steht dieser im Dienst, Brief-Diktate, Revision der englischen Übersetzung von *Das Gesetz.* Doch am 16. Juli ist es so weit: «Nachmittags Konni zum – bis auf Weiteres – letzten Mal. [...] Verabschiedung von ihm.»

In den nächsten Tagen wird Konrad durch Katia ersetzt, die nun die Brief-Diktate aufnimmt. Am 21. Juli besucht Thomas Mann die «leidtragenden jungen Katzenellenbogens» in ihrem Haus. Schon am 4. August 1943 ist Konrad in einem Ausbildungslager in Texas. Am 19. August schreibt ihm Thomas Mann, es gelte keineswegs «aus den Augen, aus dem Sinn». Er gebe ihm ein «wohlvertrautes Gekritzel» zu lesen, ohne dass Konrad es abschreiben oder übersetzen müsse.

In mitfühlenden Zeilen versucht Thomas Mann, die Laune des einstigen Mitarbeiters und jetzigen «Private Kellen» zu heben (erst jetzt hat er diese Namensform angenommen, es gibt allerdings Kriegsfotos von ihm mit dem Namenszug «Katzenellenbogen» auf seinem Stahlhelm). Er sei ja nun an der Stätte seines «basic training» und habe eine Art feste Adresse, auch wenn der Begriff in diesem Zusammenhang seltsam klinge. Ganz wie Hans Castorp möge er sich nie daran gewöhnen. Vielleicht werde er ja bald in den Hafen einer weniger martialischen Tätigkeit einlaufen. «Und meine Haupthoffnung beruht immer darauf, dass Sie so was an sich haben, was die Leute, die ja im Durchschnitt nicht böse sind, unwillkürlich abhalten wird, Sie allzu gröblich anzufassen.» Eine sehr aufschlussreiche Charakterisierung. Konrad Kellen war immer schon eine Mischung aus Zorn und Sanftheit.

Mit seinem Nachfolger, Dr. Albrecht Joseph, gehe die Arbeit leidlich, auch der könne seine Handschrift entziffern. (Joseph war auch kurzzeitig Sekretär von Franz Werfel, arbeitete ansonsten als Cutter in der Filmindustrie.) Er komme zweimal die Woche und lasse sich in die Maschine diktieren, «was bei dem Geklapper nicht ganz angenehm». Mit Konrad war es leiser, denn der hatte ja sein eigenes Steno-System entwickelt und tippte nur zu Hause.

Zu seiner politischen Entwicklung äußert sich der Meister schalkhaft: «Vielfach äußere ich erschreckend ‹linkse› Dinge, hoffe es aber durch das Darüberstreuen von ziemlich viel konservativem und traditionalischem Puderzucker vor skandalöser Wirkung zu schützen.» Im Übrigen gehe der Krieg beängstigend gut, man werde Konrad und Golo gegen Hitler kaum noch benötigen … (19. August 1943)

Danach verschwindet Konrad erst einmal aus dem Blickkreis des Tagebuchs. Albrecht Joseph bleibt nicht lange der neue Sekretär. An seine Stelle tritt Hilde Reach, geborene Kahn, auch sie eine Emigrantin. Sie versieht diese Arbeit bis ins Jahr 1952. In die Schweiz folgt sie dem Zauberer nicht. Durch sie wissen wir etwas über die Vergütung der Arbeit bei Thomas Mann. Sie erhielt einen Stundenlohn von 1,50 $. Das dürfte auch in etwa das Honorar von Konrad Kellen gewesen sein. Zum Leben in Los Angeles brauchte man mindestens 150 Dollar im Monat, wovon 30 $ für die Miete einzuplanen waren.

Konrads Mutter wird weiterhin zum Tee eingeladen, so bleibt zumindest ein indirekter Kontakt bestehen. Anfang 1944 schreibt Thomas Mann an Konrads Vorgesetzten in Camp Ritchie, Virginia, wo er nun ausgebildet wird. Es ist ein Mitemigrant, der sich nun Hans Habe nennt, aber in Budapest als János Békessy geboren wurde. Wohl dem, der solche Fürsprecher hat.

Während der Zeit als Soldat in Europa werden einige Briefe gewechselt. Mitte August 1944 hießt es im Tagebuch: «‹Kellen› schickt aus Frankreich erbeutetes deutsches Buch, 43 gedruckt, illustriert, über Lübeck, worin die durch den englischen ‹Terrorangriff› angerichteten Zerstörungen markiert.» Es handelt sich dabei um: Hans Schröder, *Lübeck*, Aufnahmen von Wilhelm Castelli, 2. Auflage Berlin

1943; berichtet wird hierin über die Bombennacht vom 28. auf den 29. März 1942. Das Buch ist in der Zürcher Nachlass-Bibliothek von Thomas Mann erhalten.

Im Dienst der USA

Über seine Kriegserlebnisse hat Konrad Kellen leider nur einige Anekdoten berichtet. Es gab dramatische, aber auch kuriose Erlebnisse. Ein Bild von dieser Zeit kann man sich durch die Lektüre des Erinnerungsromans *Nachruf*, von Konrads «*buddy*» Stefan Heym, machen.

Nach Musterung und Grundausbildung sowie erfolgter Einbürgerung wird Heym in das sogenannte Camp Ritchie verlegt. Von daher stammt die Bezeichnung «Ritchie Boys» für die Emigranten im Dienst der Aufklärung und psychologischen Kriegsführung der amerikanischen Armee, was das FBI nicht davon abhielt, über manche von ihnen Akten zu führen. Auch Klaus Mann hat diese Stationen durchlaufen. Heym kommt zur Abteilung G 2, «Military Intelligence», das heißt Aufklärung über den Feind.

Camp Ritchie liegt im Staate Maryland, nahe der Grenze zu Pennsylvania, eingebettet in die Ausläufer der Blue Ridge Mountains. Kommandant des Lagers war Colonel Banfill. Einige Kameraden verkleiden sich mit echten Uniformen als Soldaten der Wehrmacht; an ihnen übt man den Umgang mit dem Feind, das Verhören von deutschen Kriegsgefangenen. Sie marschieren bei den Übungen zu jener Melodie, die später durch den Film *The Bridge over the River Kwai* berühmt werden sollte, nur sangen die damaligen Soldaten dazu:

Bullshit,
it makes the grass grow green …

Von seinen Kameraden in Camp Ritchie nennt Stefan Heym seinen Freund Hanus Burger aus Prag und Herbert Stafford, aber auch Konrad Kellen, «Sohn des in der Weimarer Republik berühmt-berüchtigten Bankiers Katzenellenbogen» und zuvor Sekretär von Thomas Mann. Die Übungen sind äußerst anstrengend; sie lernen, mit vier Stunden Schlaf auszukommen. Später werden sie nach Camp Sharpe verlegt, eine Dependance von Ritchie, gleich neben dem Friedhof von Gettysburg, benannt nach einem Helden aus der dortigen Schlacht während des amerikanischen Bürgerkriegs.

In Camp Sharpe wird die Second Mobile Radio Broadcasting Company gebildet. (Die Erste Kompanie wirkte schon in Nordafrika.) Zu ihr gehörten Drucker, Setzer, Tontechniker, Rundfunk-Ingenieure, Mechaniker, Elektriker, dazu Hilfspersonal von Fahrern bis zu Köchen. Zum Anfertigen von Zeitungen und Flugblättern, zum Vorbereiten und Ausstrahlen von Sendungen und zum Verhören von Gefangenen brauchte die Armee Leute aus intellektuellen Berufen, die meisten von ihnen waren Emigranten.

Hans Habe (er brachte es bis zum Major) war zuvor in Nordafrika im Einsatz, hat dort schon Erfahrungen gesammelt, wird nun der Vorgesetzte von Heym, Kellen und anderen. Habe hat eine quäkende, nasale Stimme, einen eindringlichen Blick aus hervorquellenden Augen. Stefan Heym begann als Technical Sergeant. Noch bevor seine Truppe nach Europa geht, heiratet Heym seine Gefährtin Gertrude. Zur Truppe gehören aber auch geborene Amerikaner wie Albert Guerard, Professor für romanische Sprachen, mit dem sich Konrad Kellen anfreundet. Guerard wird 1950 den Kriegsroman *The Night Journey* schreiben, wobei Konrad ein Vorbild seiner (amerikanischen) Hauptfigur war – behauptet Kellen.

Die Ritchie Boys unternehmen die billigste Meeresfahrt ihres Lebens ausgerechnet an Bord des Luxusschiffes *Queen Elisabeth* (behauptet Heym, Kellen nennt hingegen die *Queen Mary*), doch müssen sie sich dieses Privileg mit 15 000 Kameraden teilen. An Bord redigieren Heym, Guerard und andere eine improvisierte Zeitung, die *Ocean News*, die unten im Schiff gedruckt wird; in dem geräumigen Abteil schlafen sie auch.

Das Anlanden erfolgt in Glasgow; dann geht es in den Ort Weston-super-Mare, von wo aus Abstecher nach London erlaubt sind. Auch in England absolvieren die Boys nächtliche Märsche und andere Übungen. Bei einer Rast lauscht Heym «der gepflegten Stimme Konrad Kellens, der dasteht und, fast hört es sich an wie Schadenfreude, über die Sinnlosigkeit des Krieges doziert, auch dieses Krieges, jawohl, denn es werde danach alles so sein, wie es vorher gewesen, ohne Hitler vielleicht, aber sonst das Gleiche wie immer, dieselben Machtverhältnisse, dieselben Denkweisen, dieselbe Korruption».

Konrad ist kein Defätist, nur ein Skeptiker, mit einem Hauch Zynismus. So muss man sich ihn damals wohl vorstellen. Seine Äußerungen mögen auch das Echo mancher Gespräche im Hause Mann gewesen sein, wo man gelegentlich über die Korruption in den USA diskutierte, die gerade durch die Aufrüstung verstärkt wurde.

Heym machen diese Äußerungen wütend. Er springt auf, will Kellen an die Kehle gehen, wird aber von zwei Kameraden zurückgehalten. Diesmal nicht!, brüllt Heym. Aber er ist zu wütend, um eine klare Widerrede zustande zu bringen. «Kellens Zynismus, denn was sonst sollte es wohl sein, verbunden mit der aristokratischen Manier des Mannes, hat ihn entnervt», schreibt der Romancier von sich in der dritten Person.

Wenige Tage nach dem D-Day wird die Zweite Mobile Radio Company in Kleingruppen in die Normandie verlegt (damit nicht alle Leute und Geräte auf einen Schlag verloren gehen können). Sie landen am Omaha Beach. Viele Trümmer liegen noch am Strand, aber die Toten sind schon eingesammelt.

Zunächst wohnen sie im Schloss von Colombières. Dort logiert die Intellektuellen-Truppe, dort ist die erste Kommandozentrale für Medien, Psychologische Kriegsführung, Presse usw. Kommandeur ist Oberst Clifford R. Powell. Jedes Regiment hat eigene Käfige als provisorische Camps für Kriegsgefangene. Heym verhört einige Deutsche probeweise, findet kaum Überzeugungstäter.

Erste Flugblätter für die Wehrmachtssoldaten werden in Bayeux gedruckt, dort wo sonst die Prospekte für das Museum mit dem berühmten Bilderteppich von den normannischen Eroberungszügen hergestellt werden. Abstecher führen in die Hafenstadt Cherbourg, über die nun das meiste Kriegsmaterial ins Land kommt und die Verwundeten nach England gebracht werden.

Die Lautsprecherwagen der US-Truppen erweisen sich als viel zu schwach, man muss gefährlich nahe an den störrischen Feind heranrücken; von den Briten erhalten sie Wagen mit kräftigeren Sendeeinrichtungen. Stefan Heym entwirft Funksprüche. Später im Jahr redigiert er eine deutschsprachige Zeitung, zusammen mit Hans Habe, die *Frontpost*. Die nächsten Stationen sind Le Mans und Rennes; nach Paris kommen die Boys nur kurz und entgegen den Befehlen.

Dann geht es nach Luxemburg in die Villa Louvigny, die während der Ardennen-Offensive im Dezember 1944 ein paar Tage lang in Gefahr ist, den Deutschen in die Hände zu fallen. Was diese mit den Emigranten in US-Uniform gemacht hätten, kann man sich leicht ausmalen. Die Sendungen für die Wehrmachtssoldaten werden für ein paar Tage ausgesetzt. In Luxemburg wurde der deutschsprachige Geheimsender *Annie* installiert, analog zum sogenannten Soldatensender Calais, den Sefton Delmer von London aus betrieb und als deutsche Radiostation ausgab. *Annie* sendete auf der Wellenlänge 1313, derselben Frequenz wie *Radio Luxemburg*. Die Schlacht um *Radio Luxemburg* ist ein noch nicht gedrehter Kriegsfilm … mittendrin «unser» Konrad Kellen.

Thomas Mann schreibt an Konrad nach Europa, teilt hin und wieder anderen Briefpartnern etwas über dessen Schicksal mit. Im Februar 1945 haben die amerikanischen Truppen das Rheinland erreicht. Konrad Kellen schickt ihm ein Exemplar der ersten nach-nationalsozialistischen deutschen Zeitung, der *Aachener Nachrichten*, weil dort eine Rede von Thomas Mann über Auschwitz abgedruckt ist. Die Befreiung des Lagers durch die Rote Armee liegt da erst ein paar Tage zurück. Auch andere Texte von Mann werden hier veröffentlicht. Die Zeitung erscheint zunächst zweimal die Woche mit einer Auflage von 40 000 und wird in andere befreite Landesteile verschickt.

Thomas Mann bedankt sich brieflich für diese Sendung und vermerkt eine Mitteilung Konrads, der inzwischen zum Leutnant befördert wurde. Dieser habe in einem Gespräch mit einem Deutschen festgestellt, dass die aus London gesendeten Radioansprachen von Thomas Mann im Reich viel gehört worden seien. Kellen schickt aber auch das Tagebuch eines SS-Wächters aus Buchenwald nach Pacific Palisades. Ein scheußliches Dokument, wie Thomas Mann befindet, das man an die Kommission zur Aufklärung von Kriegsverbrechen weitergeben müsse.

Am 11. Januar 1946 steht im Tagebuch: «Zum Lunch Frau Katzenellenbogen, deren Sohn sich, Golo zufolge, in Deutschland auf dem schwarzen Markt bereichert.» Da Konrad Kellen im Gespräch durchaus freimütig auf die Tauschgeschäfte der Amerikaner und der Russen untereinander einging, kann man kaum zweifeln, dass er sich hieran beteiligt hat. Wie es dabei zuging, zeigt der Film *The good German.*

Am 16. März 1946 kommt Konrad Kellen selber zum Tee an seinen alten Arbeitsplatz: Heimaturlaub. Er hat ein besonderes Mitbringsel aus Berlin gebracht, wie wir aus einem Brief von Thomas Mann an Dolf Sternberger am 19. März erfahren: die erste Nummer der Zeitschrift *Wandlung.* Sie sei das Eindeutigste und moralisch Mutigste aus dem neuen Deutschland. Kellen hilft Thomas Mann also, ein Bild von dem zu gewinnen, was sich geistig in Deutschland tut. Auch später (am 31. März 1946 verabschiedet er sich und kehrt nach Europa zurück) schickt er Zeitungen und Zeitschriften nach Amerika, insbesondere, wenn darin Thomas Mann erwähnt ist.

Am 27. August 1946 bedankt sich Thomas Mann brieflich für Konrads Lageberichte aus Deutschland. Man schreibe ihm jetzt viele

Schmeicheleien, aber meist verberge sich dahinter schlicht der Wunsch nach Care-Paketen. Früher habe er immer Kröten zu schlucken bekommen, nun schreibe man sehr feierlich über ihn. «Ganz unvermittelt ist man zu einer Art von Merlin, altem Goethe und die Zeiten überschauenden Wundergreis geworden.»

Ende November 1946 schickt Konrad Kellen eine Ausgabe der in Berlin erscheinenden *Täglichen Rundschau*, die von Thomas Mann als «Sowjet-sponsored» eingeschätzt wird. Darin befindet sich ein Artikel von Wolfgang Harich über Thomas Mann und die Deutschen. Thomas Mann findet dessen Ansichten «intelligent und erfreulich». Auch andere Artikel dieses jungen Autors und späteren Verlagslektors übersendet Konrad.

Weniger erfreulich ist, was Konrad Kellen über die Entnazifizierung berichtet, die nur eine Komödie sei, wie Thomas Mann beim Frühstücksgespräch mit Katia erklärt. (28. 9. 1947) Zugleich vermerkt er «das zweifelhafte Gebaren Konni Kellens in Deutschland im Bunde mit seiner Mutter hier». Aber der führt vielleicht seinen privaten Rachefeldzug gegen die Deutschen?

Für Thomas Manns Verhältnis zu Deutschland, insbesondere als es um die Planung seiner ersten Reisen dorthin geht, ist Konrad Kellen von erheblicher Bedeutung: er bestärkt die Skepsis des Meisters. Im November 1948 schaut er wieder einmal in Pacific Palisades vorbei und berichtet Unerfreuliches aus Leipzig wie aus München, rät von einer Reise in den östlichen Landesteil ab. Auch Materialien aus der NS-Zeit bringt er mit, hat aber zugleich mit privaten Problemen zu kämpfen: «Konni Kellen zum Tee. Stenogramme aus dem Führer-Hauptquartier. Grotesker Stumpfsinn. Dann mit Erika über das Scheitern seiner Ehe sowohl wie seines Verhältnisses in Deutschland. Übel dran.» (15. 11. 1948) Ein paar Tage später gibt es ein Zusammentreffen Konrads mit Thomas, Katia, Erika und Golo Mann. (27. 11. 1948) Der Krieg ist seiner Ehe und seiner seelischen Verfassung nicht bekommen. Wann er sich von Virginia scheiden ließ, ist nicht bekannt.

Am 30. April 1950 begegnet Konrad Kellen dem Nobelpreisträger in New York, bei einer privaten Lesung im kleinen Kreis aus dessen neuem Roman *Der Erwählte*. Die nächste Zusammenkunft ist im Tagebuch erst wieder am 27. April 1953 festgehalten, nun aber in Erlenbach am Zürichsee, wohin die Manns – immerhin US-Bürger – «ausgewandert» sind. Das zweite Exil ist zu Ende gegangen, und die Schweiz ist Wahlheimat und mehr als das. «Zum Lunch Konny K. auf der Durchreise, dick und befriedet, dem Spott über Free Europe sehr zugänglich.»

Dies dürfte der von Kellen erwähnte letzte Besuch gewesen sein, dessen Datum er schwankend angegeben hat und der demnach nicht in Kilchberg, auf der anderen Seeseite, erfolgte, wohin Thomas Mann erst 1954 zog. Das ideale Haus, die Synthese gleichsam aller vorangehenden Wohnorte, der realen wie der erdichteten, fand er kurz vor seinem Tod. Thomas Manns Schreibtisch, der magische Ort, steht inzwischen im museal rekonstruierten Arbeitszimmer in Zürich, nahe bei seinen Archivalien.

Zum Zeitpunkt der letzten Begegnung mit Thomas Mann ist Konrad Kellen längst nicht mehr so aufbrausend wie einst. Inzwischen arbeitet er in New York bei Radio Free Europe, zum großen Ärger der politisch immer radikaler werdenden Erika Mann, bevor er als politischer Analytiker am Hudson Institute in New York wirkt. Dort wird er mit seiner zweiten Frau mehrere Jahre wohnen. Patricia Knapp ist die Tochter eines kanadischen Geschäftsmanns mit holländischen Vorfahren. Ihr Vater war vor allem in Europa tätig, lange Jahre in Spanien. Durch ihr Leben in verschiedenen Ländern lernte Patricia viele Sprachen, Spanisch, Italienisch, Französisch, aber kein Deutsch. Als Patricia elf war, kam ihr Vater bei einem Verkehrsunfall in London ums Leben. Ihre Mutter heiratete später den kanadischen Konsul in

Florenz. Man lebte in Italien. So hat Patricia den Alltag im Faschismus erlebt und ihre eigene Meinung darüber. Sie denkt, dass Angst das entscheidende Motiv für diese Verirrung ist, und glaubt das auch für den Nazismus.

Ende 1941, als die USA in den Krieg eintraten, wurden Patricia und ihre Familie mit einem britischen Zerstörer von Genua nach England gebracht, was in den Kriegsmonaten eine gefährliche Odyssee bedeutete. Später leistete Patricia Dienste für die Alliierte Militärverwaltung in New York, ehe sie nach Toronto zurückging. Ein Bruder und die französische Freundin ihrer Schwester bewogen sie, 1948 nach New York zu gehen und sich dort einen Job zu suchen, um ihr Leben selbst in die Hand zu nehmen. Sie unternahm die Reise per Anhalter, zwei mafiaähnliche Typen nahmen sie mit, aber damals fühlte man sich unbesorgter als in heutiger Zeit.

In New York fand sie mit ihrer Vielsprachigkeit bald einen Job bei Radio Free Europe. Dort lernte sie Konrad Kellen kennen, den sie 1950 heiratete. Konrad und Patricia Kellen haben drei Kinder, einen Sohn (David, Architekt) und zwei Töchter (Liz, Industriedesignerin, und Jennifer, die zur Leitung der ACE-Gallery in Beverly Hills gehört). Konrad bat Albert Einstein, die Patenschaft für eines seiner Kinder zu übernehmen, und dieser war auch einverstanden. Aber seine Sekretärin gab Kellen zu verstehen, wenn Einstein das täte, wäre die halbe jüdische Welt in Aufregung, und so ließ er es sein. An Peter de Mendelssohn, der ihn für seine Biographie des Zauberers nach einigen Details fragte, schrieb Konrad Kellen, obwohl in New York geboren, seien seine drei Kinder sehr schnell zu echten Kaliforniern geworden. Er wollte nicht, dass seine Kinder Deutsch lernten, auch, um seine Frau Patricia nicht auszuschließen. Mit seiner Mutter sprach Konrad aber bis an deren Lebensende Deutsch. Estella Katzenellenbogen starb am 17. Februar 1991 in San Diego im Alter von 105 Jahren.

In der Arbeit für Radio Free Europe (RFE) nützen Konrad Kellen seine Erfahrungen aus der Kriegszeit bei einer Kompanie für Medien, Psychologie und «Propaganda». Aber politisch waren die Fronten nun nicht so klar, und RFE stand immer wieder im Kreuzfeuer der Kritik. Für die einen war es schlicht ein amerikanischer Propagandasender, der aggressiven Antikommunismus statt friedlicher Koexistenz vertrat. Aber andere, insbesondere in den USA selbst, hielten den Sender für kommunistisch unterwandert. Dort zu arbeiten war also alles andere als eine bequeme Position.

Konrad Kellen hat den Sender wiederholt in öffentlichen Reden und in Artikeln verteidigt. Es arbeiteten dort vor allem Emigranten aus Ländern hinter dem Eisernen Vorhang. Die Arbeit werde von Privatpersonen und Industriellen unterstützt sowie von einigen Politikern, wie Kellen in einer Rede in New York im Herbst 1957 ausführte. Man habe mit einer einzigen kleinen Sendestation begonnen, inzwischen gebe es 22 Stationen in Deutschland und in Portugal. Der Sender produziere 3000 Stunden in der Woche, in verschiedenen Sprachen und übertrage Sendungen nach Polen, Ungarn, ČSSR, Bulgarien und Rumänien, aber nicht in die Sowjetunion, in die DDR, nach Jugoslawien oder Albanien. Im März 1958 erklärte der «in Deutschland geborene Produktionschef» Konrad Kellen vor Journalisten, dass der Sender keineswegs von Kommunisten unterwandert sei, wie von konservativen Kommentatoren behauptet werde. RFE sei zu jeder kritischen Durchleuchtung bereit.

Schon am 16. September 1954 war in der *Neuen Presse* ein Artikel von Konrad Kellen mit dem Titel «Das Zwiedenken hinter dem Eisernen Vorhang» erschienen. Darin äußerte er sich über die Psychologie der Menschen im Ostblock. Bei ihnen gebe es oft «Hass nach beiden Seiten», gerade die Antikommunisten dort fühlten sich vom Westen verraten. Er schrieb über die Dialektik von Idealismus und Opportunismus und über die schleichende Gewöhnung an kommunistische Begriffe und Denkweisen, durch den ständigen seelischen Druck, aber auch durch die Macht der Gewohnheit, die Infiltration des Alltagsdenkens durch Propaganda. Dabei bezog er sich auf psychologische Forschungen über die Einstellungen von Personen unter dem Regime Hitlers. Gleichwohl werde den Machthabern weder die völlige Entmenschlichung noch die Bekehrung zum hundertprozentigen Materialismus gelingen.

In der Zeitschrift *New Leader* vom 9. Juni 1958 schrieb Kellen über «Acht Jahre Radio Free Europe». Die Sendungen für fünf europäische Staaten erreichten eine neue Phase. RFE sei in der amerikanischen Geschichte ein einzigartiges Instrument. Hauptzweck des Senders sei es, gegen die politische und ideologische Konsolidierung der sowjetischen Vorherrschaft in einem Gebiet anzugehen, das sie zwar physisch beherrsche, in dem sie ihre politischen, ideologischen, ökonomischen und spirituellen Ziele jedoch noch nicht durchgesetzt habe. Die Bedeutung der öffentlichen Meinung und der Information habe auch die Sowjetunion verstanden. Die Sowjetunion gebe durch ihre Attacken zu, wie wirksam RFE sei, mache so ungewollt Reklame für sie. Zu Stalins Lebzeiten sei überhaupt keine Opposition möglich gewesen. Seit 1953 habe sich die Lage verbessert – für RFE. Eine Liberalisierung und eine rationalere Gesellschaft werde auf jeden Fall entstehen, RFE wolle dazu beitragen.

Konrad Kellens Rückkehr nach Kalifornien

Irgendwann muss Konrad Kellen genug gehabt haben von der Arbeit für diesen Sender, dessen politische Ausrichtung ihm wahrscheinlich auch nicht gefiel. Erst nach einigen Jahren freien Arbeitens als politischer Analytiker nahm er wieder eine feste Stellung an. Auch dieses Mal bei einem politisch nicht unumstrittenen Institut: der RAND Corporation. Dort war er ebenfalls ein Außenseiter, geschätzt gerade für seine nicht konformen Positionen.

RAND ist in Santa Monica wie eine kleine Universität für sich, wenn auch eine sehr gut bewachte, weil sie eng mit Regierungseinrichtungen verzahnt ist. Nach dem Zweiten Weltkrieg von der Air Force gegründet, die auch der größte Kunde für Studien und Analysen blieb, wurden dort beinahe 500 «research staffers» beschäftigt. Das jährliche Budget belief sich auf bis zu 60 Millionen Dollar.

Ein Artikel in der *New York Times*, in dem er für den raschen Abzug aus Vietnam plädierte, hatte Konrad Kellen in diese Institution gebracht, zunächst für ein Jahr, dann auf Dauer. Einmal dort eingestiegen, wurde er mit der Leitung eines Teams mit vier Mitarbeitern beauftragt, das die Bedingungen und Möglichkeiten eines Abzugs erörtern sollte: «Extrication from Vietnam: A Memorandum for the Record. Santa Monica, RAND Corporation August 24, 1969». Die entsprechende Gegenthese wurde von einem anderen Team ausgearbeitet, bei einem Hearing wurden beide Ansichten miteinander konfrontiert. Dabei wurde Konrads Vorschlag zur «withdrawal strategy» für subjektiv und unwissenschaftlich erklärt. Konrad glaubte, wenn man abziehen wolle, genüge es, den Abzug zu beschließen. Man müsse nur den vollständigen und wohlbehaltenen Rückzug aller gefangenen Amerikaner sicherstellen. Die Alternativen wurden diskutiert und ans Pentagon weitergeleitet.

Zu Kellens Team, das für einen Abzug aus Vietnam plädierte, gehörte auch Daniel Ellsberg, der 1971 die geheimen «Pentagon Papers» an die *New York Times* weitergab, was zum Auslöser der Watergate-Affäre wurde. (Präsident Nixon ließ ins Büro von Ellsbergs Therapeuten einbrechen, um den Kritiker diskreditieren zu können.)

RAND wollte einige Mitarbeiter für längere Zeit nach Vietnam schicken, um die Analysen über die Lage dort zu verfeinern, aber auch um Gefangene zu verhören. Das habe er doch schon im Zweiten Weltkrieg gemacht, sagte man Konrad. Dieser lehnte jedoch dankend ab. Ein Krieg genüge ihm, außerdem habe er im Weltkrieg mehrere Angehörige verloren. Und so blieb er in Pacific Palisades.

Denn das war die wichtige Folge seiner neuen Tätigkeit, die er bis zur Pensionierung ausübte. Er lebte wieder in jenem Vorort von Los Angeles, in dem er ab 1941 für Thomas Mann gearbeitet hatte, wenn auch nun in dem näher am Pazifik gelegenen Ortsteil.

Die Kellens mieteten in Pacific Palisades das letzte Haus ganz oben am Paseo Miramar, das einem Opernsänger gehörte. Damals standen erst wenige Häuser an dieser Sackgasse, die sich einen Hügel hinaufwindet. Ein großes Vergnügen für Konrad bestand darin, sich auf den höchsten Punkt des Hügels zu stellen und von dort einen Golfball nach dem andern in den noch unbesiedelten Canyon zu schlagen. Golfbälle bekam er körbeweise von einem Profispieler, mit dem er befreundet war. Es muss ein schönes Bild gewesen sein, ihn dort stehen zu sehen, vor allem, wenn seine Kinder sich daran beteiligten. Viel Glück hatten die Kellens bei dem großen Bel Air Fire von 1971, als die Flammen bis dicht ans Haus kamen, der Wind aber rechtzeitig umschlug. Allerdings hatte man ringsum mehrere Bäume fällen müssen, um dem Feuer die Nahrung zu nehmen. Nach 10 Jahren zur Miete kauft die Familie Kellen ein Haus weiter unten am Paseo Miramar, denn das Mietshaus wollte der Besitzer selbst beziehen.

Nach dem Ausscheiden bei RFE hat Konrad Kellen die Zeit genutzt, um sein erstes Buch zu schreiben: *Khrushchev. A Political Portrait*. New York 1961. Er wollte ein Exemplar dem amerikanischen Präsidenten John F. Kennedy zukommen lassen, bevor der junge Politiker zum ersten Mal mit dem Sowjetführer zusammentraf, damit er wisse, mit wem er es zu tun habe. Aber die Postabteilung bei RFE schickte das Buch, um Porto zu sparen, nur als drittklassige Postsendung. Der Präsident erhielt die Biographie nie.

Der Rezensent in der *New York Post*, Max Lerner, nannte die Biographie am 19. Juni 1961 die beste Monographie, die er zu dem Thema gelesen habe. Er lobte ausdrücklich den Stil des Buches («the quality of its writing»). Die *Los Angeles Times* nannte sein Schlusskapitel brillant. Kellen betonte in seinem Buch, dass man Chruschtschow nicht mit westlichen Begriffen verstehen könne. Man müsse seine Erfahrungen in Krieg und Bürgerkrieg beachten. Er sei kein einfacher Mensch, aber auch nicht so komplex und geheimnisvoll, wie man oft behaupte.

In den folgenden Jahren hat Konrad Kellen über die verschiedensten Themen geschrieben, über seine schlechten Erfahrungen mit der Psychoanalyse (*We only hurt the one we love*, oder: *Inflation on the Couch*). Politische Artikel erschienen in Zeitschriften wie *The Yale Review, Esquire, The Virginia Quarterly, The New Leader* etc. Als Auftragsarbeit übersetzte er *Die neue Klasse* von Milovan Djilas, eine aufsehenerregende Analyse der kommunistischen Herrschaftsformen, aus dem Deutschen, wofür er nur zwei Wochen Zeit hatte.

Er besprach auch unter dem Titel *Reflections on Rape* ein Buch über Vergewaltigung, nämlich Susan Brownmillers *Against Our Will*, 1975. Auf die veränderte Rolle der Frauen in der sich entwickelnden Gesellschaft kommt Konrad zurück in seinem Essay *The Coming Age of Women Power*, der 1972 im Verlag von Peter Wyden gedruckt wurde, auch er ein Emigrant und ein Kriegskamerad von Konrad Kellen. In der *Los Angeles Times* schrieb Konrad Kellen 1975 über den Terror durch die Rote Armee Fraktion in Deutschland. Inzwischen war er bei der RAND Corporation für deutsche Themen zuständig. Er konnte aber auch Ratgeber schreiben (*On Gluttony*, über Essstörungen und deren Therapie) oder Betrachtungen über das Verhalten auf dem Golfplatz.

Eine sehr differenzierte Analyse über Schuldfragen im Zusammenhang mit dem Dritten Reich enthält seine Besprechung des Buches von Peter Wyden über den Fall *Stella*, eine junge Jüdin, die sich in Berlin den Nazis als «Greiferin», als Denunziantin versteckt lebender Juden, zur Verfügung stellte, nachdem man sie misshandelt und mit dem Versprechen erpresst hatte, dass ihre Familie überleben würde (was dann nicht eintraf). Wyden kannte das Mädchen und ihre Familie aus der Zeit vor seiner Auswanderung. Er hatte sie im Nachkriegsdeutschland aufgesucht und interviewt. Zu diesem Zeitpunkt hatte sie zehn Jahre russische Lagerhaft hinter sich. Konrads Darstellung dieses moralisch komplexen Falles, in einer jüdischen Monatsschrift veröffentlicht, ist für seine Einstellung kennzeichnender als seine befremdlich wirkende pauschale Redeweise von den «nazigermans».

Nach dem letzten Besuch in Erlenbach findet sich bei Thomas Mann kein Zeugnis mehr über Konrad Kellen. Bis dieser aber beginnt, seine Erinnerungen an den Zauberer und damit auch seine eigene Lebensgeschichte festzuhalten, dauert es noch eine Weile.

Anregungen und Anfragen zu früheren Episoden kommen immer wieder aus Europa. So schrieb Konrad Kellen an den Berliner Privatgelehrten und Exilkenner Klaus Täubert, der ihn nach «authentischen Eindrücken über den Klaus Mann der Nachkriegszeit» befragt hatte: «Natürlich waren wir Freunde geblieben, sahen uns aber nur noch selten. Bei unseren wenigen Treffen hatte ich den Eindruck, dass er ein zutiefst enttäuschter Mensch war. Genau wie sein Vater hatte Klaus geglaubt, dass der Sieg über Hitler einen großen Schritt vorwärts in menschlichen und vor allem politischen Dingen bedeuten würde, dass Hitlers perverse und kriminelle ‹Ordnung› durch eine bessere Weltgesellschaft abgelöst würde, dass nunmehr wahre demokratische Werte herrschen würden und es nie wieder Krieg geben würde. Obwohl keineswegs ein Anhänger der Kommunisten, war er doch tief enttäuscht über die Verschärfung des Kalten Krieges, woran der Westen in seinen Augen ebenso viel Schuld hatte wie der Osten. Und so sah er nur wenig Hoffnung im politischen Feld während unserer Lebzeiten. Und so nahm sein Pessimismus immer noch zu, er wurde noch depressiver, ja zynischer und leichtfertiger, als ich ihn in früheren Jahren gekannt hatte, woran sein Drogenkonsum einen gewissen Anteil hatte. Ich glaube, dass sein Tod das Ende einer politischen und kulturellen Bestrebung bedeutete, zum Schaden der Menschen im Osten wie im Westen.»

Dass er immer mehr als Zeitzeuge gefragt war, lag auch daran, dass Konrad Kellen ganz nah bei einem anderen «Monument» des deutschen Exils wohnte. Sein zweites Haus am Paseo Miramar in Pacific Palisades liegt in unmittelbarer Nachbarschaft der Villa der Feuchtwangers. Kellens vergleichsweise bescheideneres Domizil bietet aus einer großen Glasfront einen ebenso herrlichen Blick auf den Pazifik wie Feuchtwangers Villa im spanischen Stil.

Lion Feuchtwanger war schon seit sechs Jahren tot, als die Kellens hierher zogen, aber zu dessen Witwe Marta bestand gelegentlicher nachbarschaftlicher Kontakt. Sie lebte bis 1987 in dem Haus, das erst nach ihrem Tod den Namen *Villa Aurora* erhielt, unter dem es ab 1996 zur Künstlerresidenz und zur deutsch-amerikanischen Begegnungsstätte wurde. Marta Feuchtwangers 90. Geburtstag im Januar 1991 wurde im ehemaligen Haus von Thomas Mann am San Remo Drive gefeiert, das zu dem Zeitpunkt einer Freundin von Marta gehörte, der Bildhauerin Jon Lappen. Aus diesem Anlass betrat Konrad Kellen zum ersten Mal seit 47 Jahren wieder seine einstige Arbeitsstelle. Bis dahin war er nur einmal am Haus vorbeigefahren, um es seinen Kindern zu zeigen.

Als Konrad Kellen immer wieder deutschen Autoren begegnete, die in der Villa Aurora als Stipendiaten wohnten, fand er einen letzten Beruf: Zeitzeuge. Er tat es nur zögerlich. Nicht alle Phasen und Ereignisse seines Lebens wollte er beleuchtet wissen. Er hatte seine ganz eigenen Ansichten, über die Deutschen, über Berlin, über Thomas Mann, über dessen Kinder. Gelegentlich verblüffte er seine viel jüngeren Gesprächspartner mit sehr krassen Meinungsäußerungen, fernab von dem, was in Deutschland über die Vergangenheit gesagt wurde. Nicht alle haben das immer richtig verstanden, glaubten sich durch den Heimatvertriebenen in ihrem deutschen Selbsthass bestätigt. Aber Hass war nie das Register von Konrad Kellen. Das Exil mit seinen Demütigungen und seinem ständigen Verlustbewusstsein, erst recht der Krieg, erzeugten Wunden ganz eigener Art, Phantomschmerzen und sehr reale Traumata.

Was Thomas Mann betraf, so glaubte Konrad Kellen ihn besser zu kennen als andere, und doch hatte er ihn nur in einer bestimmten Periode erlebt, wenn auch in einer sehr interessanten. Allerdings ärgerten Kellen bestimmte Fragen, vielleicht auch weil sie ihn an empfindliche Punkte seines eigenen Lebens erinnerten, wie an seine Freundschaft mit Klaus Mann. So schrieb er am 22. Juni 1995 an Professor Hans Wysling, den Leiter des Thomas-Mann-Archivs in Zürich: «In Deutschland scheinen die Leute TM betreffend nur noch nachzuprüfen, -forschen oder -denken, ob er nun, oder wann, oder in welcher Art homosexuelle oder homoerotische Anwandlungen gehabt hat or ihnen nachging, und dann vielleicht ob er gar Antisemit war. Auch verübelt man ihm scheinbar, dass er erst spät zum überzeugten Demokraten wurde [...]. Über sein Werk, das für die meisten Deutschen wohl Nebensache ist, wird scheinbar weniger gedacht oder geschrieben, least of all, was seine damalige wahre anti-nazistische Passion anbetrifft.»

Er glaubte auch, dass niemand den Nazismus recht verstanden habe. Vor allem ärgerten ihn allzu abstrahierende Deutungen, denn er hatte erlebt, mit welcher Begeisterung die Leute dabei gewesen waren. Dass diese Euphorie nach 1945 so scheinbar spurlos verschwand, machte ihn auf Dauer misstrauisch gegenüber den Deutschen. In welcher Form in Deutschland in Bezug auf die Vergangenheit diskutiert wurde, konnte er aber von Pacific Palisades aus nicht verfolgen. Ihn quälten die alten Sorgen, Ängste, Wunden.

Als er durch die Nähe der Villa Aurora, die 1996 ihre Arbeit aufnahm, wieder häufiger in Kontakt mit jüngeren Leuten aus Deutschland kam, wurde sein Bild etwas realistischer, wenngleich ihn die Entwicklung nicht in Ruhe ließ. Deutschland war ihm niemals gleichgültig. Von vielen Besuchern wollte er hören: Aber was wird aus

Deutschland? Den beruhigenden Versicherungen glaubte er nur halb. Dass es ein friedliches, zivilisiertes Deutschland geben könne, kam ihm unglaubwürdig vor. Ja, er konnte sich in Schimpftiraden verlieren, aber im persönlichen Umgang erlebte man ihn offen, freimütig, großzügig, humorvoll.

So gefiel ihm auch der Ansatz von Heinrich Breloers TV-Serie *Die Manns* nicht, da es dem Autor in erster Linie um die Beziehung zwischen Thomas und Klaus Mann und hier wiederum um die jeweiligen homoerotischen Neigungen ging. Ganz friedlich können die Gespräche mit dem Regisseur nicht gewesen sein, der dann auch nur sehr kurze Äußerungen von Kellen in sein Werk eingebracht hat. Dass gerade Breloers Serie durch ihren riesigen Erfolg zu einer neuen Welle des Interesses an Thomas Mann und seinem Umfeld führte, hat Konrad Kellen nicht mehr wahrgenommen. Es hätte ihn sehr verwundert.

In der Zeit vor und nach 1940 hatte Konrad Kellen ein durchaus vertrauliches Verhältnis zu Erika Mann. Schließlich war sie es, die ihn dazu überredete, seine erste Frau Virginia aus Detroit nach Kalifornien zu «entführen». Eine Trübung des Verhältnisses, ja eine Art Zerwürfnis entstand, als Erika politisch immer weiter nach links rückte und zu einer scharfen Kritikerin der USA wurde, während Konrad sich darum bemühte, ein echter Amerikaner zu werden, und Wert darauf legte, eine völlig amerikanische Familie zu haben. Zudem arbeitete er in staatsnahen Institutionen wie Radio Free Europe und der RAND Corporation.

Ob er oder Erika den Kontakt abgebrochen hat, ist nicht ganz klar. Als sie ihn Anfang der 60er Jahre nach Briefen ihres Vaters fragt, mit deren Herausgabe sie beauftragt ist, spricht er von ihrer «gewesenen Freundschaft». Und er ist sehr zögerlich, was seinen Beitrag zu der Sammlung angeht. Daraufhin antwortet Erika Mann aus Zürich am 5. April 1962:

«Konradin,–

sie mag *gewesen* sein, unsere so teure und hervorragende Freundschaft. Aber selbst, wenn Du sie so betrachtest: im Namen der lieben Verbliebenen bitte ich Dich allen Ernstes, nochmals – und zwar schnell! – Dich aufzuraffen und nach Deinen im Augenblick untergegangenen T.M.-Briefen zu suchen. Du schreibst an meine Mutter: ‹Wenn es zu spät ist, so können sie vielleicht in eine spätere Edition hereingesetzt werden.› Aber liebster Bube! ‹Eine spätere Edition› ??? Das gibt es nicht und wird es nicht geben. Es gibt ausschließlich neue Auflagen, die außerstande sind, neue Briefe aufzunehmen. Gerade für die amerikanische Zeit liegt mir besonders an deutsch geschriebenen und persönlich gehaltenen Episteln. Die Deinen waren gewisslich so gehalten, und da Du sie noch im letzten Sommer alle beieinanderhattest, müsste es doch möglich sein, des Bündelchens wieder habhaft zu werden. Sei brav und such. Erinnre Dich auch an unseren Nachtflug nach Detroit und an alles, was folgte, – gleichgültig, wovon dieses wiederum gefolgt wurde. Meinerseits werde ich nie aufhören, unserer kleinen Nachtfahrt in Kalifornien zu gedenken, – wiederum unbesehen alles dessen, was draus wurde.

Solltest Du mir ein paar Zeilen schreiben wollen, so wüsst' ich gern, welchen neuen Job Du im Januar angetreten. Denn möge sie auch gewesen sein, unsere Freundschaft, ich höre nie ganz auf, ein bisschen an Herrschaften zu hängen, an denen ich jemals hing.»

Als Konrad sich dann doch entschließt, seine Briefe in die Schweiz zu schicken, dankt Erika ihm am 26. 4. 1962:

«Die Briefe sind reizend, – alle drei, und ich bin fast sicher, dass ich sie sämtlich aufnehmen werde. Natürlich bin ich Dir freundlich gesinnt, und natürlich ‹gerät man außer Kontakt›. Dass in unserem Falle und was mich betrifft das unvergleichliche ‹Radio Free Europe› nicht ohne Einfluss bleiben konnte auf mein Dein-Gedenken, wirst Du ohne weiteres verstehen. Wie aber schon gesagt, wo meine Treue hinfällt, da bleibt sie liegen,– so oder so.»

Erika kann also ganz charmant sein, wenn sie etwas erreichen will. Hat sie aber ihr Ziel erreicht, vergisst sie gleich wieder alles. Erst kurz vor Abschluss der Editionsarbeit fällt Erika ein, dass sie noch eine Notiz zu Konrad Kellen als Person benötigt:

«Lieber Konradin, – bin ich denn wirklich des Wahnsinns lodernde Beute?» Der Briefband sei fertig und erst jetzt entdecke sie eine Lücke in den Anmerkungen. Sie brauche schnell alle Angaben zu Konrads Person, zu den «wichtigen Stationen seiner Laufbahn».

Am 27. Juni 1963 schickt ihr Konrad einen kurzgefassten Lebenslauf und fügt folgendes interessante Detail hinzu: «Dass ich mich eines Nachts im Zustand der Volltrunkenheit im Hotel Bedford mit Miss Schwarzenbach oder -berg verlobte – obgleich eine ‹wichtige Station in meiner Laufbahn›, bedarf wohl an dieser Stelle nicht der Erwähnung.»

Konrad hat seinen grimmigen Humor wiedergefunden. Und immerhin erklärt diese nachgetragene Anekdote, warum Klaus Mann in seinem Romanentwurf eine Ehe zwischen «Miro» (Annemarie Schwarzenbach) und einer Konrad nachempfundenen Figur ausmalen wollte.

Als er von Erikas Tod (aus der Zeitung) erfährt, schreibt Konrad an Erikas Mutter am 10. September 1969 folgenden Kondolenzbrief:

«Liebe Mrs. Mann.

Erst vor ein paar Tagen las ich die Nachricht von der Erika in der *New York Times.* Ich hatte gerade einen Brief an sie geschrieben, den ich ihrer Sekretaerin zur Verlesung uebersenden wollte.

Das Bild in der *New York Times* war von 1940, also gerade aus der Zeit, in der ich in Kalifornien ankam und begann, Erika und Klaus häufig zu sehen. […] Es ist ja alles in der Welt nicht so gekommen, wie Erika und Klaus, und ja auch Mr. Mann und wir alle es uns vorgestellt und gewünscht hatten. Was wohl noch aus alldem werden wird? Mich interessiert es eigentlich nicht sonderlich mehr, sollen die Leute doch machen, was sie wollen. (Man kann kaum sagen, sie sollten nach ihrer Façon selig werden, denn selig werden sie nun mal mit all ihren Dummheiten ganz bestimmt nicht.) Ich sorge mich aber wegen der Kinder, die alle drei gut gediehen sind und nun in dieser außerordentlich seltsamen und gefährlichen Zeit ihren Weg sich machen müssen. Nein, so haben wir uns alle das 1940 nicht vorgestellt, und die Erika hat ja all das sehr enttäuscht.

Ja, was kann man sagen? Die Erika hat doch immerhin vom Leben eine Menge gehabt und, da sie nun einmal unverheiratet und kinderlos war, hätte sie sich zur alten Dame vielleicht wenig geeignet. Das ist kein Trost für Sie, aber man sollte es bedenken.

Ihr Konni.»

Am Ende seines Erinnerungsromans *Nachruf* berichtet Stefan Heym von einem Treffen mit Konrad Kellen in New York und einem anderen etwas später in Berlin-West. Zunächst geht es um ein Wiedersehen der Ritchie Boys in einem Apartment hoch über dem East River, bei einem Kameraden von früher. Viele sind gekommen.

«Und Kellen, mein Gott, Konrad Kellen, der mitten im Dreck, wo war das nur gewesen, aufstand und laut erklärte, jetzt ist es genug, jetzt geh ich nach Hause. Wollte Kellen nicht auch kommen …? Kellen hat sich nur verspätet, er ist in den Stau geraten zwischen Kennedy Airport und Manhattan. Kellen hat sich am wenigstens verändert von allen, die Stimme wie eh und je, leise, spöttisch, und die Haltung des Kopfes, bedenklich zur Seite geneigt: Er ist extra für diesen Abend angereist aus Pacific Palisades, drüben an der kalifornischen Küste, aus seinem Haus quer über die Straße von dem Feuchtwanger'schen; der Ex-Korporal Kellen arbeitet für die Rand Corporation, einen der großen Think Tanks; den Job erhielt er, weil er den Leuten bei Rand aufgrund seiner Erfahrungen mit der Psychological Warfare in Weltkrieg II vorausgesagt hatte, dass die Kampfmoral der Vietnamesen nicht zu brechen sei, nicht auf die Art jedenfalls, wie die Amerikaner es dort versuchten. Kellen wird, nicht lange nach dieser Begegnung über dem East River, in Westberlin sein, und S. H. wird ihn aufsuchen, und sie werden zusammen durch die Straßen laufen in einer glitzernden Winternacht, kein Schritt ist zu hören im blütenweißen Neuschnee, und der Ex-Korporal Kellen wird den Arm um die Schulter des Ex-Sergeanten S. H. legen und ihm sagen: ‹Weißt du, das hat der Hitler nicht gewollt, dass du und ich, wir zwei, heut Nacht hier über den Kurfürstendamm promenieren.›» (S. 840)

Tatsächlich war seine Stimme eigentlich leise, nur manche seiner Äußerungen hörten sich nach Berliner Schnauze an. In seiner Sprache und in seiner Sprechweise klang die verlassene Heimat nach. Aber da gab's kein Wiedersehn …

Erinnerungen an Konrad Kellen

Der Abend, an dem ich Konrad Kellen im Februar 1997 in der Villa Aurora kennenlernte, wird mir unvergesslich bleiben. Ich hatte eine kleine Gesellschaft zusammengebracht, bei der sich mehrere Schicksalskreise schlossen. Außer dem Nachbarn Kellen waren anwesend: die Malerin Zuka, eine Freundin der Familie Kellen, geboren in Los Angeles als Zenaida Gourievna Booyakovitch, die ich aus Paris kannte, wo sie mit ihrem Mann, dem bekannten Karikaturisten TIM lebte (eigentlich: Louis Mitelberg); Konrads Mutter hatte der jungen Zuka empfohlen, für einige Zeit nach Paris zu gehen – sie blieb dort für den Rest ihres Lebens; Caren W., eine Schulfreundin von Zuka aus der Hollywood Highschool, nunmehr Script Supervisor in Hollywood; Barbara Korsch, Tochter eines bekannten Theoretikers der undogmatischen Linken in Deutschland, 1933 mit ihrer Familie auf abenteuerliche Weise vor den Nazis aus Berlin geflohen, später Kinderärztin in Los Angeles. Verglichen damit waren die «Schicksale» von uns Stipendiaten der Villa ziemlich blass.

In den nächsten Wochen führte ich noch viele Gespräche mit Konrad Kellen, über die Vergangenheit, aber auch über das Leben in Los Angeles. Manchmal ließ ihn das Gedächtnis im Stich, die Jahreszahlen gingen durcheinander, dann aber kamen wieder ganz genaue Erinnerungen an Situationen aus dem Krieg. Manches Mal wird er auch ein wenig geflunkert haben. Beim ersten Treffen erzählte er mir Folgendes:

Auf dem Schiff nach New York im Herbst 1935 hatte er einen freundlichen Herrn kennengelernt, der ihm einen guten Job als Kurier zwischen Manhattan und Miami versprach und ihn zu sich einlud. Drei Tage später, als er beim Friseur saß, sah er dessen Konterfei auf den Titelseiten der Presse: Der Mann war Dutch Schultz, der mächtigste Gangster von New York. Konkurrenten hatten ihn erschossen. Welche Karriere hätte Kellen bei Arthur Flegenheimer, wie dieser eigentlich hieß, wohl gemacht? Eine hübsche Geschichte, aber anderen Gesprächspartnern erzählte er anderes: Auf dem Schiff habe er nur den Anwalt dieses Gangsterbosses kennengelernt und mit dessen Tochter geflirtet. Die Erinnerungsdetektive müssen ja manchmal auf falsche Fährten gelockt werden. Andererseits gab es so viel in diesem Leben, was wie ausgedacht klang, obwohl es tatsächlich passiert war.

Nach vielen kleinen Jobs, zunächst als Botengänger, später als Börsenmakler bei Benjamin Graham (dem berühmtesten Investor seiner Zeit und Verfasser von Standardbüchern; ein Nachfolger von Konrad bei Graham wurde einer der reichsten Männer der Welt: Warren Buffett) wurde Konrad Kellen 1941 von Thomas Mann, der inzwischen in Pacific Palisades residierte, als Sekretär angestellt.

«Mein Sekretär ist etwas langsam», entschuldigt sich der Zauberer bei einem Korrespondenten, aber aus den Briefen an den «lieben (und gutaussehenden) Konni» spricht nur Zuneigung. Seit dem 11. April 1941 war Kellen amerikanischer Staatsbürger und wurde 1943 eingezogen. Als amerikanischer Besatzungsoffizier kam er also zurück nach Berlin. Er verhörte viele Leute und musste feststellen, dass es gar keine Nazis gab, alle waren immer schon gegen Hitler gewesen.

Für einen amerikanischen Soldaten war in Deutschland 1945 jede deutsche Frau zu haben, erzählte Kellen, gegen Zigaretten, Schnaps, allerlei Waren. Und er fragte sich, wie das wohl auf die geschlagenen deutschen Männer gewirkt haben muss. Diese Frage beschäftigte ihn sogar sehr, er kam immer wieder darauf zurück. Er selbst hat auf dem Schwarzmarkt gehandelt, auch Geschäfte mit den Russen gemacht. Sein Hauptwunsch waren geräucherte Flundern, die er aus Heringsdorf (also aus der russischen Zone) besorgen ließ. Der Schauspielerin Joanna Maria Gorvin schenkte er nach einer Vorstellung eine ganze ungarische Salami – sie war so glücklich, als hätte er ihr 100 000 Dollar gegeben

Als er nach dem Krieg für die RAND Corporation in Santa Monica arbeitete, konnte er nach Los Angeles zurückkehren und sich ein Haus in Pacific Palisades leisten. In diesem politisch sehr rechten Think Tank von Hardlinern in der Außenpolitik, mit Verbindungen zur CIA, galt er als «linker Flügelmann», bekam jahrelang keine Beförderung.

Unser erstes Gespräch unter vier Augen fand in Konrad Kellens Arbeitszimmer statt, voller Bücher, größerer Automodelle und gerahmter Bilder. Durch die große gläserne Schiebetür schaute man auf den Hof mit Baumtomaten, Kolibris und Eidechsen.

Sein Deutsch war klar und akzentlos geblieben, ganz selten kamen amerikanische Floskeln vor. Wir redeten über Thomas Mann und die deutsche Sprache, über das Soldatsein und die Erfahrung von sozialer Durchmischung, über die innere und äußere Souveränität der Deutschen und Deutschlands, über deutsche Emigranten in Paris, die vor 1939 jeden Satz mit «chez nous» anfingen («bei uns in Deutschland wird das aber anders gemacht») und deshalb in Frankreich «les chez-nous» genannt wurden. Bei Thomas Mann gibt es dafür den Begriff «Emigrantenpatriotismus».

Beim nächsten Besuch empfing mich eine kleine neugierige weiße

Hündin, nur eine Hälfte der Schnauze war ganz schwarz, die Grenze verlief exakt in der Mitte des Kopfes. Später lernte ich eine zweite Hündin mit diesem «Design» kennen, genauso laut, aufdringlich, verspielt und harmlos. (Aber bald nach Kellens Tod sind beide eingegangen.) Wir saßen zuerst im Arbeitsraum, dann tranken wir Kaffee im Wohnzimmer vor einem herrlichen Panoramablick auf den Sonnenuntergang über dem Ozean. Die Gesprächsthemen waren düsterer, ja beinahe absurd angesichts dieser Kulisse. Das Gespräch selbst aber verlief freundlich.

Er wollte nicht säuseln, wenn es um die Vergangenheit ging, sondern objektiv sein, wollte das wahre Wesen der Deutschen zeigen. Aber er war eben selbst äußerst subjektiv. An seinen Thesen lag ihm viel. Es war die große Wut des Konrad Kellen, die da sprach, gespeist aus alten Wunden. Man musste sie zunächst einmal akzeptieren. Sie gehörte zu seiner Geschichte und wohl seit je zu seiner Person. Sie verdeckte eine große Sentimentalität. Die Unterstellung, er hasse die Deutschen, machte ihn wütend. Lieben und Hassen könne man nur einzelne Menschen, keine Gruppen oder Völker, warf er ein.

So viele Geschichten sind verloren gegangen, weil Kellen sich zu spät entschloss, seine Erinnerungen festzuhalten. Irgendetwas hinderte ihn daran, seine Erlebnisse auszubreiten, vielleicht waren sie mit zu vielen, zu starken, zu widersprüchlichen Emotionen behaftet. Dann wieder erzählte er in allen Einzelheiten seine Frauengeschichten, seine ersten Erlebnisse mit offenherzigen Hausangestellten, wie das bei reichen Leuten wohl so war, oder seine Erfahrungen in Paris.

Vieles hätte man gern noch einmal gehört und genauer, etwa die komische Verzweiflung, als er in der Normandie Hunderte Dosen mit *foie gras* (Stopfleberpastete) fand, von den deutschen Besatzern zurückgelassen, eine Delikatesse, die auch einen immensen Geldwert darstellte. Da aber noch die Schlacht um die Normandie tobte, viel länger, viel härter, viel grausamer als die gewiss spektakuläre Landung an der Kanalküste, konnte der kulinarische Schatz weder mitgenommen noch in die Heimat verschickt werden. Nur ein kleiner Vorrat fand im Marschgepäck Platz, und so besserte der Private Kellen in den nächsten Tagen seine Soldatenration (meist gab es *mashed potatoes*) mit feinster französischer Gänseleber auf.

Kurz nach dem 11. September 2001 verlor Konrad den Spaß am Golfspielen. Er fühlte sich seiner Schläge nicht mehr sicher, hatte Probleme mit dem Gleichgewicht. Vielleicht hatte er auch einen leichten Schlaganfall erlitten. Vielleicht hatte er Visionen gehabt von einer Wiederkehr der Schreckenszeit, denn diese Angst hatte ihn nie verlassen. Er hatte dem Frieden niemals wirklich getraut. Im Gespräch zeigten sich seine Befürchtungen schnell. Aber er war alles andere als ein Bellizist. Er war nicht dafür, alle Probleme in der Welt mit Gewalt zu lösen. Vom Krieg hatte er nach 1945 wirklich genug. Deshalb war er auch für einen raschen Abzug aus Vietnam eingetreten.

Als ich ihn im Juni 2005 zum letzten Mal sah, hatte er einige Monate im Pflegeheim hinter sich. Die Jahre zuvor waren oft quälend gewesen, Operationen, Bluttransfusionen, kleinere Schlaganfälle. Nun war gerade Vatertag, und einige Besucher waren gekommen. Wir setzten uns abseits, sprachen über dieses und jenes. Seine Wangen waren schlaff geworden, der Blick noch trauriger als sonst. Von Zeit zu Zeit blitzte es auf, ein Witz fiel ihm ein oder ein Name. Doch nur mühsam drang die Erinnerung durch die Grauschleier der Gedächtnistrübung. Und noch beim Abschied, bei dem auch ich ahnte, dass es kein Wiedersehen geben würde, erzählte er mir – zum vierten oder fünften Mal an diesem Tag – ein Erlebnis, von dem er schon früher wiederholt berichtet hatte, aber immer so, als wäre es das erste Mal: Er ist fünfzehn Jahre alt, und der bewunderte Rudolf Caracciola lässt ihn mit seinem Rennwagen eine Runde auf der Avus drehen. Beim Erzählen strahlte Konrad wie ein glückliches Kind. Diese Erinnerung würde erst mit ihm erlöschen, denn es war der schönste Augenblick seines Lebens, das Beste, was er je gekannt hatte.

CHRISTIAN TER-NEDDEN
SEKRETÄR DES SEKRETÄRS

Meine Arbeit mit Konrad Kellen

Als ich bei einem Gespräch an meinem damaligen Arbeitsplatz, der Villa Aurora in Pacific Palisades, zufällig davon hörte, dass Konrad Kellen einen Mitarbeiter suchte, um seine Memoiren zu schreiben, war ich natürlich sehr interessiert und rief ihn gleich an, auch wenn ich nicht so recht wusste, was ich vom ehemaligen Sekretär Thomas Manns zu erwarten hatte.

Wir trafen uns noch am selben Nachmittag Anfang Juni 2003 zu einem freundlichen Gespräch in seinem Arbeitszimmer. Konrad war nicht nur außerordentlich uneitel und bescheiden, sondern beinahe zaghaft, und er betonte immer wieder, dass seine Memoiren kein literaturwissenschaftliches Werk werden sollten. Als ich mich in diesem Gespräch etwas kleinlaut als Historiker und eben gerade nicht als Germanist oder Thomas-Mann-Experte vorstellte, empfand er das als einen großen Vorteil. Wir verstanden uns auf Anhieb, und er schien darüber ziemlich erleichtert zu sein.

Ursprünglich geplant war ein Buch über seine Zeit mit Thomas Mann und über Manns Verhältnis zu den Deutschen. Nach Abschluss dieses Bandes war eine Fortsetzung vorgesehen, in der er seine Erfahrungen bei der Landung in der Normandie und bei der Entnazifizierung schildern wollte. Vielleicht würde er es sogar noch schaffen, über seine Karriere nach dem Krieg zu sprechen. Dazu ist es dann nur in Ansätzen gekommen.

Ich wusste damals noch nicht, dass er schon lange an diesem Buch geschrieben hatte, als er damit begann, mir seine Erinnerungen zu diktieren oder auch nur zu erzählen. Immer wieder fragte er mich: «Soll ich Ihnen das erzählen? Finden Sie wirklich, dass es die Leute interessieren wird?» Oder: «Was machen Sie mit all dem Zeug?»

Ich erwiderte dann jeweils, dass ich an allem interessiert sei, was er zu erzählen hätte. Er habe mich ja angestellt, damit ich seine Schilderungen niederschreibe und in Buchform bringe, weil er seine Memoiren allein nicht mehr schreiben könnte. Mit der Zeit brachte er Stöße von ungeordneten Papieren zum Vorschein – Material für dieses Buch, alles in allem mehrere hundert Seiten mit vielen Wiederholungen und Neuanfängen. Der Großteil von Konrads Erinnerungen beruht auf diesem Material, überwiegend auf Deutsch geschrieben.

Die Schilderungen von Konrad Kellens Erlebnissen bei der Landung in der Normandie und die Erinnerungen an Albert Einstein entstanden hingegen weitgehend aus Gesprächsmitschriften. Ein Magazin aus den sechziger Jahren, das er Monate nach Beginn der Arbeit beim Stöbern fand, hatte seine Geschichte der Chagall-Bilder auf Englisch abgedruckt. Diesen Text habe ich mit großem Vergnügen übersetzt.

Konrad Kellen und ich trafen uns zunächst einmal pro Woche, und später, als es ihm gesundheitlich schlechterging, etwa alle zwei Wochen, um uns über das weitere Vorgehen zu unterhalten. Für mich war dies auch eine Gelegenheit, ihm Fragen zu stellen, um seine Aufzeichnungen besser zu verstehen und bearbeiten zu können. So wollte ich zum Beispiel mehr über die abenteuerliche Entführung seiner ersten Frau Virginia wissen und fragte ihn, wie deren Mann reagiert hätte. «Ich weiß es nicht mehr», antwortete er, «wir haben ihn einfach beiseitegeschoben.»

Wir saßen jeweils für eine oder anderthalb Stunden in seinem Arbeitszimmer mit seinen Bücherstapeln und Modellautos beisammen. Ihm war stets bewusst, dass unsere Arbeit ein Wettlauf gegen die Zeit war. Er litt darunter, feststellen zu müssen, dass sein Erinnerungsvermögen spürbar nachließ. Deshalb zog er sich im Laufe der Zeit immer mehr von unserem gemeinsamen Projekt zurück und fragte mich oft, wie lange es denn dauern würde, dieses Manuskript zusammenzustellen. Dies ging sogar so weit, dass er mich mehrmals darum bat, einen konkreten Zeitplan für den weiteren Fortgang unserer Zusammenarbeit zu entwerfen.

In einer seltsamen Widerspiegelung seiner Rolle bei Thomas Mann brachte ich verarbeitete Papierstapel mit und bekam wieder neue mit auf den Weg, genau wie er einst mit dem Manuskript von *Joseph der Ernährer* verfahren war. Unsere einjährige Zusammenarbeit verlief großartig und äußerst freundschaftlich, obwohl er sich immer wieder durch sein hohes Alter und seine instabile Gesundheit eingeschränkt fühlte. Nach dem monatelangen Sichten und Zusammenstellen des Materials versuchte ich, so viel wie möglich davon historisch festzumachen und zu belegen.

Konrad und ich waren uns einig darüber, keine wissenschaftlichen Ansprüche an das Buch zu stellen. Ganz besonders wichtig war es ihm, auf Fußnoten zu verzichten. Er strebte ein besonders leserfreundliches und verständliches Buch mit klarem Stil und kurzen Sätzen an. Es sollte so wirken, als ob er seine Lebensgeschichte selbst erzählen würde. Allerdings sind – wie bei allen Autobiographien – Lücken, Verwechslungen, Ungenauigkeiten oder Irrtümer eine unvermeidliche Begleiterscheinung. Konrad Kellen meinte dazu immer wieder: «Ach, es ist ja alles schon so lange her», womit er zwar recht hatte. Gleichzeitig überbrücken die Erinnerungen dieses Zeitzeugen in ihrer Farbigkeit und Lebhaftigkeit die Jahrzehnte jedoch ohne weiteres, und ich wollte diese Eindrücke nicht beeinträchtigen. Natürlich kann auch das Ergebnis dieser Recherchen, wie das ganze Buch, nur eine Annäherung an die Vergangenheit sein.

Ich erlebte Konrad Kellen das ganze Jahr unserer Zusammenarbeit hindurch als liebenswürdig, außerordentlich höflich und rücksichtsvoll, immer bestrebt, fair zu sein. So schade es ist, dass Konrad das Erscheinen dieses Buches nicht mehr hat miterleben können, so sehr freut es mich, dass es nun doch als Zeugnis von bleibendem Wert vorliegt.

ZUR ENTSTEHUNG DIESES BUCHES

Einen ersten Anlauf zum Festhalten der Erinnerungen von Konrad Kellen hat Manfred Flügge in den Jahren 1997 und 1999 unternommen. In seinem Buch *Der Engel bin ich. Begegnungen in Los Angeles* von 1998 dokumentiert ein Kapitel diese ersten Gespräche. Vor einem eigenen Erinnerungsband, wie ihm vorgeschlagen wurde, schreckte Konrad Kellen damals noch zurück.

Anfang 2003 brachte Michael Lentz das Buch *Katzenellenbogen* heraus, das viele sachliche Fehler und fast ausschließlich Schimpftiraden über die «Deutschnazis» sowie einige Angaben zu seiner Kindheit und Jugend enthielt, womit ein reichlich schiefes Bild dieses in der Tat temperamentvollen Zeitzeugen entstand, der ganz eigene Ansichten vertrat und dessen Exilschmerz ein Leben lang andauerte.

In den Jahren 2003 und 2004 ist es Christian Ter-Nedden gelungen, aus längeren Gesprächen mit Konrad Kellen und dessen früheren Niederschriften eine zusammenhängende Darstellung seiner Zeit mit Thomas Mann zu erstellen. Dieser Teil bildet den Hauptstock der «Autobiographie» in diesem Band, ergänzt um Passagen aus anderen Dokumenten. Durch diese Zusammenstellung und auch durch die Krankheit von Konrad Kellen nach 2002 entstand ein etwas disparates Manuskript, das aber seinen Zeugniswert behält, da außerhalb der Familie kaum jemand so engen Umgang mit dem «Zauberer» hatte wie Konrad Kellen.

Erläutert wird der Lebensbericht in Ich-Form durch eine Kurzbiographie, die im Wesentlichen von Manfred Flügge zusammengestellt wurde und die Christian Ter-Nedden um wichtige Aspekte bereichert hat. Dabei wird vor allem die Zeit mit Thomas Mann beleuchtet. Diese Erläuterungen sollen einen interessanten Einblick in die amerikanischen Jahre des Nobelpreisträgers erlauben, in denen der junge Emigrant aus Berlin ein wesentlicher Helfer war. Aber auch auf die dramatische Familiengeschichte der Katzenellenbogens wird ausführlich eingegangen. Als Anhang zu Kellens Erinnerungen werden Auszüge aus seinem Essay über den Fall der Berliner Jüdin Stella Goldschlag veröffentlicht, die von der Gestapo gezwungen wurde, als «Greiferin» zu fungieren, um zu zeigen, wie differenziert er über Fragen der Schuld im Zusammenhang mit dem Dritten Reich gedacht hat. Um seinen Humor und seine Menschlichkeit zum Ausdruck zu bringen, wird auch ein kleiner Beitrag über das Golfspielen abgedruckt, das er sein Leben lang betrieben hat.

Diese etwas fragmentarische Form passt zu dem unsteten Leben von Konrad Kellen zwischen Europa und Amerika, zu seinem Temperament und auch zu den Problemen, die er mit seinen Erinnerungen insgesamt wie mit einzelnen Episoden daraus hatte. Wenn sein Leben ein Roman war, so bestand es doch aus widersprüchlichen Kapiteln. Alles in allem war er nicht nur ein exzellenter Zeitzeuge, sondern auch eine farbige, lebensfreundliche, kraftvolle Persönlichkeit, wie sie das deutsche Exil gelegentlich hervorgebracht hat.

Die Rechtschreibung in den Zitaten wurde konsequent modernisiert. Anmerkungen der Herausgeber im Text wurden mit [ ] versehen.

Die Herausgeber

LITERATURHINWEISE

VERÖFFENTLICHUNGEN VON KONRAD KELLEN

Krhushev. A Political Portrait. New York 1961.

Battle in the Wilderness. The French and Indian War. New York 1961. [Über den Krieg zwischen Frankreich und England in Kanada im 17. Jahrhundert]

Reflections on Gluttony. Understanding and Dissolving It. Broschüre; in Auszügen erschienen in: *Mademoiselle*, Oktober 1965.

The Coming Age of Women Power. New York 1972.

Konrad Kellen u. a.: *The Fall of South Vietnam.* New York 1980.

Katzenellenbogen. Erinnerungen an Deutschland. Wien 2003.

WEITERE LITERATUR

Erich W. Abraham: *Konzernkrach. Hintergründe, Entwicklung und Folgen der deutschen Konzernkrisen.* Berlin 1933.

Erhard Bahr: *«Nach Westwood zum Haareschneiden.» Zur Externen und Internen Topographie des Kalifornischen Exils von Thomas Mann.* In: *Newsletter of the International Feuchtwanger Society.* Bd. 8. Los Angeles 2010, S. 12–24.

Christian Bauer / Rebekka Göpfert: *Die Ritchie Boys. Deutsche Emigranten beim US-Geheimdienst.* Hamburg 2005.

René Crevel: *Lettres à Mopsa.* Hrsg. von Michel Carassou. Paris 1997.

Milovan Djilas: *Die neue Klasse. Eine Analyse des kommunistischen Systems.* München 1958.

Tilla Durieux: *Meine ersten neunzig Jahre. Erinnerungen.* München 1971.

Leslie Epstein: *San Remo Drive. A Novel from Memory.* New York 2003.

Manfred Flügge: *Heinrich Mann. Biographie.* Reinbek 2006.

Manfred Flügge: *Die vier Leben der Marta Feuchtwanger. Biographie.* Berlin 2008.

Albert J. Guerard: *Night Journey. A Novel.* New York 1950.

Ludolf Herbst / Thomas Weihe (Hrsg.): *Die Commerzbank und die Juden. 1933–1945.* München 2004.

Stefan Heym: *Nachruf.* München 1988.

Silke Kettelhake: *Renée Sintenis. Berlin, Boheme und Ringelnatz.* Berlin 2010.

Klaus Mann: *Briefe und Antworten. 1922–1949.* Hrsg. von Martin Gregor-Dellin. München 1986.

Klaus Mann: *Tagebücher.* Bände 1–6. Reinbek 1995.
[Die vollständigen Originaltagebücher liegen in der Monacensia, München]

Thomas Mann: *Tagebücher.* Frankfurt am Main 1997.

Renate Möhrmann: *Tilla Durieux und Paul Cassirer. Bühnenglück und Liebestod.* Berlin 1997.

Curt Riess: *Meine berühmten Freunde. Erinnerungen.* Freiburg im Breisgau 1987.

Neil Rosenstein: *The Unbroken Chain. Biographical Sketches and the Genealogy of Illustrious Jewish Families from the 15th – 20th Century.* New York 1976.

Thea Sternheim: *Tagebücher.* Bände 4 und 5. Göttingen 2002.

John Willett: *Erwin Piscator. Die Eröffnung des politischen Zeitalters auf dem Theater.* Frankfurt am Main 1982.

Die unveröffentlichten Briefe von Katia Mann stammen aus dem Privatbesitz der Familie Kellen. Die Briefe von Erika Mann und von Klaus Mann liegen im Archiv der Monacensia, München.

Die Briefe von und an Thomas Mann stammen teils aus dem Privatbesitz der Familie Kellen, teils aus der ersten Ausgabe von Thomas Manns *Briefen*, Frankfurt am Main 1961–65.

BILDNACHWEISE

Abb. 1 Thomas Mann in seinem Arbeitszimmer in Pacific Palisades © Christa Zinner; Abb. 11 Thomas und Katia Mann mit ihren Enkeln Toni und Frido, 1947 © Foto: Florence Homolka, mit freundlicher Genehmigung der Feuchtwanger Memorial Library, University of Southern California; Abb. 21 Konrad Kellen während seiner Arbeit an diesem Buch, 2004 © Christian Ter-Nedden. Alle anderen Bilder befinden sich im Privatbesitz der Familie Kellen, Los Angeles.

DANKSAGUNG

Außer natürlich Konrad Kellen gilt mein besonderer Dank Patricia und Jennifer Kellen sowie Rosmarie Primault und Dr. Thomas Sprecher vom Thomas-Mann-Archiv in Zürich für die Unterstützung bei der Klärung einiger offener Fragen.

Christian Ter-Nedden

Ich bedanke mich bei Patricia Kellen, bei David, Jennifer und Elizabeth Kellen sowie bei Barbara Korsch, Alex und Rohde Morales, ferner bei Peter Knopp, Berlin, und bei Gernot Krämer von der Zeitschrift *Sinn und Form*. Ganz besonderer Dank gilt den freundlichen Helferinnen in den Exilarchiven in Frankfurt am Main, Marbach und München sowie im Feuchtwanger-Archiv an der USC in Los Angeles. Ohne das persönliche Engagement von Uwe Naumann wäre dieses Buch nicht möglich gewesen. Sabine Buck hat die Endredaktion hervorragend betreut.

Manfred Flügge

NAMENSVERZEICHNIS

Thomas Mann ist nicht eigens aufgeführt.

MIX
Papier aus verantwortungsvollen Quellen
FSC
www.fsc.org
FSC® C083411

Das für dieses Buch verwendete FSC®-zertifizierte Papier
Schleipen Werkdruck liefert Cordier, Deutschland.

CHINA
SHING KING
Moukden
Kin-chow
Cheng-te
Gulf of
Liau-tuong
Korea Bay
Dolon-noor
Siuen-hwa
Ta-tung
So-ping
Mi-yun-sien
Yung-ping
PEKING
Tientsin
Taiku
Gulf of
Pe-chi-li
C. Liao-thie-shan
Tung-chow
Chefoo
Wei Hien
C. Shan-tung
Hwang-hien
Tsing-chow-fu
Tsingtau
Hai-yang
Pao-teo
Pao-ting-fu
Ching-ting
Tai-yuen-fu
SHAN SI
Fen-chau-fu
Chun-te
Kwang-ping
Hsinchow
Lu-gan
Chang-te
Ping-yang
Sih-chau
Wai-king
Wei-hien
Wuting
Linching
Tsi-nan
SHAN TUNG
Yang-Chow
Grand Canal
YELLO
SEA
Tsao-chow
Ho-nan
Kai-fong
Kwei-te
Su-chow
Chau-kia-keo
KIANG
SU
Hung-tse L.
Kaoyu L.
Nan-yang
Ju-ning
Fung-yang
Yang-chow
Ching-kiang
Nanking
Liu-chow
Wuhu
Su-chow
Shanghai
Sung-kiang
Fancheng
Han-kiang
Ichang
Teh-Nyan
Ngan-lo
Han-kow
Han-yang
Ning-kwei
Hu-chow
HWUI
NGAN
Ngang-king
Chichau
Wu-Sueh
Yang-tse-kiang
Hang-chow
Ningpo
Wu-chang
Kiu-kiang
Nan-kang
Ta-ku-lang
Hwuy-chau
Kiu-hwa
CHE KIANG
Yu-chow
Chang-te
Tung-ting L.
Nan-chang
Sui-chow
Yuh-shan
Wen-chow
Chang-sha
Siang-tau
KIANG SI
Yuen-chow
Ki-ngan
Kian-chang
Shaowu
FUH
KIEN
Ning-taik
Longwon
Heng-chow
Yung-chow
MTS.
Kan-chow
Foo-chow
Hing-hwa
Inchung
Tsuen-chow
Nan-hiung
Schao-chow
Ping-lo
Chiang-chiu
Amoy
Chiang Hoa
Chiu-kong
Tamsui
TROPIC
Lian-ning
Tschoutshu
Nien-haugh
KWANG
TUNG
Swatow
Futschukpai
Wu-chow
Canton
Shao-king
Longheu
Fukping
Kao-chow
Victoria
HONGKONG
Macao
Formosa Channel
FORMOSA
Tai-wan
CHINA
EAST
LIA
KHIN-GAN
Liau-ho